KAMPENWAND
VERLAG

ISBN: 978-3-98660-003-7

Raiffeisenstr. 4 · D-83377 Vachendorf
www.kampenwand-verlag.de

Versand & Vertrieb durch Nova MD GmbH
www.novamd.de · bestellung@novamd.de · +49 (0) 861 166 17 27

Text: Stefanie Schreiber
Covergestaltung und Buchdesign: Franziska Buhl, Kampenwand Verlag
Umschlagfoto: Adobe Stock
Lektorat: Elke und Wolfgang Lensch
Korrektorat: Sándor Sima
Kapitelfotos: Paul Fröls, Manfred Meyer, Stefanie Schreiber
Illustrationen Torge Trulsen und Charlotte Wiesinger: Sabine Schulz
Druck: CUSTOM PRINTING
Wał Miedzeszynski 217, 04-987 Warszawa, Polen

Stefanie Schreiber

Todesfalle Hochzeit

in St. Peter-Ording

Der
2. Fall für
Torge Trulsen
und Charlotte
Wiesinger

Für alle Fans
von Torge Trulsen und Charlotte Wiesinger,
und solche, die es werden wollen.

Ein kleines Lexikon norddeutscher Begriffe finden Sie am Ende des Buches.

Prolog

Als die Tür ins Schloss fiel, blieb sie wie erstarrt am Tisch sitzen. Niemals hätte sie vermutet, dass er ihr so etwas antun würde. Seine schmeichelnden Worte und seine Beteuerungen waberten wie Nebel durch ihr Bewusstsein. Eine Gänsehaut prickelte über ihre Arme, zog von den Händen hinauf zu den Schultern bis in den Nacken. Wie oft hatte er ihre Bedenken zerstreut, sie mit seinem Charme eingewickelt! Die vielen Aufmerksamkeiten und Reisen über das Wochenende sowie sein stets offenes Ohr für ihre Träume oder auch Sorgen hatten sie von der Ernsthaftigkeit ihrer Beziehung überzeugt. Er schmiedete Pläne mit ihr und sie hatte ihm vertraut!

Mit dem Schreien des Babys kehrte sie in den Raum zurück. Ihr Blick fiel auf den Tisch, auf dem das Bündel Geldscheine sie verhöhnte. Heiße Wut stieg in ihr hoch und verdrängte für einen

Moment das Gefühl der Demütigung. Nicht einmal die Mühe, die Scheine in einen Umschlag zu stecken, war sie ihm Wert gewesen, zog der banale Gedanke durch ihren Kopf.

Das Schreien des Säuglings im Nebenzimmer wurde lauter.

Sie packte das Bündel, um es mit voller Wucht gegen die Wand zu schleudern. Wie ein zerschnittener Regenbogen segelten die bunten Noten fast lautlos an der Wand herunter. Vielleicht schien es auch nur so, weil der Kleine nebenan noch einmal an Lautstärke zulegte.

Der Ausbruch hatte ihre Stimmung nicht verbessert, doch es war Bewegung in ihren Körper gekommen. Noch etwas schwerfällig erhob sie sich, warf einen letzten Blick auf das wirre Durcheinander, das der Geldregen nun auf dem Boden bildete, um sich dann um ihren Sohn zu kümmern.

Mit dem Baby auf dem Arm wanderte sie schließlich durch die Wohnung. Der Körperkontakt hatte beide beruhigt, aber ihre Gedanken liefen Amok.

Sie erinnerte sich genau an den Tag vor einem halben Jahr, als sie ihm von der Schwangerschaft erzählen wollte. In ihrer kleinen Küche hatte sie ein köstliches Drei-Gänge-Menü gezaubert, den Tisch hübsch eingedeckt, Kerzen aufgestellt und extra eine gute Flasche Wein gekauft. Ihr Herz hatte bis zum Hals geklopft, als er mit einem Strauß herrlich weißer Rosen vor der Tür stand. Sofort nach dem Eintreten, bemerkte er die besondere Stimmung. Charmant wie immer nahm er sie in seine Arme und konnte es nicht abwarten, zu erfahren, was sie ihm zu sagen hatte. Sie ließ ihn bis zum Dessert zappeln, mehr aus Angst vor seiner Reaktion, als um die Spannung ins Unermessliche zu steigern.

Mit dem Nachtisch stellte sie ihm die kleine Tüte mit den Babyschühchen auf seinen Platz. Keine ausgesprochen originelle Idee, aber sie war sich sicher, kein Wort herauszubekommen, um ihm die Neuigkeit mitzuteilen. Gegen ihre Erwartung freute er sich wie ein kleines Kind zu Weihnachten, wenn alle Geschenke von dem Wunschzettel erfüllt wurden. Er nahm sie wieder in seine Arme, wirbelte sie herum und tanzte mit ihr durch die Wohnung, wobei er schrecklich falsch eine Melodie dazu pfiff.

In diesem Moment des großen Glücks war sie sicher, er würde seine Frau endlich verlassen, um mit ihr ein neues Leben anzufangen. Sie wusste, wie sehr er sich eine Familie, insbesondere einen Stammhalter wünschte!

Doch die Wochen vergingen. Aus Wochen wurden Monate. Außer ihrer ständig sinkenden Stimmung veränderte sich nichts. Sie sahen sich regelmäßig, er brachte ihr Geschenke für das Ungeborene mit, aber seine Frau verließ er nicht.

Sie beruhigte sich wieder mit allen erdenklichen Argumenten. Das ging eben nicht so schnell. In seiner Position musste er erst alle möglichen Dinge regeln, um eine schmutzige öffentliche Scheidung zu vermeiden. Es sprach für ihn, dass er seine Frau nicht einfach wie ein altes Möbelstück in die Ecke stellte, weil sie nicht schwanger wurde.

Im Nachhinein wurde ihr klar: Sie hatte nach und nach seine feigen Ausreden übernommen, um die ganze Situation zu ertragen.

Was für eine großartige Manipulation!

Ihre Zweifel waren über die Wochen gewachsen wie ihr Bauch, doch es war sowieso zu spät gewesen, irgendetwas zu ändern. Sie hatte sich selbst in diese Lage gebracht – natürlich gegen die gut gemeinten Ratschläge ihrer Freundinnen, nun musste sie da durch, die Hoffnung starb zuletzt.

Und an jenem Tag war es soweit. Die Hoffnung starb mit einem Paukenschlag, den sie sich bei allen Zweifeln so nie ausgemalt hätte.

Wieder kam sie bei ihrer Wanderung durch die eigene Wohnung an dem Durcheinander aus Geldscheinen vorbei. Wieder kochte die Wut in ihr hoch, als seine Worte, mit denen er sie ihr übergeben hatte, in ihr widerhallten.

Seine Frau sei ebenfalls schwanger, bereits seit ein paar Monaten. Sie hätte die kritische Zeit nun überstanden, nach zwei Fehlgeburten waren sie beide sehr erleichtert. Das müsse sie verstehen, unter diesen Umständen könne er sein Leben nicht komplett umkrempeln.

Sie konnte sich nicht daran erinnern, dass er auch nur einmal gesagt hätte, es täte ihm leid.

Er würde aber für sie und das Baby in finanzieller Hinsicht sorgen. An diesem Punkt hatte er in die Tasche gegriffen und das Bündel Geldscheine herausgenommen. Ohne ein weiteres Wort hatte er es vor sie auf den Tisch gelegt, war aufgestanden, um daraufhin nicht nur die Wohnung, sondern ihr Leben zu verlassen.

Sie war fest entschlossen, ihm diesen Plan zu verhageln.

Bettina in Friedrichstadt

Samstag, den 09. Mai

Obwohl es an diesem Frühlingstag bereits ungewöhnlich warm war, prickelte beim Anblick der strahlenden Braut in der offenen Kutsche eine Gänsehaut über ihre Arme. Ein nicht eingeweihter Beobachter hätte dies als sentimentale Anwandlung und Freude für ihre kleine Schwester werten können, doch Bettina von Haferkamp wusste es besser. Kalt schloss sich die Hand um ihr Herz, als das prunkvolle Gefährt vor dem Rathaus anhielt und Constanze der wartenden Hochzeitsgesellschaft zuwinkte. Das edle weiße Satinkleid, dezent mit schimmernden Perlen bestickt, schmiegte sich eng an ihre schmale Taille. Ein Windhauch erfasste den Schleier und die lockigen blonden Haare, um für einen Moment das perfekte Bild zu zerstören, doch das milderte Bettinas innere Aufruhr nicht. Sie hätte hier und jetzt lächelnd von Verwandten, Freunden und dem Bräutigam empfangen werden sollen!

Als im letzten Jahr ihr Hochzeitstermin mit Konstantin Winkler festgelegt war, schwebte sie auf Wolke sieben. Trotz ihrer zweiundvierzig Jahre hatte sie noch nicht viel Romantik erlebt. Die Angst, dass sich Männer mehr für ihr Vermögen als für sie selbst interessierten, hatte so manche Beziehung im Keim erstickt. Bis ihr Vater Johannes von Haferkamp ihr im letzten Jahr auf einem Ball Konstantin vorstellte.

Da er nicht nur gutaussehend war, sondern ebenfalls aus einer wohlhabenden Unternehmerfamilie der Hotelbranche kam, schob sie alle Bedenken beiseite und gab sich seinem charmanten Werben hin. Sie verbrachten einige gemeinsame Monate, die Bettina als die glücklichsten ihres Lebens empfand. Er war nicht nur unbeschwert, sondern immer fröhlich, steckte ständig voller neuer Ideen, womit er sie komplett aus ihrem Trott herausriss. Zwei-, dreimal pro Woche holte er sie ab, zeigte ihr ungewöhnliche Orte in Hamburg, entführte sie in exotische Restaurants, berauschte sie mit seinem frühen Heiratsantrag – bis zu jenem verhängnisvollen Abend, an dem die frohe Botschaft der Familie verkündet werden sollte.

Zu der kleinen Verlobungsfeier luden ihre Eltern Marion und Johannes in deren Villa an der Alster ein. Da Bettina auf den engsten Kreis bestanden hatte, kam außerdem nur die jüngere Schwester Constanze mit ihrem Lebensgefährten Felix. Sie waren bereits fünf Jahre zusammen und ihre Beziehung schien nicht nur stabil zu sein, sondern wirklich Zukunft zu haben. Immer wieder fragte sich Bettina nach diesem Abend, wie sie es hätte verhindern können, dass sich Konstantin scheinbar sofort in ihre Schwester verknallte. Als sein Flirten erwidert wurde, begann der Albtraum Gestalt anzunehmen. Nur wenige Wochen später löste Konstantin die Verlobung, woraufhin Constanze ihrem Felix den Laufpass gab.

Ihre eigene Schwester stahl ihr die Hochzeit und das Lebensglück!

Als Bettina aus ihren düsteren Gedanken wieder auf den Marktplatz des kleinen nordfriesischen Luftkurortes zwischen Eider und Treene zurückkehrte, kletterte Constanze gerade mit einem glücklichen Lächeln aus der Kutsche.

Am liebsten wäre sie selbst vor einigen Tagen in ein Flugzeug gestiegen, um an das andere Ende der Welt zu entfliehen. Einzig ihr Vater hatte sie davon abhalten können – und die Loyalität zu dem Familienunternehmen. Außerdem hätte es der Demütigung die Krone aufgesetzt, nun noch mit diesem Skandal durch die Klatschpresse zu wandeln.

Der Bereich vor dem Rathaus füllte sich. Nicht alle Gäste würden nach Friedrichstadt kommen, da der Raum des Standesamtes nicht groß genug war, sondern erst der Feier in ihrer Ferienhausanlage *Weiße Düne* in Sankt Peter-Ording beiwohnen, die sich seit langen Jahren im Besitz der Familie befand und einfach einer ihrer Lieblingsplätze war.

Gerade umarmte Constanze ihre Großmutter Martha, die es sich trotz ihrer zweiundneunzig Jahre nicht hatte nehmen lassen, an die Nordsee zu reisen, um die Hochzeit ihrer Enkelin mitzuerleben. Wie die meisten anderen wusste sie nichts von dem Konflikt zwischen den Schwestern. Bettina war unsicher gewesen, ihre neue Liebe früh in der gesamten Familie publik zu machen. Stolz ließ sich die alte Dame mit ihrer Tochter und Enkelin fotografieren. Ihr Vater Johannes stand einige Meter entfernt. Nur Bettina sah ihm die gemischten Gefühle an, die sicherlich nicht auf das Gespräch mit seinem Bruder zurückzuführen waren, obwohl sich deren Verhältnis erheblich verschlechtert hatte, als Karl seine erste Frau wegen einer fünfundzwanzig Jahre Jüngeren verließ. Solche Allüren waren dem erzkatholischen Johannes zuwider; sie passten seiner Meinung nach nicht in ihre Familie. Mittlerweile war Karl lange mit Andrea verheiratet; ihre fünfzehnjährigen Zwillinge Larissa und Janina waren in der Ferienanlage geblieben.

Nachdem ihr Blick den gesamten Marktplatz mit seinen wartenden Gästen erfasst hatte, bemerkte Bettina, dass etwas nicht stimmte.

Wo war eigentlich der Bräutigam Konstantin Winkler?

Torge in Friedrichstadt

Samstag, den 09. Mai

Torge Trulsen hatte wochenlang in der Ferienanlage *Weiße Düne* gewirbelt, damit für die Hochzeit der Eignertochter mit ihrem einflussreichen Bräutigam an diesem Tag alles perfekt war. Die meisten der hundertfünfzig Bungalows am Rand der Dünen von Sankt Peter-Ording waren für die Gäste des großen Ereignisses vorbereitet worden. Torge hatte jede Glühlampe, jede Schranktür und jeden Wasserhahn überprüft. Auf allen Matratzen wurde probegelegen, ständig war er mit dem selbstgebauten Lastenfahrrad, das er mit seinen Enkeln auf den Namen Henriette getauft hatte, zwischen den Feriendomizilen unterwegs gewesen, um zu kontrollieren, zu reparieren und zu verbessern. Immerhin war es in der Wintersaison etwas ruhiger in der Anlage, sodass er über die letzten Monate alles auf einen großartigen Stand bringen konnte. Abschließend war er in jede Ecke gekrochen, um sich von der Sauberkeit sowie der perfekten Präsentation der einzelnen Ferienhäuser zu überzeugen. Das Ergebnis ließ sich sehen und stellte ihn zufrieden. Die Familie von Haferkamp würde von seiner Arbeit sehr angetan sein, da war er sicher!

Das Einzige, was ihm gerade die Laune verhagelte, war Annegrets Wunsch, nach Friedrichstadt zu fahren, um sich das Hochzeitspaar aus der Nähe anzugucken. Hätte er bloß nicht so viel von dem bevorstehenden Ereignis berichtet! Anfangs vermutete er, sie würde ihn nur zum Spaß ein wenig herausfordern. Amüsiert hatte er sich auf das Geplänkel eingelassen. Doch eines Morgens, während sie einmal wieder sein geliebtes Rührei mit Speck zubereitete, machte sie bei dem Thema ernst.

„Torge Trulsen!"

Sofort saß er kerzengrade vor seinem Kaffeepott.

„Ich verlange wirklich nicht viel, sondern lasse dir im Gegenteil große Freiheiten. Denk an deine ausführlichen Ermittlungen im Fall Schwertfeger im letzten September – oder wenn du einmal wieder mit deinen Kumpels im *Lütt Matten* versackst. Habe ich mich jemals beschwert?"

Da Torge nicht davon ausging, dass sie eine Antwort erwartete, hörte er lediglich zu und fragte sich, wohin der ungewohnte Ausbruch seiner Frau führen würde.

„Diesen einen Wunsch kannst du mir ja wohl erfüllen. Es ist doch eine freundliche Geste, das Brautpaar zu begrüßen, wenn sie das Trauzimmer verlassen. Wir gratulieren ihnen kurz, um unsere Verbundenheit zu bekunden. Was ist daran so schlimm?"

Torge verzichtete lieber darauf, seine Sicht der Dinge zu äußern. Wenn seine friedliche Annegret in solch einer Stimmung war, hielt er lieber die Klappe, so viel war ihm in über fünfundzwanzig Jahren Ehe klargeworden. Fieberhaft überlegte er, wie er aus der Nummer wieder herauskam, ohne auf sein Frühstück verzichten zu müssen. Die eigentlich sehr entspannte Annegret hatte es bei einem ihrer seltenen Wutanfälle schon einmal in den Abfalleimer geschüttet, als er bei einer ähnlichen Diskussion dagegenhielt.

„Ich weiß gar nicht, ob ich an dem Tag die Zeit finde, nach Friedrichstadt zu fahren", startete er einen letzten Versuch, kam jedoch nicht weit damit.

„Torge Trulsen!" Ihre Stimme wurde noch ein wenig lauter. „Du bereitest seit nahezu Monaten alles für die Hochzeitsgesellschaft vor. Du bist der Hausmeister und damit weder der Chefkoch noch der Oberkellner. Es wird überhaupt kein Problem sein, am Nachmittag für ein paar Stunden die *Weiße Düne* zu verlassen!"

„Da bin ich mir nicht so sicher, die Lessing könnte mich auf den Kieker nehmen, wenn nicht alles perfekt ist. Dann nervt sie mich wieder wochenlang. Das ist die Sache ja wohl nicht wert", brummelte Torge vor sich hin. Mit der jungen Managerin Marina Lessing hatte er nicht das beste Verhältnis, was nicht zuletzt an ihrer Führungsschwäche und Torges ausgeprägtem Selbstbewusstsein lag.

Annegret hatte es plötzlich eilig, das Rührei zu wenden. Mit dem Blick in die Pfanne antwortete sie ihm murmelnd: „Die Lessing hat nichts dagegen."

Es dauerte einen Moment, bis Torge die Tragweite des Satzes begriff. Vielleicht lag seine Begriffsstutzigkeit an diesem Morgen in seinem Hunger begründet. Als der Groschen gefallen war, wurde es augenblicklich ein bisschen kühler in der gemütlichen Friesenküche der alten Reetkate.

„Sag nicht, dass du mit der Lessing über meinen Dienstplan gesprochen hast!", polterte er los, obwohl er die Antwort bereits kannte. „Annegret, das kann doch nicht dein Ernst sein! Du weißt genau, wie wenig ich so etwas mag. Hast du sie etwa deswegen angerufen?“

„Nein, natürlich nicht!“ Seine Frau kam mit der gehaltvollen Mahlzeit an den Tisch, um ihn zu besänftigen. Sie füllte den vor ihm stehenden Teller und schaute ihm schließlich direkt in die Augen.

„Ich habe sie beim Einkaufen getroffen. Wir sind ein bisschen ins Schnacken gekommen. Natürlich ging es irgendwann auch um die Hochzeit. Das wird das Ereignis des Jahres hier auf Eiderstedt. Na ja, da habe ich wohl erwähnt, wie gerne ich die Braut sehen würde und so. Sie hat quasi vorgeschlagen, dass wir beide nach Friedrichstadt fahren, um kurz zu gratulieren. Sie weiß ja, um wie viele Sonderwünsche der Braut du dich persönlich gekümmert hast. Dein Überstundenzettel ist mehr als voll, Torge.“

Der Duft von Eiern mit Speck lenkte ihn von seinem Ärger ab. Tatsächlich hatte er in letzter Zeit sehr viel gearbeitet, wodurch die gemeinsamen Unternehmungen mit seiner loyalen Frau deutlich reduziert wurden. Torge gab sich einen Ruck. Vermutlich war es an der Zeit, ihr einen Gefallen zu tun. War ja im Grunde ein harmloser Wunsch.

„Na gut. Wenn es dir so wichtig ist ...“

Schon strahlte Annegret wieder. Manch einer würde sich über eine so unkomplizierte Frau freuen. Sie drückte ihm einen Kuss auf den Mund.

„Ich danke dir! Also iss, bevor alles kalt wird.“

Das war in der vergangenen Woche gewesen. Nun stand er im Schlafzimmer vor dem Kleiderschrank, um seinen einzigen guten dunkelgrauen Anzug aus der hinteren Ecke zu kramen. Schon beim sechzigsten Geburtstag seines Schwagers vor drei Jahren war er etwas eng gewesen. Abgenommen hatte er seitdem sicherlich nicht, auch wenn Annegret immer wieder versuchte, ihn für Brokkoli und solche Sachen zu begeistern.

Das Hemd passte noch einigermaßen, aber als er die Hose anzog, verfluchte er einen Moment lang seine Leidenschaft für gutes Essen und süßen Kaffee. Außerdem seine Schwäche für Pralinen. Und die Bierchen am Abend. Mit Mühe bekam er den Knopf geschlossen. Nachdem er das Sakko übergezogen hatte, stellte er sich vor den Spiegel. Er sah genauso verkleidet aus, wie er sich fühlte! Da er jedoch schlecht im Blaumann zu der Hochzeit fahren konnte und es für einen Rückzieher definitiv zu spät war, musste er da jetzt durch. Annegret war bereits fertig. An diesem Punkt ihre Vorfreude zu zerstören, brachte er einfach nicht über das Herz.

Während er in Gedanken versunken vor dem Schrank stand, betrat sie das Schlafgemach. Ihr anerkennender Blick zerstreute seine Zweifel.

„Du könntest dich noch kämmen, aber ansonsten siehst du echt schnieke aus."

Torge machte sich selbst nichts vor: Die meisten Frauen hielten ihn nicht für übermäßig attraktiv. Mit 1,75m etwas zu klein, durch die Freude an Annegrets Kochkünsten ein wenig untersetzt. Doch auf seine blonden, vollen Locken war er wirklich stolz. Andere Männer hatten mit Mitte fünfzig bereits hohe Geheimratsecken oder eine Teilglatze.

Nun griente er. „Meine Frisur sitzt tadellos, so wie dein schönes Trachtenkleid. Du siehst großartig aus, min seute Deern. Die anderen Männer werden mich beneiden."

„Quatsch, die haben heute sowieso nur Augen für die Braut. Nun lass uns endlich los!"

Als sie den Marktplatz in Friedrichstadt eine halbe Stunde später erreichten, waren bereits zahlreiche Hochzeitsgäste eingetroffen. Aus der Eignerfamilie von Haferkamp entdeckte Torge lediglich die Schwester der Braut. Er erinnerte sich gut an die Besprechungen, bei denen sie sich für die Organisation rund um die Bungalows verantwortlich zeigte. So wie heute war sie stets perfekt gekleidet, doch gelächelt hatte sie nicht ein einziges Mal. Auch jetzt wirkte sie angespannt. Keine Spur der Freude über die große Familienfeier. Wieder kein Lächeln. Unruhig blickte sie sich um, wartend auf den Rest der Familie und das Brautpaar.

„Komm, wir holen uns da vorne ein Eis." Torge zeigte auf die Ecke des Marktplatzes. „Dann lungern wir hier nicht so herum, solange es noch gar nicht losgeht."

Annegret hakte sich bei ihm ein. Ganz offensichtlich genoss sie den kleinen Ausflug bei bestem Wetter. Er wusste, dass es nicht nur um die Hochzeit ging. Sie liebte den Anblick einer Braut in einem wunderschönen weißen Kleid, aber sie war auch einfach gerne in dieser kleinen Holländerstadt, die mit historischen Giebeln und malerischen Grachten eine wunderbare Auszeit vom Alltag bot. Hinter dem Marktplatz schloss sich eine Fußgängerzone an, in der sich zahlreiche individuelle Geschäfte aneinanderreihten. Sicherlich würde Annegret ihn nach der Begrüßung des Brautpaares dorthin ziehen. Er hatte vorsichtshalber seine EC-Karte eingesteckt.

Von der Eisdiele aus konnten sie die Gäste prima beobachten. Fast alle waren festlich gekleidet. Ausgelassen plauderten sie miteinander und genossen ganz offensichtlich den Sonnenschein sowie die unbeschwerte Atmosphäre vor der schönen Kulisse. Wie er von Bettina von Haferkamp wusste, waren die Eingeladenen aus der gesamten Bundesrepublik angereist. In kleinen Grüppchen standen sie zusammen. Auch der Fotograf war bereits da. Er sollte die besonderen Augenblicke für die Ewigkeit festhalten.

Torge schaute auf seine Uhr: 14.30 Uhr. Merkwürdig, der Bräutigam war noch gar nicht aufgetaucht. Wenn die Trauung pünktlich um drei stattfinden sollte, wäre jetzt ein guter Zeitpunkt, um zu erscheinen und auf die Braut zu warten. Oder war das heute nicht mehr so üblich?

„Ciao Annegret, ciao Torge! Was führt euch denn nach Friedrichstadt? Wow, und so fein angezogen! Seid Ihr auf die Hochzeit eingeladen?“

Freudig begrüßte das Paar Antonio, den Besitzer der Eisdiele.

„Nein, wir sind nicht eingeladen, wir wollen dem Paar aber trotzdem gratulieren und unsere guten Wünsche überbringen“, antwortete Annegret.

„Sie meint, wir sind nur neugierig, eigentlich haben wir hier überhaupt nichts verloren“, ergänzte Torge lächelnd die Ausführungen seiner Frau.

„Ah, Bella. Eine Hochzeit sollte man sich nie entgehen lassen. Habt Ihr Zeit für einen Espresso? Wir haben uns lange nicht gesehen. Lucinda hat ihr Bambino im März bekommen, ich würde euch als stolzer Nonno gerne ein paar Fotos zeigen. Kommt mit rein, das gute Wetter könnt Ihr noch den ganzen Tag genießen.“

Eine Viertelstunde später mahnte Annegret zum Aufbruch. Der Marktplatz hatte sich gefüllt, die Familie war eingetroffen. Torge erkannte Marion von Haferkamp, die Mutter der Braut. Sie stützte eine sehr alte Dame, die wie eine ältere Ausgabe ihrer selbst aussah – also vermutlich die Großmutter von Constanze und Bettina von Haferkamp. In diesem Moment wurde sie von Bettina umarmt, für ihre eigene Mutter hatte sie lediglich ein knappes Nicken übrig. Gute Laune sah anders aus. Irgendetwas stimmte dort nicht!

Constanze von Haferkamp war in einer beeindruckenden weißen Kutsche auf den Platz gefahren worden, fröhlich winkte sie der wartenden Gesellschaft zu. Neben ihr saß eine Frau in ähnlichem Alter, die Torge bisher nicht kennengelernt hatte. Wurde die Braut nicht eigentlich von dem Vater gebracht, um an den Bräutigam übergeben zu werden? War er so altmodisch oder lag es an der Familie, die auf Traditionen keinen Wert legte?

Torge entdeckte das Familienoberhaupt Johannes von Haferkamp im Gespräch mit einem Mann, der sein Bruder sein konnte - in Begleitung einer wesentlich jüngeren Frau, vielleicht dessen Tochter. Während die Hochzeitsgäste die Kutsche umringten, um die Braut zu begrüßen, und möglichst den ersten Blick auf das Kleid zu erhaschen, bewegte sich Johannes von Haferkamp nicht in diese Richtung. Torge wunderte sich über dessen Stimmung. Statt vor Stolz zu platzen, stand er mit geradezu versteinertem Gesichtsausdruck da.

Auch die Reichen hatten ihre Sorgen. Hier schienen außerdem einige Konflikte unter der Oberfläche zu brodeln.

Langsam näherten sich Annegret und Torge der Gesellschaft. Torge ließ den Blick weiter über die Gäste schweifen. Am Rande des Geschehens stand eine Dame, die er auf Mitte sechzig schätzte. In gerader Haltung beobachtete sie genauso wie er selbst die Szenerie. Trotz ihrer altmodischen Garderobe stand sie würdevoll da. Torge fühlte sich an Marlene von Hofstetter erinnert, die er im letzten September kennen und schätzen lernen durfte. Ihre Kleidung war nicht festlich, eher klassisch. Ein langer geflochtener Zopf fiel über ihre Schulter nach vorne. Warum stand sie wohl ganz alleine am Rand des Platzes? Als sie einen Blick auf die Braut erhaschte, ließ ein warmes Lächeln ihre Augen leuchten.

„Schau dir doch die Braut an! Sieht sie nicht einfach wundervoll aus? Und dieses Kleid, das ist ja ein absoluter Traum!" Annegret war ganz aus dem Häuschen.

„Meine Mutter hat immer gesagt: Wer als Braut nicht gut aussieht, kann es vergessen", gab Torge nüchtern zur Antwort. „Mit Geld ist eben alles einfacher. Das Kleid hat bestimmt ein Vermögen gekostet."

„Nun vermies mir nicht meine Begeisterung. Wir sind hergekommen, um uns an dem schönen Anblick zu erfreuen. Ob sie Geld haben, kann uns doch egal sein. Immerhin sorgen sie für unseren Lebensunterhalt."

Torge hörte nur mit einem halben Ohr hin. So sehr er sich auch anstrengte, er konnte in der Menge nicht den Bräutigam entdecken!

Constanze in Friedrichstadt

Samstag, den 09. Mai

Mit einem zwiegespaltenen Gefühl war Constanze von Haferkamp an diesem Morgen aufgewacht. Im ersten Moment wusste sie gar nicht, wo sie sich befand. Als sie noch schlaftrunken das Schreien einiger Möwen hörte, fiel ihr alles wieder ein. Gestern Mittag, nach dem heftigen Streit mit Konstantin, war sie ohne Verabschiedung abgerauscht und nach St. Peter-Ording gefahren. Für die Nacht vor der Hochzeit hatten sie zwei Bungalows reserviert, damit sie sich an ihrem großen Tag jeder in Ruhe ankleiden und vorbereiten konnten.

Wider die Vernunft war sie mit der bestellten Flasche Rotwein recht weit gekommen. Gott sei Dank verschonte sie der befürchtete Kater, aber so richtig gut fühlte sie sich nicht.

Langsam sickerten die Geschehnisse des vergangenen Abends in ihr Bewusstsein.

Wie hatte es nur so weit kommen können? Wieder einmal war es um das gleiche leidige Thema gegangen: Den Ehevertrag, der das Privatvermögen betraf. Constanze besaß neben einer kleinen Villa im Hamburger Stadtteil Winterhude und einem Porsche ein Treuhandvermögen, das nicht in die Gütergemeinschaft eingehen sollte. Ihre Eltern hatten bereits früh für diese Form der Absicherung ihrer Kinder gesorgt. Nun bestanden sie auf einen Vertrag, der diese Werte schützte, damit sie beim möglichen Scheitern der Ehe abgesichert war. Konstantin wich der Unterzeichnung immer wieder aus, was unwillkürlich Fragen aufwarf. Warum überließ er ihr nicht einfach diese Güter? Constanze verstand sein Verhalten nicht im Mindesten. Sicherlich verfügte er über eine ähnliche Vorsorge, die er im Gegenzuge für sich behalten konnte. Worin bestand das Problem?

Ihre Hotelketten sollten fusionieren und sich gegenseitig stärken, das gehörte zu der Zusammenführung der Familien. Doch warum war er so engstirnig, was dieses vergleichsweise kleine Privatvermögen anging? Es passte ganz und gar nicht in das Bild, welches sie in den Monaten des Zusammenseins von ihm gewonnen hatte. Stets war er nicht nur charmant, sondern auch großzügig gewesen. Ständig hatte er sie mit Blumen sowie kleinen Geschenken überrascht. Bei gemeinsamen Unternehmungen übernahm er die Kosten, lachend küsste er sie, wenn sie bezahlen wollte, und ließ es nicht zu.

Und dann war da noch Bettina. Der Gedanke an ihre sechs Jahre ältere Schwester ließ ihr Wohlbefinden nicht gerade steigen. Nie hätte sie daran gedacht, ihr den Mann auszuspannen. Im Gegenteil! Wenn sie von solchen Geschichten hörte, war sie fassungslos.

Als Bettina ihnen Konstantin an jenem Abend vorstellte, freute sie sich sehr für ihre Schwester. Felix und Constanze führten seit fünf Jahren eine harmonische Beziehung. Spontan fielen ihr etliche Dinge ein, die sie nun zu viert unternehmen konnten. Als Konstantin mit ihr zu flirten begann, ließ sie sich gut gelaunt darauf ein, weil sie es absolut harmlos fand. Er setzte es weit über den Abend fort und sie erlag schließlich seinem Charme.

Als Konstantin sich von Bettina trennte, gab sie Felix den Laufpass. Es war kaum eine bewusste Entscheidung, manchmal fühlte sie sich wie fremd gesteuert. Alles war neu, es prickelte und Konstantin trug sie auf Händen. Er erfüllte ihr jeden Wunsch, zeigte ihr Orte, die sie nie gesehen hatte. Er weckte in ihr ungeahnte Gefühle und Sehnsüchte. Sie war wie in einem Rausch, ihr Gehirn wie abgeschaltet. Im Grunde war ihr der Vertrag egal, aber ihre Eltern blieben hartnäckig. Insbesondere ihr Vater lag ihr immer wieder in den Ohren, weil er sein Leben lang für dieses Vermögen gearbeitet hatte.

Es war perfekt gewesen. Anscheinend perfekt für beide. Bereits nach einigen Monaten hielt Konstantin auf romantische Art um ihre Hand an. Perfekt bis zum gestrigen Nachmittag. Über diesen blöden Ehevertrag hatte es bereits mehrere Diskussionen gegeben, jedoch waren sie bislang überwiegend sachlich verlaufen. Der Streit hatte sie beide überrascht, von der Heftigkeit waren sie komplett überfordert.

Als sie am späten Nachmittag in St. Peter-Ording ankam, fühlte sie sich im ersten Moment wie befreit. Ein langer Spaziergang am Strand beruhigte ihre Nerven. Das Hochwasser hatte seinen Wendepunkt bereits überschritten, langsam zog es sich wieder zurück, um den Meeresboden freizulegen und in das Watt zu verwandeln, das diese Landschaft ebenso prägte wie die tosende Nordsee. Nur die Uneingeweihten hielten das Watt für eine leblose Fläche aus Schlick. In Wahrheit handelte es sich um einen wundervollen, artenreichen Lebensraum, der Constanze immer begeistert hatte.

Wie sie diesen Ort liebte! Bereits in ihrer Kindheit waren sie häufig hier gewesen. Von Hamburg gerade einmal eineinhalb Fahrstunden entfernt, lohnte es sich, einfach über das Wochenende zu kommen. Tief sog sie die salzige Luft in ihre Lungen. Der Wind wirbelte ihr die langen blonden Haare ins Gesicht und nahm fürs Erste die trüben Gedanken mit sich. Der Anblick der mächtigen Pfahlbauten beeindruckte sie auch an diesem frühen Abend. Leicht versanken ihre nackten Füße in dem Bereich des Watts, in dem noch viel Feuchtigkeit steckte, andere Stellen waren dagegen richtig fest. Sie konnte dem Impuls, einige Muscheln einzusammeln, nicht widerstehen. Während Bettina es in ihrer Kindheit stets auf die Herzmuscheln abgesehen hatte, war Constanze seit jeher von den langen Muscheln fasziniert, die so leicht zerbrachen. Erst viel später erfuhr sie den Namen dieses Kunstwerks der Natur: Die amerikanische Scheidenmuschel gab es nicht nur hier an der Nordsee, sondern auch in der Ostsee und sogar im Atlantik. Sie konnte sich schnell im Boden eingraben, wenn Gefahr drohte. All das war ihnen bei Wattwanderungen beigebracht worden; interessant, dass sie sich ausgerechnet jetzt daran erinnerte. Constanze drehte die kleinen Wunder der Natur zwischen ihren Fingern, wobei sie über die Weite der heute aufgewühlten Nordsee schaute, die an der Kante des Watts toste. Genauso sah es in ihrem Inneren aus.

Was sollte sie jetzt nur tun? Bedrohte der Streit ihre Beziehung? Konnte sie Konstantin unter diesen Umständen morgen ihr Ja-Wort geben? Es waren bereits drei Stunden vergangen, seit sie aus seiner Wohnung geflohen war und er hatte sich nicht bei ihr gemeldet. Sie zog ihr Smartphone aus der Tasche, um zu überprüfen, ob sie eine Nachricht verpasst hatte.

Nein, nichts!

Sollte sie ihn anrufen? Sich bei ihm entschuldigen? Doch was bedeutete das dann für ihre Ehe? Das Gefühl, wenn sie heute nachgab, würde es in Zukunft immer so sein, war übermächtig. Entschlossen steckte sie das Telefon zurück. Genau genommen hatte er die Situation eskalieren lassen. Sollte er doch sehen, wie er aus der Nummer wieder herauskam!

Der Spaziergang hatte Constanze das innere Gleichgewicht vorerst zurückgebracht. Als sie jedoch eine Stunde später vor dem Kamin des Ferienbungalows bei einem Glas Rotwein saß, überkam sie das heulende Elend. Eine Welle der Einsamkeit schlug über ihr zusammen. So hatte sie sich den Tag ihrer Hochzeit nicht vorgestellt! Auch die schöne Umgebung tröstete sie nicht mehr. Seit einer Viertelstunde starrte sie auf ihr Handy, als könnte sie es zwingen zu klingeln. Was hatte das zu bedeuten? War ihre Ehe schon am Ende, bevor sie überhaupt angefangen hatte? Constanze fühlte heiße Tränen aufsteigen, die gleichzeitig Wut sowie Traurigkeit bedeuteten. Sie musste dringend jemanden anrufen, jemand anderes als Konstantin!

Doch wen konnte sie am Nachmittag vor dem großen Tag, mit ihren Problemen behelligen? Alle waren in freudiger Erwartung auf die Traumhochzeit: Trauung in der wundervollen Grachtenstadt, Fahrt in der offenen Kutsche nach St. Peter-Ording, Fototermin mit der Braut in Weiß am Strand und dann ein rauschendes Fest mit hundertundzwanzig geladenen Gästen in der Ferienanlage *Weiße Düne*. Schließlich konnte sie die Tränen nicht mehr zurückhalten. Ihre wundervolle Hochzeit drohte zu platzen. War das die Rache des Schicksals, weil sie Bettina das vermeintliche Glück zerstört hatte? In einem Zug trank sie das

Rotweinglas leer und schenkte sich sofort nach. Der Alkohol tat bereits seine Wirkung.

Auf der Suche nach einem geeigneten Gesprächspartner scrollte sie durch die Kontaktliste ihres Handys – und blieb bei Felix' Nummer stehen. Einen Moment war sie wie hypnotisiert. Vor ihrem geistigen Auge tauchte sein Bild auf. War es der Fehler ihres Lebens gewesen, ihn zu verlassen? War es zu spät, das noch herauszufinden?

Es wäre vermutlich ein großer Fehler, ihn in dieser momentanen Misere, noch dazu mittelprächtig alkoholisiert, anzurufen, doch sie konnte nicht anders. Sie fühlte sich klein, verletzlich, schutzlos. Wie von alleine senkte sich ihr Finger auf die Taste. Mit klopfendem Herzen lauschte sie dem Freizeichen. Wie würde er auf den Anruf reagieren? Gab es gleich den nächsten Streit? Wie bescheuert war es, sich bei dem Ex Trost zu erwarten? Am liebsten hätte sie wieder aufgelegt, aber es war bereits zu spät.

„Constanze?! Was ist passiert?" Seine sanfte Stimme legte sich wie eine schützende Decke um ihre Schultern. Nur eine kurze Frage. Sie barg keinen Vorwurf, sondern lediglich Besorgnis.

Statt etwas zu erwidern, brach sie erneut in Tränen aus.

„Constanze, Liebes, was ist denn? Mein Gott, du bist ja völlig aufgelöst!" Wie gut es tat, in diesem Moment seine Fürsorglichkeit zu spüren. Vermutlich war es komplett falsch, aber sie brauchte jetzt unbedingt eine starke Schulter.

„Felix ...", schluchzte sie in das Telefon, mehr zu sagen, war sie nicht fähig.

„Wo bist du? Soll ich zu dir kommen?"

Wie verlockend war es, die ihr gereichte Hand zu ergreifen, um sich einfach fallen zu lassen. In neunzig Minuten könnte er bei ihr sein, sie in seine Arme nehmen und aus ihrem Elend befreien.

Und dann? Wollte sie wirklich die Hochzeit mit Konstantin platzen lassen?

„Constanze, sag etwas. Bist du schon in St. Peter-Ording?"

„Wir hatten Zoff." Nachdem sie sich ein wenig beruhigt hatte, konnte sie auf seine ursprüngliche Frage antworten. „Nicht nur einen kleinen Streit, sondern richtig heftig. Ich bin wutentbrannt abgerauscht, seitdem habe ich nichts mehr von ihm gehört."

„Oh, und das einen Tag vor der Hochzeit!"

„Du weißt davon?", fragte sie überrascht.

„Hhm, na ja, immerhin seid Ihr in Hamburg quasi B-Promis. Da spricht sich so ein großes Ereignis schon herum."

Kurz fühlte sich Constanze verunsichert, aber Felix beschwichtigte gleich wieder.

„Das tut mir wirklich leid für dich. Was willst du nun tun?"

Wenn sie das nur wüsste! Ihr Innerstes war auf Flucht geschaltet, doch musste sie nicht irgendwann in ihrem Leben einmal aufhören immer wegzulaufen, wenn es schwierig wurde? Mit sechsunddreißig Jahren war sie eigentlich alt genug, sich Problemen zu stellen. Wie sagte ihr Vater immer so schön? ‚Wer wegläuft, sollte überlegen, was er tun will, wenn er ankommt'. Darüber hatte sie meistens nicht nachgedacht. Erst einmal weg.

Letztendlich war es heute auch wieder so gewesen. Und nun saß sie hier in diesem Premium-Bungalow an der Nordsee. Allein, angetrunken, zweifelnd und mit ihrem Ex am Telefon. Grandios!

Das hatte sie wieder einmal großartig hinbekommen. Sie wollte sich gar nicht ausmalen, wie groß der Skandal wäre, wenn sie die Hochzeit platzen ließ. Ihr Vater würde außer sich sein – vor allem nach der ganzen Vorgeschichte. Sie versuchte, die Gedanken an ihre Familie sowie die Aufmerksamkeit durch die Öffentlichkeit beiseitezuschieben, um sich auf sich selbst zu konzentrieren. Liebte sie Konstantin?

„Constanze, ich liebe dich immer noch. Ich weiß, ich bin nicht so ein glamouröser Typ wie Konstantin und ich habe dir keine Hotelkette zu bieten, aber meine Gefühle sind aufrichtig. Nach allem was geschehen ist, bist du nach wie vor die Liebe meines Lebens."

Auf der einen Seite hatte sie das gehofft, auf der anderen Seite stieß sie diese uneingeschränkte Hingabe ab. Genau diese Haltung war der Grund, warum sie Konstantin erlegen war. Felix liebte sie bedingungslos, er stellte sie auf einen Sockel und betete sie geradezu an. Das war anfangs sehr schmeichelhaft gewesen, doch mit der Zeit wurde es langweilig. Von ihm kamen keine Impulse für ihre Beziehung. Er war mit allem einverstanden, was sie wollte, machte nie Vorschläge für Urlaub oder allgemeine Lebensplanung. Sie konnte sich nicht erinnern, dass er je für einen Wunsch brannte, und seine Erfüllung verteidigte – außer vielleicht mit ihr zusammen zu sein, aber nicht einmal dafür hatte er wirklich gekämpft.

„Soll ich zu dir kommen?", unterbrach er ihren Gedankenstrom, indem er seine Frage wiederholte.

Nein! Sie wusste noch nicht, wie es mit Konstantin weitergehen würde, aber ihr war zumindest eines klar geworden: Zurück zu Felix wollte sie nicht. Wie kam sie bloß wieder heraus aus dieser Nummer?

„Es tut mir leid, Felix. Bitte entschuldige, ich hätte dich nicht anrufen sollen. Wenn du jetzt zu mir kommst, ist der Skandal perfekt. Ich muss da alleine durch, auch wenn ich noch keine Ahnung habe, wie. Vermutlich koche ich mir erst einmal eine Kanne Kaffee, statt den Rest des Rotweins zu trinken."

„Bist du sicher?", fragte er leise.

Wieder kein Vorwurf, kein böses Wort.

„Ja, ich bin sicher. Danke fürs Zuhören."

„Ich wünsche dir von Herzen, dass du die richtige Entscheidung triffst. Ich bin auch weiterhin für dich da, wenn es schwierig wird. Pass auf dich auf." Damit legte er auf.

Benommen starrte Constanze vor sich hin. Was nun?

Sie hatte sich in eine unmögliche Situation gebracht. Mal wieder! Am liebsten hätte sie sich ihre Tasche geschnappt und wäre zum Hamburger Flughafen gefahren, um den nächsten Flieger irgendwohin zu nehmen. Einfach nur weit weg, egal wohin. Wieder einmal fliehen.

Statt sich einen Kaffee zu kochen, griff sie erneut zu der Rotweinflasche. Das würde sie morgen sicherlich bereuen, aber sie konnte nicht anders.

Das Piepsen ihres Handys riss sie aus ihren Gedanken. Hatte Felix noch eine SMS geschickt? Hoffentlich nicht! Ein Blick auf ihr Smartphone und ihr Herz machte einen Sprung. Eine Nachricht von Konstantin auf ihrer Mailbox! Gleich darauf zog sich ihr Magen schmerzhaft zusammen. Oder bedeutete es seinen Schlussstrich unter ihre Beziehung? Während sie tief einatmete, wurde ihr bewusst, die eigene Entscheidung damit getroffen zu haben. Wenn Konstantin sie nach wie vor wollte, würde sie morgen seine Frau werden. Mit zittrigen Fingern und klopfendem Herzen lauschte sie den Worten, die ihr Bräutigam für sie hinterlassen hatte.

„Constanze, mein Herz, ich bin untröstlich, mit dir über so eine Lappalie in Streit geraten zu sein. Ich kann gar keinen klaren Gedanken mehr fassen. Den Nachmittag vor unserem großen gemeinsamen Tag hatte ich mir ganz anders vorgestellt. Es tut mir unsagbar weh, jetzt nicht bei dir zu sein. Sicherlich fühlst du dich fürchterlich. Meine Liebe! Bitte ruf mich an, wenn du diese Nachricht abgehört hast. Ich muss wissen, ob du nach wie vor zu mir stehst. Bitte sag mir, dass wir trotz allem morgen in ein gemeinsames Leben starten. Ich liebe dich von Herzen!"

Erleichterung strömte durch Constanzes Körper. Bevor sie ihn zurückrief, hörte sie sich seine wundervollen Worte noch zweimal an.

Als ihre stets gut gelaunte beste Freundin pünktlich um zehn Uhr an die Tür ihres Bungalows klopfte, war die schlechte Stimmung schnell vergessen. Durch das kleine Haus wirbelnd verteilte Susanne so viel positive Energie, der sie sich unmöglich entziehen konnte. Der mitgebrachte Brautstrauß war ein Traum aus roten Rosen, verziert mit weißen Perlen sowie ein klein wenig Schleierkraut. Genau so hatte Constanze ihn sich vorgestellt. Ein freudiges Kribbeln erfasste sie, als sie das Kleid aus der Schutzhülle befreite.

Nach einem schnellen gemeinsamen Frühstück schlüpfte Constanze unter die Dusche. Danach begann Susanne mit ihrem Werk. Als Friseurmeisterin und Kosmetikerin oblag ihr an diesem Tag die Aufgabe, aus der attraktiven Frau eine wunderschöne Braut zu stylen. Da Constanze ungern etwas dem Zufall überließ, hatten die Freundinnen dafür bereits einen Probedurchlauf gemacht, um sich dabei auf die Details zu einigen.

Als sie ein paar Stunden später in die offene Kutsche stieg, fühlte sie sich wunderschön. Ihr inneres Gleichgewicht war zurückgekehrt, die Vorfreude auf die Trauung groß. Das herrlich sommerliche Wetter wertete sie als gutes Omen. Zahlreiche Freunde und Verwandte hatten zum Teil weite Wege auf sich genommen, um bei ihrem großen Tag dabei zu sein. Constanze freute sich darauf, ein rauschendes Fest mit ihnen zu feiern – und das an einem ihrer Lieblingsorte: der *Weißen Düne* in St. Peter-Ording.

Als das Gefährt den Marktplatz in Friedrichstadt erreichte, kribbelte ein Wohlgefühl durch ihren gesamten Körper. Sie entdeckte ihre Mutter Marion und ihre Oma Martha, die eingehakt dicht zusammenstanden. Dass ihre Großmutter es sich nicht nehmen ließ, an diesem Fest teilzunehmen, freute Constanze besonders. Sie war nicht zu überreden gewesen, in der Ferienanlage zu warten, sondern wollte auch die Trauung miterleben. Die Anstrengung war ihr anzusehen; gleichzeitig strahlte sie, sobald sie die Braut zu Gesicht bekam. Gleiches galt für Marion. Constanzes Verhältnis zu ihrer Mutter war immer sehr eng gewesen.

Ihr Vater hingegen stand weiter entfernt von der größeren Menge, die sich um die weiße Kutsche mit den beiden Schimmeln scharte. Er schien einmal mehr in eine Diskussion mit seinem Bruder Karl verstrickt zu sein, mit dem er sich seit dessen Scheidung und schnell folgender Wiederheirat nicht mehr gut verstand – obwohl das schon über fünfzehn Jahre her war. Constanze vermutete, die beiden hätten den Kontakt längst verloren, wenn sie nicht durch das Familienunternehmen verbunden wären. Konnten sie an so einem Tag wie heute nicht einmal ihren Konflikt beiseiteschieben? Constanze war überzeugt, dass das strenge Festhalten an den Regeln der katholischen Kirche Johannes viel von seiner Lebensqualität nahm. Gespräche zu diesem Thema wurden jedoch grundsätzlich im Keim erstickt.

Sie ließ den Blick weiter durch die Menge schweifen, entdeckte eine Handvoll enger Freunde, einige Bekannte sowie ein paar Arbeitskollegen. Die anderen mussten zu Konstantin gehören; sie hatte längst noch nicht alle kennengelernt.

Ihre Tante Luise stand wie immer alleine da. Gern hätte Constanze sie in diesem Moment umarmt, denn heute wirkte sie wirklich etwas verloren. Bewusst lebte sie, ohne großen Kontakt zu der Familie, ihr sehr bescheidenes Dasein. Es hatte sie sicherlich Überwindung gekostet, sich aus dem kleinen Haus hinterm

Elbdeich in den Kreis der Familie zu begeben. Das tat sie lediglich ihrem Patenkind zuliebe, dem sie die besten Wünsche für den neuen Lebensabschnitt persönlich überbringen wollte.

Doch wo war eigentlich Konstantin? Laut ihrer Vereinbarung sollte er als Erster auf dem Marktplatz eintreffen, um sie in Empfang zu nehmen. Johannes verweigerte, sie ihrem Bräutigam zu übergeben – noch so ein leidiges Thema, über das sie jetzt nicht nachdenken wollte. Tante Luise übernahm die Aufgabe statt ihres Bruders. Bei der Vorstellung, welchen Anblick sie beide boten, musste Constanze unwillkürlich lächeln, obwohl sie sich langsam besorgt fragte, warum sie Konstantin nicht entdecken konnte. Auch sein schwarzer Jaguar stand nicht auf dem Marktplatz. Wartete er vielleicht schon jenseits des Mittelburggrabens vor der *Holländischen Stube*, in der sich das Trauzimmer befand? Besprochen hatten sie es anders. Noch stand Constanze in der Kutsche, wodurch sie über die wartende Menge hinwegblicken konnte. Konstantin war nicht zu sehen.

Ärgerlich! Und gleichzeitig beängstigend, nachdem was gestern passiert war.

Jetzt ruhig bleiben! Mit einem Telefonat hatten sie die Differenzen aus der Welt geschafft. Die Versicherung seiner Liebe war absolut glaubwürdig gewesen! Daran wollte sie sich jetzt festhalten!

Die wartenden Gäste bedrängten sie, endlich auszusteigen.

„Nun komm schon und lass dich drücken, du wunderschöne Frau! Wo hast du denn deinen Verlobten gelassen? Wollte er nicht vor dir hier sein?“, kam es fragend aus der Menge.

„Ihr habt ihn noch nicht gesehen?“ Die Stimme der Braut zitterte.

„Nein, wir dachten, Ihr hättet es euch anders überlegt ...“, kommentierte eine von Constanzes Freundinnen stellvertretend für alle.

„Anders überlegt?“ Constanze wich alle Farbe aus dem Gesicht. „Hast du mit ihm gesprochen? Hat er so etwas angedeutet?“

„Constanze, ich meine nicht die Hochzeit, sondern lediglich die Anreise.“

Heiße Wellen liefen durch ihren Körper, die sich wie eine herannahende Panikattacke anfühlten. Sie klammerte sich an der Kutsche fest, weil ihre Beine einzuknicken drohten. Über die Köpfe der Wartenden fing sie einen undefinierbaren Blick ihrer Schwester auf. Starr, ohne jede emotionale Regung. Susanne war hinter ihr aus der Kutsche geklettert. Erst zupfte sie das Kleid und den Schleier zurecht, im Anschluss nahm sie sie in ihre Arme, um sie fest zu drücken.

„Du drehst jetzt nicht durch!“, flüsterte sie ihrer besten Freundin ins Ohr. „Es ist alles in Ordnung. Er wird gleich um die Ecke gebraust kommen, um dich mit schlechtem Gewissen, aber viel Charme wieder um den Finger zu wickeln. Du kennst ihn doch. Wie oft ist er zu euren Verabredungen zu spät gekommen?“

Das stimmte, aber Constanze war nicht überzeugt. Sie löste sich aus der Umarmung, um Susanne in die Augen zu schauen.

„Komm eben mit dort rüber, lass uns Luise begrüßen. Ich muss einen Moment aus der Menge, sonst fehlt mir die Luft zum Atmen.“

„Ihr Lieben, wir gehen mal kurz zu Constanzes Patentante, bitte schaut euch nach Konstantin um. Sagt uns Bescheid, wenn Ihr ihn gefunden habt“, ergriff Susanne das Wort und stützte ihre Freundin auf dem Weg über den Platz.

Außer Hörweite der anderen berichtete Constanze von dem heftigen Streit verbunden mit ihren Zweifeln. Nur das Telefonat mit Felix verschwieg sie geflissentlich.

„Meine Liebe, Streit gehört in der Ehe dazu. Das werdet auch Ihr nicht vermeiden können. Nach der Versöhnung ist es dann umso schöner.“

„Du meinst wohl den Sex."

„Ja, den auch. Warum, glaubst du, haben wir drei Kinder?"

Das Geplänkel zerrte an Constanzes Nerven. Sie war nicht in Stimmung für Susannes speziellen Humor.

„Lass mal bitte ... Tante Luise! Schön, dich zu sehen. Wie geht es dir? Hattest du eine angenehme Anreise?"

„Constanze, mein Kind. Du bist eine wunderschöne Braut! Ja, es hat alles bestens geklappt. Der Bungalow ist sehr komfortabel, vielen Dank."

„Hast du Konstantin gesehen?", kam Constanze sofort zu ihrem dringlichsten Anliegen. „Er wollte längst hier sein. Hoffentlich ist nichts passiert."

„Was soll denn passiert sein? Natürlich wird er kommen. Er wird sich doch so eine gute Partie nicht entgehen lassen. Komm, wir machen einen kleinen Spaziergang. Das ist wirklich ein entzückender Ort, den hast du gut ausgewählt. Die alten Häuser haben es mir angetan, das muss ich bei aller Bescheidenheit zugeben. Dieser gesamte Stadtkern ist quasi eine kleine Insel. Lass uns einmal zum Wasser gehen. Die anderen werden sich schon melden, wenn Konstantin eintrifft. Susanne, Sie wissen, wo wir zu finden sind", wandte sie sich an die beste Freundin ihrer Nichte.

Dankbar hakte sich Constanze bei ihrer Tante ein. Ihre Worte brachten die gewünschte Ablenkung und Entspannung. Bei ihrem Rundgang entdeckte sie den Hausmeister der Ferienanlage *Weiße Düne*, vermutlich in Begleitung seiner Frau. In Schale geschmissen waren die beiden wohl extra wegen der Hochzeit hierhergekommen. Was für eine nette Geste! Torge Trulsen hatte vorbereitend ausgesprochen gute Arbeit geleistet. Kein Sonderwunsch war ihm zu viel gewesen, alle Ferienhäuser waren ihren persönlichen Gästen in einem Top-Zustand übergeben worden.

Sie sollte der Managerin Marina Lessing vorschlagen, ihm eine Prämie auszuzahlen.

Nachdem sie den Marktplatz umrundet hatten, schlenderten sie den Mittelburggraben bis hin zu dem Ausläufer der Treene. Trotz des warmen Wetters war Constanze kalt. Das Gespräch mit Luise konnte sie nicht weiter beruhigen, in ihr brodelte es. Nur mit größter Anstrengung war es ihr möglich, hier entlang zu spazieren, als ob sie nichts anderes zu tun hätte, als die Schönheit dieser Kleinstadt zu bewundern. Verstohlen blickte sie ab und zu auf ihre Uhr. Mit jeder weiteren Minute stieg ihre Nervosität. Gegen halb vier war sie kurz davor, durchzudrehen. Sie hatte bereits etliche Male versucht, Konstantin auf seinem Handy zu erreichen, doch jedes Mal war nur die Mailbox angesprungen. Anfangs glaubte sie noch, er wäre vielleicht gerade in einem Funkloch, immerhin befanden sie sich hier in einer ländlichen Gegend. Mittlerweile war sie anderer Meinung. Entweder war ihm etwas passiert oder er hatte sie sitzengelassen!

„Lass uns zurückgehen, Luise. Ich halte das Warten nicht mehr aus. Wir müssen Konstantin finden. Vielleicht ist ihm etwas zugestoßen." Ohne eine Antwort abzuwarten, zog Constanze ihre Tante schnellen Schrittes zurück zu der Kutsche. Luise war durch ihre täglichen Yoga-Übungen gut genug trainiert, um dem Tempo zu folgen.

Wie erwartet ließ der Bräutigam weiter auf sich warten. Kurz drohte Constanze in Tränen auszubrechen, ihre Nerven vibrierten und ihr Magen rebellierte. Am liebsten wäre sie in ein Taxi gestiegen, um der gesamten Situation zu entfliehen. Doch schließlich kam ihr die Idee, wer sie in ihrer Hilflosigkeit unterstützen konnte:

Torge Trulsen!

Der Hausmeister kannte hier auf Eiderstedt jeden, das war in den Gesprächen mit ihm deutlich geworden. Wenn einer sie bei der Suche unterstützen konnte, dann er. Hoffentlich war er noch nicht nach Hause gefahren, weil sich hier nichts tat.

Wieder suchte sie mit den Augen den Marktplatz ab, schließlich entdeckte sie ihn.

„Susanne, kannst du bitte einmal kommen", rief sie nach ihrer Freundin, um Trulsen nicht allein ihr Anliegen vortragen zu müssen. Kurz erklärte sie der Freundin ihren Plan. Diese blickte sie zwar zweifelnd an, begleitete Constanze aber wie gewünscht. Leicht außer Atem kamen sie bei dem Paar an.

„Herr Trulsen, ich brauche Ihre Hilfe", platzte Constanze ohne lange Vorrede heraus. „Mein Bräutigam ist verschwunden. Sie kennen doch hier in Nordfriesland so viele Leute. Können Sie mir helfen, ihn zu finden? Ich befürchte, ihm ist etwas passiert."

Wenn Trulsen verwundert war, ließ er es sich nicht anmerken. Väterlich besorgt schaute er Constanze an. Aus der Nähe war deutlich zu erkennen, dass ihm der feine Anzug etwas zu eng war. Sein Gesicht wurde von einer großen Nase dominiert, eingerahmt von einer vollen Mähne blonder Locken. Nur an den Schläfen war er bereits etwas angegraut. Wie Constanze wusste, war er Mitte fünfzig.

„Natürlich helfe ich Ihnen gerne. Wir dachten schon, wir hätten uns in der Uhrzeit geirrt. Haben Sie eine Vorstellung, wie diese Hilfe aussehen soll?"

„Äh, nein, ehrlich gesagt war das eine spontane Idee. Über die Ausführung habe ich mir bisher keine Gedanken gemacht." Constanze fühlte sich noch hilfloser als zuvor.

„Nun beruhigen Sie sich erstmal. Mir fällt schon etwas ein. Geben Sie mir ein paar Minuten. Wollen Sie hier warten oder zurück zur *Weißen Düne* fahren?"

„Ich bleibe auf jeden Fall hier", antwortete die aufgebrachte Braut.

„Wann haben Sie denn Ihren Verlobten zum letzten Mal gesehen?“

„Gestern Mittag, am späten Nachmittag haben wir noch einmal telefoniert.“ Nach der sachlichen Aussage machte Constanze eine Pause und seufzte tief, bevor sie leiser fortsetzte: „Da ist noch etwas, Herr Trulsen. Wir haben uns gestern heftig gestritten. Ich bin wutentbrannt aus seiner Wohnung abgerauscht und alleine nach St. Peter gekommen. Ich weiß nicht einmal, ob er seinen Bungalow bereits bezogen hat. Darüber haben wir in dem Telefonat nicht gesprochen.“

„Streit gibt es in der besten Ehe, das ist kein Grund, sie gar nicht erst zu beginnen“, versuchte Trulsen sie zu beruhigen. „Wann fand das Telefonat statt?“

„So gegen 17 Uhr.“

„Und sie haben sich wieder versöhnt?“

„Ja, nach meinem Empfinden war die Harmonie wieder hergestellt. Wir haben über das Problem gesprochen und eine Lösung gefunden.“

Das schien dem Hausmeister vorerst als Information zu genügen.

„Bringen Sie Ihre Freundin zu dem Eiscafé *Pinocchio* dort an der Ecke“, wandte er sich an Susanne. „Sagen Sie dem Inhaber Antonio, Torge Trulsen schickt Sie. Setzen Sie sich in eine ruhige Ecke und trinken Sie etwas. Ich komme zu Ihnen, wenn ich einige Telefonate geführt habe.“

Fast hätte Constanze ein wenig gelächelt, so hatte sie Torge Trulsen auch während der Vorbereitungen kennengelernt. Man gab ihm ein Problem und sofort war er in seinem Element.

Charlie auf dem Weg nach Hamburg

Samstag, den 09. Mai

Kommissarin Charlotte Wiesinger freute sich darauf, den Abend mit einer guten Freundin in der Elbphilharmonie in Hamburg zu verbringen. Endlich würde sie wieder heimatliche Großstadtluft schnuppern. Im letzten Jahr hatte sich ihr Leben stark verändert. Angefangen mit dem Seitensprung ihres Lebensgefährten, über die folgende Trennung bis hin zu dem Schuss auf den Zuhälter, weil sie einfach nicht bei der Sache war, verlief ihre Karriere, die sie klar vor sich gesehen hatte, plötzlich völlig anders als geplant. Nach dem Untersuchungsverfahren, bei dem ein Kollege gegen sie aussagte, konnte sie einer Suspendierung lediglich durch die Versetzung nach St. Peter-Ording entgehen. Der Fall Schwertfeger war ein anspruchsvoller Auftakt ihrer Tätigkeit auf dem platten Land gewesen. Sie erinnerte sich gut an diesen kniffligen Fall. Nicht nur die konstruktive Zusammenarbeit mit ihrem neuen Kollegen Knud Petersen, sondern auch die ständige Einmischung des schrulligen Hausmeisters Torge Trulsen hatte sie am Ende zu dem Täter geführt. Beim Gedanken an den Nordfriesen mit den blonden Locken musste Charlie unwillkürlich grinsen. Er war eine echte Nervensäge mit grenzwertigen Ermittlungsmethoden, aber seine Rechtfertigungen waren außergewöhnlich phantasiereich. Ohne sein eigenmächtiges Eingreifen in die Aufklärung des Mordes hätten sie dafür bestimmt länger gebraucht.

Danach wusste sie erst einmal nicht, wie es mit ihrem Leben und ihrer Laufbahn weitergehen sollte. Haltlos war sie zwischen St. Peter-Ording und Hamburg hin und hergependelt. Die ländliche Routine fand sie extrem gewöhnungsbedürftig: Diebstähle, Verkehrsdelikte, Streit unter Nachbarn, ausgebüxtes Vieh. Spannende Polizeiarbeit sah anders aus. Als Kommissarin der Mordkommission fühlte sie sich unterfordert, doch Matthias Bartsch, ihr Vorgesetzter in der Hansestadt, stimmte einer Rückversetzung nicht zu. Sie solle sich in Geduld üben.

Das war für die 35-jährige Powerfrau die größte Herausforderung. Zum Jahreswechsel flog sie in die Karibik, um der gesamten Situation kurzfristig zu entkommen und sich Gedanken über ihr weiteres Leben zu machen. Überraschenderweise gefiel ihr diese Auszeit nicht so gut wie erwartet, vermutlich auch, weil sie von Paaren umgeben war und die noch nicht verheilten Wunden wieder aufbrachen. Ein bisschen vermisste sie sogar das raue Klima der Nordsee, die Deiche mit den blökenden Schafen sowie den stoischen Pragmatismus der Nordfriesen, insbesondere eines Nordfriesen, wie sie sich nur ungern eingestand. Mit Knud Petersen war sie zu einem gut funktionierenden Team geworden. Er verstand sie und brachte sie regelmäßig zum Lachen - eine wertvolle Gabe.

Als sie nach ihrer Rückkehr aus dem Urlaub von Trulsen den Tipp mit dem kleinen Häuschen im alten Dorf von St. Peter bekam, machte sie Nägel mit Köpfen. Das Pendeln zwischen der Ferienwohnung, in der sie bis dahin wohnte, weil es auf Eiderstedt nichts fest zu mieten gab, und ihrem Hamburger Zuhause war zunehmend anstrengend geworden. Sie unterschrieb den Vertrag für das kleine Haus, vermietete im Gegenzuge ihre Wohnung, um ganz nach Nordfriesland zu ziehen. Was hatte sie schon zu verlieren? Sie konnte jederzeit wieder verschwinden. Für den Moment schien es die optimale Lösung zu sein. Sie fand hier an der Küste am besten ihr Gleichgewicht wieder.

Doch heute freute sie sich auf ihren Besuch in der alten Heimat mit der großartigen Elbphilharmonie. Schon einmal war sie in den Genuss eines Konzertes im großen Saal gekommen, ein unvergessliches Erlebnis. Ihre Freundin Anna sah sie viel zu selten, seit sie nach St. Peter umgesiedelt war, auch wenn sie regelmäßig telefonierten.

Das heutige Cello-Konzert stellte sie sich als besonderes Highlight vor, danach wollten sie in eine Cocktail-Bar und ein bisschen am Hafen flanieren. Charlie merkte, wie sehr sie die Großstadt zwischendurch vermisste! Als ihr Smartphone klingelte, rechnete sie mit einem Anruf von Anna, aber es war ihr Kollege Knud Petersen.

„Moin Knud, was verschafft mir die Ehre? Können Sie es wieder nicht ohne mich aushalten?“ Trotz ihres bereits sehr vertrauten Umgangs waren sie bislang bei dem Anrede-Mix aus Vornamen und siezen geblieben. Irgendwie gefiel ihr das.

„Moin Charlotte! Tut mir leid, dass ich störe, aber ich fürchte, wir bekommen Arbeit.“

„Das klingt ja spannend. Hat Trulsen wieder einen Toten gefunden?"

„Nein, das nun nicht gerade. Er hat allerdings etwas damit zu tun."

An dem Tonfall erkannte Charlie seine Stimmung. Sie wusste genau, er griente in diesem Moment wieder vor sich hin, weil es ihn amüsierte. Ein Gesichtsausdruck, der ihr sofort jegliche schlechte Laune vertreiben konnte.

„Wenn Trulsen etwas damit zu tun hat, kann es nichts Gutes bedeuten. Dann lege ich jetzt besser auf, sonst geht mein schönes Hamburg-Wochenende den Bach herunter."

„Sie wollen heute in die große Stadt fahren, das hatte ich für den Moment vergessen", behauptete ihr Kollege.

„Ich rede ja auch erst seit drei Wochen ununterbrochen darüber."

Als Knud antwortete, erkannte sie an seiner Stimme, dass das Grienen breiter geworden war.

„Männer sind eben einfach gestrickt."

„Sie meinen wohl Nordfriesen", ging Charlie auf das Geplänkel ein, bevor sie wieder ernst wurde. „Können wir nicht morgen oder übermorgen über die Probleme Ihres Kumpels schnacken? Ich bin wirklich auf dem Sprung."

Es folgte Stille an dem anderen Ende der Leitung. Vermutlich wog Knud ab, ob er ihr das Wochenende verderben oder den Fall alleine beackern sollte.

„Nun mal *Butter bei die Fische,* worum geht es denn überhaupt?", fragte sie nun doch neugierig.

„Wie Sie wissen, findet dieses Wochenende die große Hochzeit in der *Weißen Düne* statt ..."

„Ah, die Fusion der Hotelketten", frotzelte Charlie.

„Wenn Sie es so nennen wollen, ja. Nun, der Bräutigam ist nicht aufgetaucht."

„Ist nicht Ihr Ernst!" Darüber war die Kommissarin ernsthaft erstaunt.

„Doch, der Großteil der Hochzeitsgesellschaft steht in Friedrichstadt auf dem Marktplatz und wartet vergeblich auf Konstantin Winkler."

„Und nun hat Trulsen seine Leiche gefunden?", mutmaßte sie.

„Nein, bisher wird er nur vermisst", stellte Knud richtig.

„Das ist alles?"

„Jo."

„Knud, das ist wirklich kein Grund, meinen schönen Konzertbesuch sausen zu lassen. Ich habe Karten für die Elbphilharmonie ergattert, mir ein neues Kleid gekauft und mich aufgebretzelt. Ich sehe mit meiner neuen Hochsteckfrisur sagenhaft gut aus und freue mich wie ein Kind auf acht Celli, die heute Abend 2100 Menschen im großen Saal der Elphi in Begeisterung versetzen werden – ich bin wild entschlossen, eine von ihnen zu sein!" Charlies Temperament brach wieder durch. Trotz ihrer lediglich 1,58m mit einer schlanken Figur brachte sie die Energie für zwei auf. Ihre braunen Locken waren heute gezähmt, tanzten sonst aber bei Ausbrüchen dieser Art in alle Richtungen. „Sind Sie noch dran, Knud?"

„Bei mir geht gerade das Kopfkino an. Ich glaube, ich habe Sie noch nie mit hochgesteckten Haaren und im Kleid gesehen. Vermutlich duften Sie auch verführerisch."

Für einen Moment fiel der sonst so schlagfertigen Kommissarin keine passende Antwort ein.

„Sie verarschen mich!"

„Das würde ich nie wagen!" Knud war offensichtlich bester Laune, was allerdings meistens der Fall war. Charlie konnte sich nicht erinnern, ihn einmal richtig mies gelaunt erlebt zu haben.

„Und das soll ich Ihnen glauben." Jetzt musste auch sie lächeln. „Was ist denn nun mit dem Bräutigam?"

„Er ist verschwunden. Seine Braut Constanze von Haferkamp hat gestern Nachmittag zuletzt mit ihm telefoniert."

„Dafür kann es viele Gründe geben, das ist ja nun kein Fall für uns – noch nicht jedenfalls. Geben Sie doch einfach Ihrem Freund Trulsen den Auftrag nach ihm zu suchen. Dann ist er beschäftigt und ich kann meinem Plan für dieses Wochenende folgen", schlug Charlie vor.

„Ich weiß, dass es eigentlich kein Fall ist, aber die Familie hat uns um Unterstützung ersucht. Sie wissen ja, wie einflussreich die sind."

„Ich soll meinen Konzertbesuch absagen, weil einer reichen Familie der Bräutigam abhanden gekommen ist? Wissen Sie, wie lange ich mich schon auf das Konzert freue?" Sie fing an, sich zu wiederholen, aber so langsam brachte sie diese Anfrage auf. „Wann sollte die Trauung denn stattfinden?"

„Um 15 Uhr."

„Knud, es ist erst 16 Uhr! Das heißt, sie vermissen ihn gerade einmal eine Stunde?"

„So ungefähr. Na ja, eineinhalb Stunden."

„Dann ist alles klar. Das ist absolut kein Fall für die Polizei. Sie kennen das Procedere. Wenn es Ihnen damit besser geht, fahren Sie meinetwegen nach Friedrichstadt oder in die *Weiße Düne*, um Händchen bei der Familie zu halten. Ich mache da nicht mit!" Charlie war wieder in Fahrt geraten, die Extravaganzen der Reichen regten sie auf, insbesondere wenn sie auf Kosten normaler Sterblicher gingen.

Knud schien zu überlegen, wie er fortfahren sollte. Ab und zu war er bereits Zeuge ihrer Gefühlsausbrüche geworden. Vermutlich wusste er nicht, wie er damit umgehen sollte.

„Knud, Sie müssen sich Ihr Wochenende durch so etwas auch nicht verderben lassen. Was soll die Familie denn mit ihrem ganzen Einfluss anrichten? Wir werden nicht unsere Jobs verlieren, nur weil deren Schwiegersohn in spe es sich vielleicht anders überlegt hat", versuchte sie, die Stimmung wieder zu verbessern. Knud war in den letzten Monaten zu einem wichtigen Menschen in ihrem Leben geworden. Zum einen verbrachten sie durch die Arbeit eine Menge Zeit miteinander, zum anderen hatte er immer ein offenes Ohr für sie, war empathisch und auf dem Weg ein guter Freund zu werden. Er würde sich nicht zu Hause aufs Sofa setzen, wenn jemand seine Hilfe benötigte.

„Sie wollen nach Friedrichstadt fahren!", erriet sie seine Gedanken. Dann kam ihr eine Idee: „Warum nehmen Sie nicht zusammen mit Trulsen die Hochzeitsgesellschaft schon einmal unter die Lupe, während ich meinen Ausflug nach Hamburg mache? Da alle in der *Weißen Düne* wohnen, wird Ihr Kumpel sich ja sowieso an unsere Fersen heften, dann können Sie ihn auch gleich mit ins Boot holen. Trulsen kann doch gut mit Menschen, wenn da etwas faul ist, findet er es bestimmt heraus."

„Das ist ein ungewöhnlicher Vorschlag. Würden Sie den auch machen, wenn Sie keine Karten für die Elbphilharmonie hätten?", frotzelte Knud ein wenig weiter, bevor er wieder ernst wurde. „Vielleicht keine so schlechte Idee. Sie haben recht. Torge hat die Ermittlungen quasi schon aufgenommen, den werden wir nicht mehr los. Fahren Sie nach Hamburg. Wenn es brenzlig wird, melde ich mich bei Ihnen, ansonsten können Sie morgen Vormittag bei uns nachfragen, ob wir bereits einen Fall haben."

„Danke Knud, so machen wir es." Erleichtert beendete sie das Gespräch.

Auf dem Weg nach Hamburg konnte Charlie nicht anders, als an Knuds Anruf zu denken. War Konstantin Winkler durchgebrannt oder gab es einen neuen Fall in St. Peter-Ording? Es juckte ihr in den Fingern, ihren Kollegen zurückzurufen, um weitere Details zu erfragen. Gab es für den Hotelier einen

Grund, nicht zu heiraten? Den Gerüchten zufolge handelte es sich nicht nur schlicht um eine Hochzeit, sondern um die Fusion zweier Hotelimperien. Damit erschien es Charlie wesentlich unwahrscheinlicher, so einen Termin sausen zu lassen. Doch nach ihrer Erfahrung sahen die Umstände von außen betrachtet immer anders aus.

Sie kam sich nun doch ein wenig so vor, als hätte sie Knud im Stich gelassen. Erstaunt stellte sie wieder fest, wie sehr sie in den letzten Monaten schon zusammengewachsen waren. Unwillkürlich wanderten ihre Gedanken zu ihrer Ankunft in der Küstengemeinde im September des vergangenen Jahres zurück. Lächelnd dachte sie an ihre Abneigung, mit der sie der ersten Begegnung entgegengesehen hatte. In der Erwartung zweier uniformierter Dorfpolizisten war sie in der Eingangshalle der Ferienanlage *Weiße Düne* angekommen. Von dort aus wollten sie gemeinsam zum Strand, an dem der Tote gefunden wurde.

Entgegen dieser Vereinbarung fand sie Knud Petersen nicht in der Gesellschaft des Kollegen Fiete Nissen, sondern von Torge Trulsen – in ziviler Kleidung sowie optisch recht attraktiv. Gemeinsam reparierten die Männer gerade den Abfluss eines der Ferienbungalows. Als sie ihre anfängliche Fassungslosigkeit über die Prioritätensetzung überwunden hatte, wurde ihr bereits im Verlauf des ersten Abends klar, dass es sich bei Knud Petersen um einen fähigen Polizisten handelte. Mit seiner ruhigen Art wurde er sicherlich häufig unterschätzt, doch er war intelligent, gründlich und ideenreich. Seine positive Einstellung war vorbildlich, von der überwiegend guten Laune ließ sich Charlie gerne anstecken. Am besten gefielen ihr seine Leichtigkeit und sein Humor, verbunden mit dem häufigen Grienen in dem freundlichen Gesicht. Er gehörte eindeutig zu den Guten auf diesem Erdball.

Einen Moment lang kam es ihr selbstsüchtig vor, ihr eigenes Vergnügen über die Unterstützung ihres neuen Kollegen zu stellen. Kurz überlegte sie tatsächlich, ob sie umkehren sollte, aber schließlich schüttelte sie energisch ihren Kopf.

So ein Quatsch! Es gab gar keinen Fall. Nichts deutete darauf hin, dass Gefahr in Verzug war oder sogar ein Verbrechen vorlag. Sie würde jetzt ihren Abend genießen und morgen bei Knud anrufen. Das hatte sie sich verdient!

Torge in Friedrichstadt

Samstag, den 09. Mai

Nachdem Torge die beiden Frauen zu dem Eiscafé von Toni geschickt hatte, musste er erst einmal einen Moment überlegen, wie er weiter vorgehen sollte. Ein Kribbeln breitete sich von seinem Magen über den gesamten Körper aus. Nach seinem Instinkt zu urteilen, handelte es hier nicht nur um einen Mann, der vor einer folgenschweren Unterschrift kalte Füße bekommen hatte. Hier kam der nächste Kriminalfall auf sie zu und er war von der ersten Stunde an dabei! Besser noch, er gab den Startschuss für die Ermittlungen.

„Worauf wartest du denn? Willst du nicht Knud anrufen?“ Annegret machte sich bemerkbar, nachdem sie die ganze Zeit still und geduldig an seiner Seite gewartet hatte.

„Ich überlege, ob ich erst mit der Familie spreche. Klar, Constanze von Haferkamp ist jetzt aufgelöst. Vielleicht sollte ich mit ihren Eltern und der Schwester sprechen, die sind nicht ganz so emotional eingebunden. Was meinst du dazu?"

„Schaden kann das nicht", gab seine bessere Hälfte zur Antwort. „Knud kannst du danach immer noch anrufen."

Torge freute sich über die Zustimmung. Auch wenn er seine Entscheidungen gut alleine treffen konnte, war ihm ihre Meinung wichtig. Es hatte sich in den Jahren bei so mancher Problemlösung als nützlich erwiesen, die weibliche Sichtweise einzubeziehen.

„Ja, prima, wenn du es auch so siehst, gehen wir jetzt rüber zu der Familie. Ich bin gespannt, was sie dazu sagen."

Torge hakte Annegret ein, damit sie gemeinsam schnellen Schrittes über den Marktplatz marschieren konnten. Unruhe hatte sich unter den Gästen der Hochzeitsgesellschaft breitgemacht. Nach den Gesprächsfetzen zu urteilen, die er hier und da mitbekam, gab es kein anderes Thema mehr. Es wurde wild spekuliert, was mit Konstantin Winkler passiert war. Dabei schien die Meinung vorzuherrschen, dass sein Fernbleiben nicht freiwilliger Natur war. Am Ziel angekommen, richtete er das Wort an Johannes von Haferkamp. Sogar Torge war die patriarchalische Haltung des Hoteliers nicht entgangen.

„Moin Herr von Haferkamp. Sie erinnern sich vielleicht, ich bin Torge Trulsen, der Hausmeister der *Weißen Düne*. Ihre Tochter hat sich an mich gewandt, weil Herr Winkler nicht erschienen ist. Genau genommen hat sie mich um Hilfe gebeten. Meine Idee dazu wäre, die örtliche Polizei einzuschalten. Dies ist natürlich insbesondere dann sinnvoll, wenn von einem unfreiwilligen Fernbleiben ausgegangen werden kann." Torge versuchte, sich ein wenig gewählter als sonst auszudrücken, um von dem mächtigen Mann ernst genommen zu werden.

„Wo ist Constanze jetzt?“, fragte der Angesprochene mit der gleichen versteinerten Miene wie vorher.

„Ich habe sie mit ihrer Freundin zu dem Eiscafé am Ende des Marktplatzes geschickt, damit sie einen Moment in Ruhe etwas trinken und ihre Nerven beruhigen kann, ohne dass alle auf sie einreden.“

Das schien Johannes von Haferkamp zu gefallen. Wohlwollend nickend warf er Torge einen anerkennenden Blick zu.

„Gut gemacht“, kommentierte er knapp, bevor er zu der ursprünglichen Frage Stellung nahm. „Konstantin Winkler hat es sich nicht anders überlegt. Er bleibt auf keinen Fall aus freien Stücken der Hochzeit fern. Es muss ihm etwas zugestoßen sein, insofern ist es absolut sinnvoll, bereits früh die Polizei einzuschalten. Ich möchte hinzufügen, dass ich persönlich sehr beunruhigt bin. Inwieweit können Sie helfen, Herr Trulsen?“

„Kommissar Knud Petersen von der Polizei in St. Peter-Ording ist ein guter Freund von mir. Gerne kann ich ihn anrufen. Wenn ich ihm die Fakten schildere, wird er bestimmt herkommen und die Ermittlungen aufnehmen. Außerdem würde ich ihn gerne selbst nach Kräften unterstützen. Ich bin auf Eiderstedt gut vernetzt, wie man heute so schön sagt.“

Wieder nickte Johannes von Haferkamp. „Das hört sich vernünftig an. Ich schlage vor, wir warten noch eine Stunde, bevor wir in die *Weiße Düne* zurückkehren – für alle Fälle. Die Hoffnung stirbt bekanntermaßen zuletzt, vielleicht taucht er ja doch noch auf. Trotzdem sollten Sie schon Kommissar Petersen einbeziehen. Ich danke Ihnen für Ihre Unterstützung. Ich werde jetzt meine Frau bitten, nach meiner Tochter zu schauen. Bitte entschuldigen Sie mich für den Moment.“

Torge war äußerst zufrieden mit dem Gesprächsverlauf. Annegret hatte sich wie üblich im Hintergrund gehalten. Er angelte sein Smartphone aus der Tasche und drückte auf die Kurzwahl, unter der Knuds Nummer gespeichert war.

„Knud Petersen", meldete sich dieser bereits nach dem dritten Klingeln.

„Moin Knud, hier ist Torge. Sonst werde ich immer freundlich mit Namen von dir begrüßt", scherzte er kurz, bevor er dann schnell zum Thema kam. „Du, ich bin in Friedrichstadt. Hier sollte doch heute die Hochzeit der Hotelerben stattfinden."

„Du bist nach Friedrichstadt gefahren, um der Trauung beizuwohnen? Das ist ja ganz was Neues."

„Annegret wollte das gerne ... ist doch jetzt egal. Hör zu, es gibt ein Problem. Es geht um den Bräutigam."

„Sag nicht, du hast seine Leiche gefunden!" Knud schien etwas fassungslos zu sein.

„Nein, nein! Er ist bislang nur verschwunden, einfach nicht aufgetaucht. Die Familie geht nicht davon aus, dass er sich aus dem Staub gemacht hat."

„Na ja, die Braut ist ja auch eine echt gute Partie, warum sollte er das tun?"

„Eben. Sie haben uns um Hilfe gebeten. Constanze von Haferkamp ist zu mir gekommen, als sie mich erkannt hat. Vermutlich ist sie mit meiner Arbeit in der Ferienanlage zufrieden gewesen. Ich habe nun mit dem Familienoberhaupt gesprochen und sie bitten um die Unterstützung der Polizei. Kannst du herkommen?", schloss Torge seine Ausführungen mit der direkten Frage ab.

Es folgte Stille in der Leitung, bevor Knud schließlich seine Bedenken äußerte. Nach einigem Hin und Her hatte Torge ihn mehr überredet als überzeugt, aber er erklärte sich bereit, zu kommen. Er sei gerade in Tönning, also in zwanzig Minuten dort. Vorher wollte er seine Kollegin Charlotte Wiesinger anrufen.

Nach Beendigung des Telefonates wandte sich Torge wieder an Annegret, die das Gespräch schweigend verfolgt hatte.

„Knud kommt eben aus Tönning herüber", klärte er sie über den Teil auf, den sie nicht gehört hatte. „Ich möchte ihn natürlich unterstützen, wenn er hier eintrifft."

„Natürlich!" Annegret konnte sich ein Schmunzeln nicht verkneifen. „Endlich wieder Polizeiarbeit für meinen Seebären. Für dich unwiderstehlich, schon klar. Dann werde ich alleine ein wenig durch die Fußgängerzone bummeln. Wenn ich etwas Schönes entdecke, geht es allerdings auf deine Rechnung", fügte sie verschmitzt hinzu.

Torge grinste ebenfalls. „Du kennst den Kontostand, lass es nicht zu sehr krachen. Ich melde mich bei dir auf dem Handy – spätestens in eineinhalb Stunden. Ist das okay?"

„Sonst muss ich ein Taxi nach Hause nehmen", entgegnete seine bessere Hälfte gut gelaunt.

„Das Geld werden wir uns lieber sparen. Ich bring dich nach Tating zurück, versprochen!"

Mit einem kurzen Kuss verabschiedete sich Annegret von Torge, der es kaum erwarten konnte, sich um den verschwundenen Bräutigam zu kümmern. So gesehen war das eine doppelt glückliche Fügung, denn so eine Ermittlung war aufregend! Seit dem Mord an Michael Schwertfeger im letzten September war auf Eiderstedt nichts Spannendes passiert und Shoppen war, wie für die meisten Männer, nicht seine Lieblingsbeschäftigung. Was fanden die Frauen daran, einen Laden nach dem anderen zu durchstöbern und am Ende mit schmerzenden Füßen schwer beladen nach Hause zu kriechen? Wenn Torge Klamotten brauchte, fuhr er nach Husum zu dem Kaufhaus am Hafen, kaufte eine große Tüte voll und dann war wieder Ruhe für ein halbes Jahr. Entschlossen schob er den Gedanken beiseite. Annegret war beschäftigt, das hatte ja auch sein Gutes!

Besser er kümmerte sich um die Frage, wie es nun weitergehen sollte. Er brauchte auf jeden Fall mehr Informationen über die Familie und ein Foto von dem Bräutigam. Vielleicht konnte er es einigen Bekannten schicken, irgendjemand hatte ihn bestimmt gesehen, wenn er bereits in St. Peter-Ording angekommen war. Anscheinend bestand nicht einmal darüber Klarheit bei den Angehörigen, ein guter Anfang für seine Recherche. Er beschloss, nach der Braut zu sehen, um sie in diesem Zuge gleich zu befragen. Auch der Sache mit dem Streit am gestrigen Nachmittag wollte er auf den Grund gehen. Worum war es dabei gegangen? Wie heftig war er gewesen? Im ersten Gespräch mit Constanze von Haferkamp hatte er es als belanglos abgetan, aber konnte es so kritisch gewesen sein, dass Konstantin Winkler daraufhin auf die Hochzeit verzichtete, auch wenn der Vater der Braut das ausschloss? Vermutlich wusste der gar nichts von dem Streit.

Mit diesen Gedanken im Kopf erreichte Torge die Eisdiele. Er warf einen Blick hinein, konnte die beiden Frauen jedoch nicht entdecken. Ratlos blieb er am Eingang stehen, drehte sich schließlich, um den Marktplatz mit den Augen abzusuchen.

„Torge, da bist du ja wieder! Du vermisst bestimmt die Braut mit ihrer Freundin." Antonio klopfte ihm freundschaftlich auf die Schulter.

Als Torge nickte, sprach er schon weiter: „Ich habe sie in mein Hinterzimmer verfrachtet. Es gab keine Chance auf eine ruhige Auszeit für die beiden. Sie haben zu viel Aufmerksamkeit erregt, einige haben die Haferkamp erkannt und sie sogar um Autogramme gebeten, stell dir einmal vor!" Toni war offensichtlich entrüstet über so viel Übergriffigkeit. „Komm mit, ich bringe dich zu ihnen."

Torge schickte schnell eine SMS an Knud, damit dieser wusste, wo er zu finden war, dann begab er sich zu den Freundinnen in das Privatzimmer der Ginellis. Das passte ihm ausgezeichnet in den Kram, dort würde er ein ungestörtes Gespräch führen können. Nach dem Klopfen an der Tür trat er sofort ein. Ein gemütliches Zimmer im mediterranen Stil empfing ihn, das hier oben an der Küste einen ungewohnten Anblick bot, aber es war eben ein Stück Heimat für die italienische Familie.

Constanze von Haferkamp sprang so stürmisch von ihrem Stuhl auf, dass er krachend zu Boden fiel.

„Haben Sie ihn gefunden?", fragte sie atemlos.

„Nein, leider noch nicht", gab Torge bedauernd zur Antwort. Nachdem er den Stuhl wieder hingestellt hatte, bat er sie, erneut Platz zu nehmen. „Ich brauche weitere Informationen über ihren Bräutigam sowie ihre Beziehung zu ihm. Außerdem wäre ein Foto nützlich. Haben Sie eins dabei?"

Die Gefragte schüttelte den Kopf und wies auf das kleine Täschchen, das diesen Namen kaum verdiente. Torge fragte sich unwillkürlich, ob da mehr als ein Taschentuch und vielleicht ein Lippenstift hineinpassten.

„Ich habe im Grunde überhaupt nichts dabei, als Braut kommt man nicht mit der üblichen großen Handtasche." Sie versuchte ein zaghaftes Lächeln, das jedoch misslang. „In der *Weißen Düne* habe ich mehrere Fotos von Konstantin. Ich gebe sie Ihnen, wenn wir dorthin zurückgekehrt sind", fügte sie sachlich hinzu.

„Ich habe die örtliche Polizei informiert", setzte Torge die Braut über seine ersten Schritte in Kenntnis. „Ihr Vater war der gleichen Meinung. Kommissar Knud Petersen ist auf dem Weg und sollte in ..." Torge warf einen kurzen Blick auf seine Armbanduhr. „... einer Viertelstunde hier sein. Erzählen Sie mir doch bis dahin ein wenig über Ihre Beziehung zu Konstantin Winkler. Wo haben Sie sich kennen gelernt, wie lange sind Sie schon zusammen, was macht Sie als Paar aus? Ich meine damit, was sind Ihre gemeinsamen Interessen und so." Torge spürte die große Nervosität der Frau, die absolut verständlich war. Er hoffte, sie auf diese Weise ein wenig zu beruhigen, bevor er auf den Streit zu sprechen kam.

Interessanterweise war das Gegenteil der Fall. Einen Moment wirkte sie wie ein gehetztes Tier, bevor sie sich wieder im Griff hatte.

„Dadurch finden wir ihn nicht wieder", antwortete sie ziemlich schroff, ohne noch etwas hinzuzufügen.

Torge wurde hellhörig. Normalerweise erzählten glückliche Paare immer gerne von ihrem Kennenlernen, vielleicht sogar von dem ersten Kuss. Constanze von Haferkamp verschloss sich jedoch wie eine Auster. Torge wandte sich an Susanne. Der Blick der Freundin war erfüllt von Mitleid und Verständnis. Irgendetwas verschwiegen die beiden Frauen. Torge war fest entschlossen, es herauszufinden – später.

„Okay, dann erzählen Sie mir bitte von dem gestrigen Streit. Worum ging es dabei?" Als Torge ihren gequälten Gesichtsausdruck sah, fügte er hinzu: „Ich kann mir gut vorstellen, dass Sie darüber nicht sprechen wollen, aber es könnte wichtig sein, um Ihren Verlobten zu finden."

Ergeben nickte sie und fasste dann die Geschehnisse des vorherigen Tages in knappen Worten zusammen. Torge lauschte aufmerksam, ohne sich Notizen zu machen. Da dachte man immer, reiche Leute hatten weniger Sorgen, doch das Gegenteil schien der Fall zu sein.

„Etwas verstehe ich nicht, Frau von Haferkamp, vielleicht ist es ja eine naive Frage und bitte entschuldigen Sie meine Direktheit. Nach meinen Informationen sind Ihre beiden Familien mit stattlichen Vermögen gesegnet. Warum streiten Sie sich über einen Ehevertrag, der vermutlich einen vergleichsweise kleinen Anteil davon regelt?"

Constanze von Haferkamp blickte Torge lange in die Augen, bevor sie antwortete. Obwohl er eher damit gerechnet hatte, seine sehr persönliche Frage würde sie aufbringen, schien sie sich dabei etwas zu entspannen, weil sie Verständnis erhielt.

„Ja, Herr Trulsen, genau deswegen haben wir uns gestritten. Genau das habe ich auch nicht verstanden. Warum besteht er auf einen Anteil meines Privatvermögens, wenn er selbst genug hat? Ehrlich gesagt, hätte ich sogar darauf verzichtet. Schließlich wird er mein Ehemann. Mein Vater hat jedoch auf diesen Vertrag bestanden, quasi als Versicherung, falls die Ehe nicht hält oder sein Unternehmen einmal in finanzielle Schwierigkeiten geraten sollte."

Torge nickte nachdenklich. Während er bereits über seine nächsten Schritte nachdachte, ergriff die Braut noch einmal das Wort. Leise, kaum hörbar und etwas stockend kamen die nächsten Worte, mit denen der Hausmeister gar nicht mehr gerechnet hatte.

„Es ist alles meine Schuld!" Sie schien den Tränen nah. „Ich schäme mich so!"

Voller Mitleid hätte Torge die junge Frau am liebsten in seine Arme geschlossen, um sie einen Moment zu beruhigen. Nun ging es wohl um das Geheimnis, das sie kurz vorher nicht preisgeben wollte.

„Was meinen Sie damit?", fragte er sanft und vorsichtig.

„Vielleicht sollte ich Ihnen ein wenig mehr über unsere verkorkste Familiensituation erzählen ..."

Torge wartete geduldig, ohne sie zu bedrängen. Erfahrungsgemäß brauchte jeder seine Zeit, um sich zu öffnen und vertrauliche Details preiszugeben.

Als sie wieder zu sprechen begann, war ihre Stimme leise. Ihr Blick auf die Tischplatte gesenkt. „Konstantin war eigentlich mit meiner Schwester Bettina zusammen. Sie ist sechs Jahre älter als ich und Männern gegenüber sehr skeptisch. Ein paar Mal ist sie enttäuscht worden, was uns ja allen passiert, aber bei ihr hat es tiefe Spuren hinterlassen. Ihr Selbstbewusstsein ist in Bezug auf das andere Geschlecht einfach angeknackst. Sie ist eine knallharte Geschäftsfrau und damit eine große Stütze meines Vaters. Ihre letzte Beziehung vor Konstantin war allerdings schon ein paar Jahre her. Sie konnte kein Vertrauen mehr fassen, vermutete stets, die Verehrer hätten es eigentlich nur auf ihr Geld abgesehen."

Sie machte eine Pause, um einen Schluck Wasser zu trinken und Torge einen Blick zuzuwerfen.

„Mein Vater stellte ihr Konstantin vor, vermutlich mit der Absicht, die beiden zu verkuppeln. Da er auch aus reichem Hause und noch dazu aus der gleichen Branche stammte, war Bettina in der Lage, sich darauf einzulassen. Wir waren alle sehr überrascht, als sie auf dem ersten gemeinsamen Familientreffen ihre Verlobung bekannt gaben. Ihre Treffen hatten quasi im Geheimen stattgefunden. Bettina wollte sich erst sicher sein, bevor sie von ihrer Liebe erzählte. Bei uns bedeutet das auch meistens öffentliche Aufmerksamkeit, was nicht immer leicht zu ertragen ist."

Torge nickte wieder, obwohl er natürlich keine Vorstellung davon hatte.

„Konstantin hat sich bei unserem ersten Kennenlernen sofort in mich verliebt. Schon an dem Abend der Verlobung flirtete er mit mir, obwohl ich in Begleitung meines damaligen Partners anwesend war. Tja, um es kurz zu machen: Schließlich bin ich seinem Charme erlegen. Wir trennten uns von Bettina und Felix, den Rest kennen Sie." Beschämt schaute sie wieder auf die Tischplatte, die mit mediterranen Fliesen beklebt war. „Wenn man es erzählt, klingt es einfach fies. Ich habe mich gegen die

Gefühle gewehrt ... meiner eigenen Schwester den Mann ausspannen, das geht doch nicht! Konstantin hat sich dann zuerst getrennt. Ja, es ist, wie es ist, aber Sie können mir glauben, ich bin nicht gerade stolz darauf."

„Und trotzdem ist Ihre Schwester heute hier anwesend. Hat sie Ihnen verziehen?", fragte der Hausmeister leise.

„Nein, ich glaube nicht. Das kann ich auch verstehen. Mein Vater duldet ihre Abwesenheit nicht."

„Ihr Vater duldet ihre Abwesenheit nicht?", fragte Torge ungläubig nach.

„Ja, die Öffentlichkeit weiß nichts von dieser Geschichte. Bitte geben Sie sie nicht an die Presse weiter, es ist so schon schlimm genug. Mein Vater ist sehr auf den guten Ruf der Familie und der Firma bedacht. Die Abwesenheit meiner Schwester hätte zwangsläufig Fragen aufgeworfen."

„Und Ihr Ex-Partner? Wie hat er die Trennung aufgenommen?", wollte er als Nächstes wissen.

„Felix war wie vor den Kopf geschlagen. Er liebt mich immer noch und würde sofort zu mir zurückkehren, wenn ich das wollte."

Torge raufte sich die blonden Locken. Da waren also schon zwei Motive. War Konstantin Winkler aus Eifersucht aus dem Weg geräumt worden? Hatte Bettina von Haferkamp ihren Ex-Bräutigam ermordet oder vielleicht ermorden lassen? Die Reichen mussten sowas ja nicht zwangsläufig selbst erledigen. Oder hatte Felix keinen anderen Ausweg gesehen, um seine Liebe zurückzugewinnen?

„Wie heißt Ihr Felix denn mit Nachnamen? Schreiben Sie mir hier bitte auch seine Adresse sowie Telefonnummer auf." Torge zog sein Notizbuch aus der Tasche, das er stets bei sich führte, falls er wichtige Informationen notieren musste, was nun eindeutig der Fall war.

„Felix hat mit Konstantins Verschwinden nichts zu tun, da bin ich mir ganz sicher!", insistierte die Braut.

„Dann hat er nichts zu befürchten. Wir werden ihn aber befragen müssen." Torge war in die Rolle des Ermittlers geschlüpft, also ließ er nicht locker. Er schob das Büchlein noch ein Stück weiter zu ihr hin. Ergeben schrieb Constanze von Haferkamp die gewünschten Daten hinein.

Als sie damit fertig war, klopfte es kurz an der Tür und Knud trat ein.

„Moin Torge, moin die Damen! Kommissar Knud Petersen. Schneller ging es leider nicht." Knud machte einen leicht abgehetzten Eindruck, aber Torge beruhigte ihn.

„Kein Problem! Ich denke, wir sind hier erst einmal fertig. Wir sollten Frau von Haferkamp und ihre Freundin jetzt zurück zu der Familie begleiten. Dir ist nicht zufällig der Bräutigam auf dem Marktplatz begegnet?"

„Nein, dann hätte ich ihn mitgebracht."

„Gut, ich vertelle dir gleich, wie der Stand der Dinge ist. Kommen Sie", wandte sich Torge an die Freundinnen. „Wir gehen."

Nachdem Torge und Knud die Braut zurück zu der Familie gebracht hatten, stellten sie sich außer Hörweite der anderen an den Rand des Marktplatzes, um sich über die bisherigen Geschehnisse auszutauschen.

Erst einmal setzte Torge den Freund über alles ins Bild, was er von der Braut erfahren hatte.

„Hast du sie auch nach der Gästeliste gefragt? Es scheint eine recht große Gesellschaft zu sein, da wird es nicht einfach, sich einen Überblick zu verschaffen."

Torge ärgerte sich insgeheim, die Frage verneinen zu müssen. Daran hatte er überhaupt nicht gedacht, doch Knud blieb wie immer ganz entspannt, während er sein Notizbuch aus der Tasche angelte.

„Am besten lassen wir sie uns in digitaler Form geben. Danach sollten wir den Fotografen um seine Fotos von den Gästen bitten. Ich nehme an, sie fahren in Kürze zurück in die *Weiße Düne*, um ohne vollzogene Trauung gemeinsam zu essen, was meinst du?", bezog der Kommissar Torge in seine Überlegungen ein. „Wie war der Ablauf ursprünglich geplant?"

Torge war froh, wieder etwas beisteuern zu können. „Sie wollten nach der Trauung auf der großen Terrasse der *Weißen Düne* einen Sektempfang mit kleinen Snacks reichen. Um 19 Uhr soll das Buffet eröffnet werden. Insgesamt sind einhundertzwanzig Gäste geladen."

„Oh, das sind ja viel mehr als sich jetzt hier auf dem Marktplatz befinden", stellte Knud überrascht fest.

„Es hätten nicht alle in die Holländische Stube gepasst, deshalb sind einige gleich in St. Peter geblieben beziehungsweise reisen teilweise erst später an", weihte Torge seinen Freund weiter ein.

„Okay, wir sollten alle Gäste bitten, zurück zu der Ferienanlage zu fahren. Vermutlich ist ihnen nicht nach einem Sektempfang zumute, aber essen müssen sie ja sowieso früher oder später. Sie sollen wie geplant den Abend gemeinsam verbringen, damit wir unsere Fragen stellen können. Den Fotografen werden wir bitten, von allen Anwesenden ein Porträt aufzunehmen. Das wird ein ziemlich großes Puzzle."

„Da drüben ist Christiansen von *N3 von der Küste*. Können wir ihn unauffällig in unsere Ermittlungen einspannen?", überlegte Torge laut.

„Ah, der Reporter, dem du im letzten Jahr am Strand das Interview gegeben hast. Das hat Charlotte echt auf die Palme gebracht!", erinnerte sich Knud grinsend. „Wie willst du ihn unauffällig einspannen?"

Torge dachte gerne an diesen Moment zurück, auch wenn die Wiesinger erst einmal sauer gewesen war. „Wo ist sie eigentlich, hast du sie nicht angerufen?"

„Sie ist auf dem Weg nach Hamburg, hat Karten für die Elbphilharmonie. Was ist nun mit Christiansen?", wollte Knud wissen.

Für den Augenblick war Torge abgelenkt. Er pfiff durch die Zähne. Einen Besuch in dem großartigen neuen Konzertsaal direkt an der Elbe hätte er seiner Annegret gerne geschenkt. Er musste die Wiesinger unbedingt fragen, wie sie an die Karten gekommen war.

„Torge! Wo bist du mit deinen Gedanken?", holte Knud ihn wieder zurück.

„Die Presse wird auf jeden Fall berichten, wenn sie schon hier ist. Können wir Christiansen nicht ein Foto von dem Bräutigam organisieren, damit wir gleich über das Fernsehen fragen können, wer Konstantin Winkler seit gestern Nachmittag gesehen hat? Müssen wir das mit den Angehörigen abstimmen?", überlegte Torge laut.

„Na ja, ist vielleicht besser. Vermutlich werden sie unserer Empfehlung folgen. Geh du zu dem Team von *N3*, ich spreche mit der Familie. Frag sie auch gleich, ob sie ein Foto von Winkler in ihrem Archiv haben. Er ist ja hier im Norden keine unbekannte Person. Danach sprechen wir mit dem Fotografen", gab der Kommissar seinem Kumpel Anweisungen.

Konstantin

früher an einem anderen Ort

Dunkelheit umgab ihn, als er mit brüllenden Kopfschmerzen wach wurde. Dunkelheit und Kälte. Eine feuchte Kälte, die in seine schmerzenden Glieder kroch und es ihm unmöglich machte, sich zu bewegen. Völlig orientierungslos starrte er in die totale Finsternis, ohne auch nur irgendetwas erkennen zu können. Der Versuch, sich aufzurichten misslang komplett. Als ihm bewusst wurde, dass nicht nur die Kälte dafür verantwortlich, sondern er außerdem an Armen und Beinen gefesselt war, breitete sich eine Welle der Angst von seinem Magen in den gesamten Körper aus. Den beißenden Uringeruch wahrnehmend wuchs die Angst zu einer Panikattacke.

Was war bloß geschehen? Das aufsteigende Grausen, verbunden mit den hämmernden Kopfschmerzen, ließ keinen klaren Gedanken zu. Er war nicht einmal in der Lage, seine Situation zu erfassen, geschweige denn sich zu erinnern, wie und warum er in diese verheerende Situation gekommen war. Übelkeit übermannte ihn, die Zunge klebte wie ein Fremdkörper trocken an seinem Gaumen. Ob es in diesem finsteren Verlies etwas Wasser für ihn gab?

Angestrengt versuchte er, die Dunkelheit zu durchdringen, doch in dem fensterlosen Raum gab es nicht den Hauch eines Lichtscheins.

Da seine Hände auf dem Rücken zusammengebunden waren, musste er langsam über den kalten Boden robben und versuchen, mit dem Kopf etwas zu ertasten. Bei jeder kleinsten Bewegung wurde der Kopfschmerz heftiger, aber er hatte keine andere Wahl. Angeekelt sickerte in sein Bewusstsein, dass er selbst für den Uringeruch verantwortlich war.

Es gelang ihm, mit einem gewissen Schwung ein Stück weiter zu robben, bevor er jäh zusammenzuckte. Der Schrei war aus seinem eigenen Mund gekommen. Aus dem Gleichgewicht geraten, war er mit dem Kopf gegen einen Gegenstand gestoßen. Nun pochte sein Schädel an der Stelle so sehr, dass er eine Verletzung vermutete, die schon vorher da gewesen sein musste. Für einen Moment legte er den Kopf kraftlos auf den feuchten Boden. In diesem Augenblick war die Kälte hilfreich. Nur für eine kleine Weile ausruhen, einen klaren Gedanken konnte er immer noch nicht fassen. Sein Gedächtnis war so schwarz wie dieser Raum. Er hatte nicht die leistete Ahnung, wie er hierhergekommen war, wo er sich befand. Auch sein Zeitgefühl ließ ihn im Stich. Er fühlte nur Schmerz. Und Durst.

Der Durst war noch schlimmer als der Schmerz. Hatte er nicht ein Glucksen wie von Wasser gehört, kurz nachdem er sich den Kopf anstieß? Stand da vielleicht ein Gefäß mit Wasser auf dem Boden direkt neben ihm? Mit dieser Vorstellung gelang es ihm, seine Kräfte erneut zu mobilisieren. Vorsichtig bewegte er sich in die Richtung, in der er es vermutete. Weder wollte er sich erneut den Kopf anstoßen, noch das Gefäß umwerfen, falls es sich wirklich um Wasser handelte.

Vielleicht konnte er daraus ein wenig Energie schöpfen. Vielleicht kamen seine Kräfte und auch seine Erinnerungen an die Geschehnisse, die ihn in dieses Verlies gebracht hatten zurück, wenn es ihm gelang, etwas zu trinken. Es wäre doch einfach unmenschlich, ihn ohne Wasser hier zurückzulassen, oder?

Charlie in Hamburg und St. Peter-Ording

Sonntag, den 10. Mai

Das Konzert war einfach großartig gewesen. Charlie hätte niemals vermutet, dass einzig und allein acht Celli solch variantenreiche Klänge produzieren konnten. Wieder war sie völlig fasziniert von der Architektur der Elbphilharmonie. In jedem Winkel waren die besten Materialien dazu genutzt worden, ein Gesamtkunstwerk zu schaffen. Im großen Saal mit den um die Bühne herumgebauten Sitzreihen war durch einen Meister seines Fachs für eine Akustik gesorgt worden, die auch den größten Musikmuffel begeistern musste. Charlie hatte eine Reportage über den Bau des Konzerthauses gesehen und versuchte nun, sich die Details in Erinnerung zu rufen. Die kugelrunden Lampen waren mundgeblasen. Nur eine Manufaktur in ganz Europa war in der Lage, solche Formen herzustellen. Gleiches galt für die Wandverkleidung des großen Saales, der sogenannten weißen Haut. Jede dieser Platten war ein Unikat, das die großartige Klangwirkung unterstützte. Die Beschreibung ließe sich endlos fortsetzen; am besten man erlebte das selbst. Sogar das Parkhaus war ein echtes Highlight. Überaus geräumig strahlten die Wände hell erleuchtet und gaben auch weiblichen Autofahrern in der Nacht ein sichereres Gefühl. All die Kritik an diesem Bau war einfach absolut unbegründet. In Charlies Augen war er ein großer Gewinn für die Stadt.

Bei herrlichem Wetter hatte sie sich vor dem Konzert mit Anna auf der Plaza getroffen, um dort auf luftiger Höhe, die dem achten Stockwerk entsprach, einmal rund um die Elphi zu spazieren. Hamburg zeigte sich, bei diesem strahlenden Wetter, von seiner besten Seite. Sowohl der Blick über die Stadt mit dem Wahrzeichen, dem Hamburger Michel, als auch zur Wasserseite war atemberaubend.

Besonders der Anblick des Hafens hatte es Charlie angetan. Überall wimmelten die Touristen wie Ameisen in ihrem Haufen. Barkassen und Fähren schipperten über die Elbe. In weiterer Entfernung konnte sie den Containerhafen erkennen. Ein Gefühl von Freiheit; ja, fast schon wie Urlaub machte sich breit. Charlie und Anna ließen sich anstecken, schleckten ein Eis und genossen die ausgelassene Stimmung. Übermütig kaufte die Kommissarin sogar ein Souvenir für Knud – einen völlig überteuerten Kaffeebecher mit der Elbphilharmonie vor der Kulisse Hamburgs. Tatsächlich hatte sie in der letzten Stunde weder an ihn noch an den möglichen neuen Fall gedacht.

Nach dem Konzert mischten die Freundinnen sich wieder unter die Menschenmenge, tranken mit Blick auf die Elbe ein

Glas Wein und genossen die besondere Atmosphäre der blauen Stunde, als sich die Nacht über die Hansestadt senkte.

Da Knud am Sonntagvormittag nicht anrief, schob Charlie alle Gedanken an St. Peter und den verschwundenen Bräutigam beiseite. Anna wollte nach dem Frühstück unbedingt auf einen Flohmarkt, da ließ sie sich gerne mitziehen. Gemeinsam stöberten sie in Kisten, die unter den Tischen standen, ohne irgendwelche Schätze zu Tage zu befördern, wofür Anna wirklich ein Händchen hatte.

Ein wenig wehmütig machte Charlie sich am frühen Nachmittag auf den Rückweg. Erstaunlicherweise verflog diese Stimmung sehr schnell, je näher sie ihrem neuen Zuhause in St. Peter-Ording kam. Sie freute sich sowohl auf Knud, als auch auf die Arbeit mit ihm und war gespannt, ob sich aus dem Vermisstenfall mehr entwickelt hatte. Heute wollte sie zum Abschluss des Tages an den Strand fahren, um das wundervoll entspannte Wochenende mit einer Wanderung bei Wind und Wellen abzurunden. Der Tidekalender sagte das Hochwasser für 15.44 Uhr voraus, etwa um diese Zeit würde sie den herrlich breiten Ordinger Strand erreichen. Auch wenn sie sich langsam mit dem Watt bei Ebbe anfreundete, richtig gut gefiel ihr die Flut, welche Muscheln sowie Treibholz oder andere teils kuriose Dinge mitbrachte.

Ihre Sammlung war schon herrlich gewachsen. Sie wartete insgeheim auf den Tag, an dem Knud sie aufforderte, ihre Schätze aus dem gemeinsamen Büro zu entfernen, aber ihm schien das maritime Flair ihres Arbeitsplatzes ebenfalls zu gefallen. Mehr Entspannung als beim Sammeln dieser Natursouvenirs, konnte Charlie sich derzeit nicht vorstellen. Am liebsten war ihr das nordische Nieselwetter, wenn sich lediglich die hartgesottenen Fans an den Strand trauten.

Als auf ihrer Rückfahrt das Land zusehends platter wurde, merkte sie, wie sehr diese von Windrädern dominierte Landschaft, ihr bereits ans Herz gewachsen war. Da der Weg sie quasi an der Polizeistation von St. Peter-Ording vorbeiführte, beschloss sie spontan, einen kleinen Abstecher zu machen, um Knud die mitgebrachte Tasse auf den Schreibtisch zu stellen. Meistens war er morgens der Erste im Büro. Er kochte dann Kaffee, brachte manchmal sogar Franzbrötchen mit, die es seit einiger Zeit, auch hier zu kaufen gab. Mit dieser Hamburger Spezialität konnte er ihr eine besondere Freude bereiten.

Verwundert stellte Charlie fest, dass nicht nur das Auto von Knud, sondern auch Trulsens alter Kombi vor dem Revier stand. Das bedeutete wohl, Konstantin Winkler war nicht wieder aufgetaucht. Spontan verspürte Charlie einen leichten Anflug von Ärger. Warum hatte Knud sich denn nicht bei ihr gemeldet? Sie hätte doch schon eher herkommen können! Sie atmete einmal tief durch, um wieder herunterzukommen. Natürlich wusste sie, warum Knud auf diesen Anruf verzichtet hatte; er wollte ihr das Wochenende nicht mit Arbeit verderben!

Sie schnappte sich die Tasse - vielleicht hätte sie für Trulsen ebenfalls eine kaufen sollen. Dafür war es jetzt zu spät. Eilig nahm sie den kurzen Weg zu dem großen Raum, in dem ihre drei Schreibtische untergebracht waren. Immer wieder war sie begeistert über die moderne Einrichtung, mit der sie an diesem Standort glänzen konnten. Sie erinnerte sich genau an ihren ersten Besuch. In so einer kleinen Gemeinde hatte sie eher mit alten Möbeln sowie einer in die Jahre gekommenen technischen Ausstattung gerechnet.

Beim Eintreten blieb sie wie angewurzelt stehen. Die beiden Männer badeten in Fotos. Ihr erster Blick war auf die Tische gefallen, über die Knud und Trulsen sich in diesem Moment beugten. Wie bei ihrem allerersten Zusammentreffen bemerkten die beiden sie auch heute nicht. Gerade wollte sie mit einem Gruß ihr Eintreffen signalisieren, da nahm sie die Rückwand des Raumes wahr. Statt eines Moin kam nur ein überraschter Laut über ihre Lippen. Da das Whiteboard offensichtlich zu klein war, hatten die Freunde die Fotos nicht nur auf die Wand geklebt, sondern sie außerdem mit Verbindungslinien versehen, die direkt auf den feinen Putz gemalt worden waren. Fasziniert trat sie einen Schritt näher; die Schachtel mit dem Becher hielt sie weiterhin in der Hand.

„Charlotte! Moin! Unsere Hamburgerin ist aus der großen Stadt zurück. Wie war das Konzert?", begrüßte Knud seine Kollegin. Die Freude über ihre Rückkehr war ihm anzumerken.

Charlie riss sich für einen Augenblick von der Wand los.

„Moin Knud, moin Trulsen! Ja, das Konzert war großartig. Kann ich Ihnen später davon erzählen? Gerade bin ich etwas geflasht, welches Kunstwerk Sie hier aus unserer Bürowand zaubern."

Auf den zweiten Blick war zu erkennen, dass die Männer nicht nur Verbindungslinien, sondern auch die Namen der Personen direkt auf die Wand geschrieben hatten. Das musste Trulsen übernommen haben. Charlie kannte Knuds Sauklaue.

„Sieht super aus, oder? Die Hochzeitsgesellschaft ist einfach zu groß für unser Whiteboard, da dachten wir, es geht auch so." Knud strahlte über das ganze Gesicht. „Die Wand braucht sowieso mal einen neuen Anstrich, das macht Torge dann, wenn der Fall abgeschlossen ist."

„Das übernimmt Trulsen?", hakte Charlie nach.

„Schauen Sie es sich an. Er hat die Wand ja auch vollgekritzelt", gab Knud mit bester Laune zurück.

„Das heißt, wir haben einen Fall?", schob die Kommissarin das Geplänkel beiseite.

„Das ist noch nicht sicher. Allerdings ist Konstantin Winkler nach wie vor nicht aufgetaucht. Sein Handy ist nicht erreichbar, er hat sich nicht gemeldet oder einen Brief hinterlassen. Er ist wie vom Erdboden verschluckt."

Charlie nickte, war nach wie vor fasziniert von der neuen Komposition in ihrem Büro. „Wo haben Sie denn die ganzen Fotos her? Ich meine, sie sind alle auf Papier gedruckt!"

Trulsen war dem Gespräch bisher schweigend gefolgt. Nun schaltete er sich ein. Stolz schwang in seiner Stimme mit, als er auf die Frage antwortete: „Das war meine Idee. Knud wollte alles digital verarbeiten, von wegen zeitgemäß und so. Das wäre aber bei dieser Menge an Daten völlig unübersichtlich geworden. Wir haben also die Bilder von dem Fotografen auf einen Stick gezogen und sie heute Morgen ausgedruckt."

„Ja, das sehe ich, aber wo?"

Trulsen schien gehofft zu haben, dass sie noch einmal nachhakte. „Der Leiter des Drogeriemarktes in St. Peter ist ein guter Kumpel von mir. Ich habe ihn gebeten, uns in den Laden zu lassen, weil es echt wichtig für die Ermittlung ist. Er hat uns sogar einen Sonderpreis gemacht."

Charlie musste unwillkürlich lachen. Trulsen war einfach sein Geld wert und sein Engagement war unübertroffen.

„Waren Sie bei dieser Nicht-Hochzeitsfeier dabei oder haben Sie lediglich die Fotos von dem Fotografen bekommen?", fragte sie nach, obwohl sie die Antwort schon ahnte.

„Wir waren den ganzen Abend dort und haben interessante Beobachtungen gemacht. Sie sind schließlich die Basis für dieses Beziehungsgeflecht. Es gibt allerdings einige Personen, die wir noch nicht zuordnen können. Auf dem Marktplatz können es zufällige Passanten gewesen sein, die eigentlich nichts mit der Feier zu tun hatten und nur neugierig waren, so wie Torge und seine Frau", setzte Knud grienend hinzu, bevor er gleich wieder ernst wurde. „In dem Festsaal können wir das wohl ausschließen, obwohl sich dort Menschen zu dem köstlichen Buffet verirrt haben könnten, die nicht eingeladen waren. Das müssen wir nachprüfen. Steht Ihnen übrigens super die neue Frisur. Sie betont Ihren Nacken." Verlegen über die eigene Offenheit, wechselte er schnell das Thema: „Was haben Sie da eigentlich in der Hand?"

Vertieft in seine Ausführungen und irritiert durch das ungewohnte Kompliment wusste Charlie im ersten Moment nicht, was er meinte. Sie warf selbst einen Blick auf die Schachtel, dann lächelte sie. „Das habe ich Ihnen mitgebracht. Ein Souvenir aus der großen Stadt." Sie überreichte ihm den kleinen Karton. „Weil Sie mir so tapfer fast jeden Morgen Kaffee servieren."

„Ein Geschenk für mich?" Knud freute sich offensichtlich sehr über das Mitbringsel. „Das ist aber nett von Ihnen! Vielen Dank!" Begeistert packte er den Becher mit dem leicht kitschigen Motiv aus. „Großartig! Apropos, darf ich Ihnen einen Kaffee anbieten? Sie wollen doch sicher nicht gleich wieder gehen, oder?" Die Frage war nicht ernst gemeint. Knud sah bereits, wie die Fotowand sie geradezu magisch anzog. Schon fing sie an, sich mit dem Fall auseinanderzusetzen. Trotzdem antwortete Charlie mit einem lächelnden Nicken.

„Gern, Sie kennen mich ja, am besten kann ich mit einem Becher Kaffee in der Hand denken." Dann wandte sie sich wieder an Trulsen. „Sie waren doch von Anfang an vor Ort. Wenn ich mich richtig erinnere, hat die Braut Sie um Hilfe gebeten. Erzählen Sie mal, was Sie aus der ersten Quelle in Erfahrung gebracht haben."

Das ließ Trulsen sich nicht zweimal sagen. Konzentriert gab er wieder, was Constanze von Haferkamp ihm anvertraut hatte.

Charlie war überrascht. „Sie hat ihrer Schwester den Mann ausgespannt?! Wow, nicht schlecht."

„Nach unserer Meinung könnte darin auf jeden Fall ein Mordmotiv liegen. Die kleine Süße schnappt ihrer nicht ganz so attraktiven älteren Schwester den Bräutigam weg." Der Hausmeister redete sich in Rage, doch Charlie wiegte skeptisch ihren Kopf. Sie trat näher an die Wand, um die Fotos der Frauen genauer zu betrachten.

Constanze war Typ niedlich: sehr blond, vermutlich aus der Tube, Stupsnase, runde blaue Augen. Ihre Schwester war nicht klassisch schön: brünett, Mund und Nase etwas zu groß, aber sehr elegant. Sie wirkte ernst auf den Fotos, Traurigkeit umspielte ihre Augen – nach dieser Geschichte kein Wunder. Trotzdem fand Charlie Bettina von Haferkamp bei Weitem attraktiver. Vermutlich empfanden Männer das anders. Interessant war, dass die beiden Schwestern sich nicht wirklich ähnlich sahen.

„Bettina von Haferkamp ist sicher nicht begeistert, aber ob sie deshalb zur Mörderin geworden ist ...", teilte sie ihre Gedanken mit Knud und Trulsen.

„Stellen Sie sich vor, Sie wären das hässliche Entlein der Familie, und ihre hübsche kleine Schwester tut Ihnen so etwas an." Der Hobbyermittler war nicht bereit aufzugeben. Charlie warf ihm einen warnenden Blick zu. Sofort lenkte er ein, indem er seinen Charme spielen ließ. „Ja, der Vergleich hinkt bei Ihnen, aber mal so rein theoretisch, würden Sie nicht auch am liebsten den Bräutigam um die Ecke bringen?"

„Ich würde meine Schwester umbringen", gab die Gefragte trocken zurück. „Ernsthaft. Das wäre doch viel zu offensichtlich. Und dann am Tag der Hochzeit. Mehr Aufmerksamkeit geht ja nicht."

Trulsen schüttelte entrüstet den Kopf, um seiner Aussage Nachdruck zu verleihen: „Vielleicht ist gerade das der Plan. Kann doch sein, dass sie genau das einkalkuliert hat."

Charlie war von ihrer Sichtweise ebenso überzeugt: „Nun gut, wir behalten es im Hinterkopf. Was haben wir noch?"

Jetzt meldete sich Knud wieder zu Wort. „Bisher ist das Beziehungsnetz recht undurchsichtig. Der Ex von Constanze könnte etwas mit dem Verschwinden zu tun haben. Dann ist da Johannes von Haferkamp, das erzkatholische Familienoberhaupt. Er hat den gesamten Tag eine versteinerte Miene gezeigt und ist mit seinen Geschwistern scheinbar nicht im Reinen. Sein Bruder Karl kam in Begleitung seiner wesentlich jüngeren Ehefrau. Andrea von Haferkamp ist erst vierzig, extrem aufgedonnert – leider ziemlich stillos. Ihre gesamte Erscheinung wirkte gewöhnlich. Insgesamt war sie genauso gelangweilt wie ihre Zwillingstöchter, die mit ihren fünfzehn Jahren die einzigen Teenager bei dem Treffen waren. Natürlich stierten sie die ganze Zeit auf ihre Handys. Sie sind reich, aber trotzdem eine ganz normale Familie. Dann gibt es noch die esoterische Schwester Luise, die mit ihren fünfundsechzig Jahren körperlich fit scheint. Sie übt sich täglich in Yoga. Ihre Klamotten waren altmodisch, wirkten ein bisschen ärmlich, irgendwie deplatziert. Sie schien, von der Braut einmal abgesehen, mit der Familie nichts zu tun haben zu wollen, hielt sich die ganze Zeit ein wenig abseits. Ihre Beteiligung am Verschwinden von Konstantin Winkler halte ich für eher unwahrscheinlich."

„Wir beziehen das in unsere Recherchen mit ein. Er ist lediglich verschwunden. Da wir keine Leiche haben, ist nicht klar, ob er überhaupt tot ist. Vielleicht wurde er auch entführt – oder hat seine Entführung lediglich vorgetäuscht. Auf jeden Fall sollten wir den finanziellen Background der Familien prüfen. Die machen alle einen auf dicke Hose, aber wer weiß, wie es hinter den Kulissen aussieht. Und lassen Sie uns außerdem schauen, ob es weitere Personen in dem Szenario gibt, die für den Fall wichtig sein können, aber nicht zu der Hochzeit eingeladen wurden." Charlie war in dem Fall angekommen - vergessen der geplante Strandspaziergang. „Beide Familien wohnen in Hamburg?"

Knud nickte. „Wir werden im Laufe der Woche sicherlich nach Hamburg fahren müssen, aber ich dachte, wir beginnen die Ermittlungen hier. Im Moment sind die meisten in der *Weißen Düne*. Ich habe alle Beteiligten gebeten, vorerst nicht abzureisen. Die Familie will sowieso bleiben."

„Was ist denn eigentlich mit der Mutter der Braut?", fragte Charlie.

„Marion von Haferkamp ist ein bisschen verpeilt. Sie scheint mit Constanze ein sehr enges Verhältnis zu haben und war gestern Abend völlig durcheinander. Das ganze Drama schien sie am meisten mitzunehmen. Sie wurde von ihrer 92-jährigen Mutter seelisch gestützt."

„Wir sollten erst einmal die nächsten Schritte planen, bevor wir uns weiter mit den Angehörigen befassen. Kann es sein, dass er lediglich einen Unfall hatte und nun in einem Krankenhaus liegt?", gab die Kommissarin der Besprechung eine neue Richtung.

„Unwahrscheinlich", meldete sich Knud wieder zu Wort. „Ich habe vorhin eine Stunde lang herumtelefoniert. Sein Jaguar ist verschwunden, war aber nicht in einen Unfall verwickelt. In den Hamburger Krankenhäusern ist er nicht eingeliefert worden, auch keine unbekannte Person, auf die seine Beschreibung passt."

Charlie war beeindruckt. Die Fleißarbeit erledigte Knud quasi mühelos am Rande. „Ich schlage vor, so lange keine Lösegeldforderung vorliegt, gehen wir eher nicht von einer Entführung aus, behalten diese Möglichkeit aber im Hinterkopf. Wir sollten die Presse einschalten und sein Bild veröffentlichen. Vielleicht finden wir einen Zeugen, der ihn gesehen hat."

„Schon erledigt!" Trulsen freute sich, wieder Teil des Gesprächs zu sein. „Sie erinnern sich sicherlich an Christiansen von *N3 von der Küste*."

„Wie könnte ich Ihr legendäres Interview am Strand im Fall Schwertfeger vergessen", stöhnte Charlie bei der Erinnerung an Trulsens Einmischung im September des vergangenen Jahres.

„Ja, das war großartig!", grinste der Hausmeister. „Der Reporter war auch gestern in Friedrichstadt auf der Jagd nach einem Bericht und schönen Bildern. Am Abend hat er über das Verschwinden von Konstantin Winkler zum ersten Mal berichtet. Wir haben vorhin außerdem die Bestätigung bekommen, dass der Bericht gegen achtzehn Uhr noch einmal gesendet wird. Auch die Kollegen des Hamburger Regionalprogramms übernehmen die Meldung."

„Wirklich gute Arbeit! Sie haben in der kurzen Zeit schon viel erreicht", äußerte sich Charlie zufrieden. „Was ist denn eigentlich mit der Familie von Seiten des Bräutigams? Wir haben bisher immer nur von den von Haferkamps gesprochen."

Wieder übernahm Torge die Antwort. „Ja, das ist ein bisschen merkwürdig. Konstantin Winkler hat praktisch keine Angehörigen. Seine Eltern sind vor fünf Jahren bei einem Autounfall ums Leben gekommen. Er ist ein Einzelkind. Vielleicht gibt es entferntere Verwandte, aber es war niemand zu der geplanten Hochzeit gekommen. Von seiner Seite waren es lediglich Bekannte, Menschen, mit denen er über das Geschäft verbunden ist. Er scheint außerdem keine engen Freunde zu haben."

„Keine Freunde? Jeder hat doch ein paar Freunde!" Charlie war irritiert.

„Das finden wir heraus!", kommentierte Knud in seiner knappen, pragmatischen Art.

„Okay, haben Sie die nächsten Schritte bereits geplant?"

„Ich schlage vor, wir warten ab, ob sich auf die Regionalsendungen jemand bei uns meldet, der Konstantin Winkler gesehen hat. Es würde die Ermittlungen entscheidend voranbringen, Gewissheit über seinen Verbleib zu erhalten. Dann sollten wir bald den finanziellen Hintergrund der Familien beleuchten - und mit den Gästen der Hochzeitsgesellschaft sprechen – am besten gleich morgen früh. Die meisten wollten schon heute abreisen. Torge konnte sie überzeugen, dass unser wunderbares Klima nach dem Schock ein wenig Erholung bietet. Einige Freunde und entfernte Verwandte, die bereits gefahren sind, weil geschäftliche Termine warten, haben ihre Kontaktdaten hinterlassen." Knud setzte sich erst einmal hin. Gewöhnlich fasste er sich kürzer, wenn er das Wort ergriff.

„Gut, haben Sie eine vollständige Gästeliste?", wollte Charlie wissen. Nachdem Knud sie ihr gereicht hatte, überflog sie sie kurz. „Das sind ja eine Menge Namen. Allerdings hatte ich bei dieser Familie nicht anders erwartet."

„Hundertzwanzig geladene Gäste, vier sind nicht gekommen. Wie Sie sehen, habe ich Kurznotizen zu den Beziehungen ergänzt", bemerkte Knud.

„Wirklich sehr gründlich! Ich werde die Namen mal googeln und die sozialen Netzwerke durchforsten. Mal schauen, was ich auf diesem Weg herausfinden kann. Heutzutage sind ja viele Menschen sehr offenherzig mit dem, was sie in der Öffentlichkeit preisgeben – manche sind geradezu exhibitionistisch." Charlie schoss einige Handyfotos von dem Kunstwerk an der Bürowand, dann verabschiedete sie sich von den Männern. „So, dann gehe ich jetzt meine Runde am Strand laufen. Treffen wir uns morgen direkt in der *Weißen Düne*? Sagen wir um sieben?" Als auch Trulsen daraufhin geflissentlich nickte, musste sie herzhaft lachen.

Sie war gerade im Begriff zu gehen, als sich die Tür öffnete und ein unscheinbarer Mann das Polizeirevier betrat. Die Kommissarin schätzte ihn auf Mitte dreißig. Einen Moment verfluchte sie den Umstand, nicht früher aufgebrochen zu sein. Sich jetzt um etwas Banales wie ein verlorenes Portemonnaie oder einen Streit unter Nachbarn zu kümmern, hatte sie überhaupt keine Lust.

„Guten Tag", grüßte der Fremde höflich. „Mein Name ist Benjamin Naujok. Ich möchte zu Kommissar Knud Petersen. Treffe ich ihn hier an?"

Neugierig betrachtete Charlie ihn genauer. Die meisten Touristen, die sie mit einem Problemchen aufsuchten, fragten nicht nach einem bestimmten Kommissar. Die Einheimischen dagegen grüßten mit dem typischen Moin, um dann mit Knud zu schnacken. Der Fremde war mittelgroß, schlank und mit Jeans sowie Polohemd sportlich gekleidet. Er machte einen sehr gepflegten Eindruck.

„Ja, Kommissar Knud Petersen ist da. Folgen Sie mir bitte. Worum geht es denn?"

„Es geht um das Verschwinden von Konstantin – Konstantin Winkler."

Ein Kribbeln erfasste sie, als sie die beiden Männer miteinander bekannt machte.

„Ich habe gestern am späten Nachmittag die Sendung zu dem Verschwinden von Konstantin gesehen", kam Naujok ohne weitere Umschweife direkt zum Thema. „Seitdem zermartere ich mir den Kopf, was passiert sein könnte und vor allem, was ich tun soll." Eine Pause einlegend schaute er seine Zuhörer hilflos an. Schließlich hob er die Schultern und schüttelte gleichzeitig den Kopf. „Ach was soll's! Ich werde verrückt, wenn ich mit niemanden sprechen kann, obwohl es vielleicht etwas schwierig zu verstehen ist. Für Sie, meine ich." Wieder machte er eine Pause, starrte vor sich hin auf den Boden.

„Wollen Sie sich setzen? Vielleicht ein Glas Wasser dazu?", versuchte Knud, ihm die Situation zu erleichtern.

„Ja, gern." Dankbar nahm er auf dem angebotenen Stuhl Platz. Charlie schenkte ihm ein Glas Wasser ein und setzte sich dann ebenfalls. Benjamin Naujok holte tief Luft, bevor er weitersprach. „Bitte versichern Sie mir, dass das, was ich Ihnen jetzt erzähle, absolut vertraulich behandelt wird. Es darf auf keinen Fall in die Presse gelangen. Konstantin bringt mich um, wenn er wieder auftaucht. Ich mache mir aber solche Sorgen. Ich muss einfach mit Ihnen sprechen, vielleicht kann ich helfen, ihn zu finden."

Charlie war mittlerweile sehr gespannt, welches Geheimnis Naujok ihnen gleich anvertrauen würde. Spontan fiel ihr nichts dazu ein. Vermutlich ging es um Geld.

„Konstantin und ich sind ein Paar", platzte er schließlich heraus. „Das ist vermutlich eine schockierende Neuigkeit für Sie. Es wäre für alle eine schockierende Neuigkeit. Konstantin wollte seine sexuelle Neigung auf keinen Fall in die Öffentlichkeit tragen. Wir sind schon seit drei Jahren ein festes Paar. Bisher ist er immer nur mit schönen Frauen ausgegangen, um sein Playboy-Image zu pflegen. Das war für mich wesentlich einfacher auszuhalten. Über die Idee mit der Hochzeit haben wir uns in den letzten Monaten häufig gestritten,. aber ich konnte ihn nicht davon abbringen, auch wenn ich seine Argumentation nicht verstanden habe. Den Gedanken, mich von ihm zu trennen, musste ich schließlich verwerfen. Ich liebe ihn einfach!" Erschöpft beendete er seine Ausführungen und blickte beschämt zu Boden. „Sie halten mich bestimmt für einen schwachen Trottel."

Für einen Moment brachte keiner der Anwesenden ein Wort heraus. Zu groß war die Überraschung, die diese Aussage auslöste. Was bedeutete Konstantin Winklers Homosexualität für die Ermittlung? Zumindest konnte eine Liebesheirat mit Constanze von Haferkamp ausgeschlossen werden. Das war keine große Überraschung. Doch warum war er dann nicht bei der ursprünglichen Verlobung mit Bettina geblieben? Wozu diese zusätzliche Verwirrung? Als Charlie bewusst wurde, dass alle drei ihren Besucher fassungslos anstarrten, versuchte sie, die Atmosphäre aufzulockern.

„Wie Sie sehen, sind wir von Ihren Ausführungen sehr überrascht. Mich interessiert, wie die Argumente für eine Vermählung aussahen. Können Sie uns mehr darüber berichten?"

„Konstantin hat es mit seinem Alter begründet. Er wird ja im nächsten Jahr vierzig. Die Leute würden ihm sein Image so langsam nicht mehr abnehmen. Wenn er nicht heirate, würde vielleicht der eine oder andere misstrauisch. Er hatte Angst vor aufkommenden Gerüchten, er sei ... anders. Mir beteuerte er, nur mich zu lieben. Es sei aber besser für uns beide, wenn er nun diesen Schritt gehe", erklärte Benjamin Naujok.

„Wissen Sie über die Liaison mit der älteren Schwester Bescheid?"

„Ja. Anfangs dachte er, eine Heirat würde ausreichen. Dann lernte er Constanze kennen. Ich glaube, er verliebte sich wirklich ein bisschen in sie. Das brachte ihn auf den Gedanken, eine Familie zu gründen. Sie ist zwar schon sechsunddreißig, aber heutzutage wäre das kein Hindernis. Mit einer Familie sei er noch sicherer vor irgendwelchen Vermutungen und Anfeindungen. Seit ein guter Freund von uns nach seinem Outing aus dem Job gemobbt wurde, war diese Sache zu seiner fixen Idee geworden."

Die Geschichte erschütterte Charlie. Sie war bisher von einer größeren Toleranz ausgegangen, insbesondere in einer Stadt wie Hamburg. Gab es einen Zusammenhang zwischen dieser

Offenbarung und dem Verschwinden von Konstantin Winkler? Das wäre immerhin möglich, brachte aber einen ganz neuen Ansatz in die Ermittlungen.

„Vielen Dank für Ihren Mut, zu uns zu kommen und uns von diesen Fakten zu berichten. Ich verspreche Ihnen, alles daran zu setzen, Ihre Informationen vertraulich zu behandeln", versprach sie ihm.

„Haben Sie schon eine Vermutung, wo er sein könnte? Wer mit seinem Verschwinden etwas zu tun haben könnte?"

„Es gibt ein paar erste Vermutungen. Diese Spuren werden wir in den nächsten Stunden und Tagen verfolgen. Ihre Geschichte verändert die Situation allerdings erheblich. Können Sie sich vorstellen, dass ihm die ganze Geschichte über den Kopf gewachsen und er aus freien Stücken verschwunden ist, um dem allen zu entfliehen?"

Wohlwollend nahm die Kommissarin Benjamin Naujoks Nachdenken über die Frage zur Kenntnis. Er wog seine Antwort sorgfältig ab, statt sie sofort entrüstet zu verneinen.

„Möglich wäre es. Er wirkte in den letzten Monaten recht gestresst. Bevor die Angelegenheit mit der Familie von Haferkamp anfing, also noch vor einem Jahr, würde ich mal schätzen, hätte ich diese Frage anders beantwortet. Da wäre ich sicher von einem Anruf ausgegangen oder einem Gespräch im Vorwege, bei dem er mich eingeweiht hätte, je nachdem, wie spontan sein Handeln war. In den letzten Monaten war ich ein zusätzlicher Stressfaktor für ihn, das ist mir bewusst. Aus Angst, ihn zu verlieren, habe ich mich an ihn geklammert. Das hat unsere Beziehung belastet."

Knud und Trulsen hatten dem überraschenden Besucher bislang schweigend zugehört. Sie schienen erschüttert von den unerwarteten Informationen. Ob sie mit Vorurteilen kämpften, war ihnen nicht anzusehen, aber das war jetzt zweitrangig. Charlie war sich der Chance bewusst, an dieser Stelle mehr über Konstantin Winkler zu erfahren, denn Benjamin Naujok schien ihn nicht nur gut zu kennen, sondern ein besonnener Mann zu sein.

„Bitte erzählen Sie uns mehr über Ihren Partner. Wir sind gestern Nachmittag mit seinem Verschwinden konfrontiert worden. Die Familie der Braut ist in Sorge, aber wir wissen so gut wie nichts über ihn", forderte die Kommissarin ihn auf.

„Nicht einmal das, was in der Regenbogenpresse zu lesen ist?", versuchte Naujok einen Scherz.

„Nein, wir haben lediglich gehört, dass es sich nicht nur um eine Liebeshochzeit handelt, sondern auch um die Fusion zweier Hotel-Imperien."

„Ja, Konstantin ist der Erbe des Unternehmens, das sein Großvater gegründet und aufgebaut hat. Im Grunde wollte er Musiker werden, mit dem ganzen Zahlenkram kann er eigentlich nichts anfangen. Sein Vater hat es nicht geduldet, einen Künstler in der Familie zu haben. Er hat weder an das Talent seines Sohnes geglaubt, noch wollte er auf den Nachfolger verzichten. Konstantin hat um des lieben Friedens willen halbherzig Betriebswirtschaft studiert und die Prüfungen gerade so bestanden. Seine ganze Leidenschaft gehört jedoch dem Saxophon; sie sollten ihn einmal spielen hören, einfach großartig! Nach dem Tod seiner Eltern war er drauf und dran die Hotels zu verkaufen, aber irgendwie hat das nicht geklappt. Ich weiß die genauen Gründe nicht. Wir sind zwar schon ein paar Jahre zusammen, aber in einigen Bereichen ist er ein Geheimniskrämer. Manche Dinge macht er lieber alleine mit sich aus, da duldet er auch keinerlei Fragen - geschweige denn Einmischung. Im Grunde genommen war es mir immer gleichgültig, womit

Konstantin sein Geld verdient, auch wie viel. Ich bin Architekt, habe einen festen Job und damit mein Auskommen. Sein Vermögen ist mir egal."

„Er ist aber vermögend?", hakte Knud nach, indem er sich zum ersten Mal seit Naujoks Erscheinen an dem Gespräch beteiligte.

„Wie meinen Sie das?" Die Verwirrung war dem Gefragten deutlich anzusehen.

„Sind Sie sicher, dass Konstantin Winkler wirklich vermögend ist? Mit anderen Worten: Können Sie finanzielle Probleme ausschließen?"

Charlie war einmal wieder beeindruckt, Knud ließ sich grundsätzlich nicht von vordergründigen Fakten einlullen. Durch seine Art, alles zu hinterfragen, kam er meistens auf die richtige Spur.

Wieder ließ sich Benjamin Naujok Zeit mit der Beantwortung der Frage. „Darüber habe ich ehrlich gesagt noch nie nachgedacht. Ich bin einfach immer von einem Vermögen ausgegangen. Ich kann Ihnen da auch keine Größenordnung nennen. Wie gesagt, als Akademiker in einem angesehenen Hamburger Architekturbüro verdiene ich genug für einen gehobenen Lebensstandard. An Konstantins Geld war ich nie interessiert." Plötzlich zog ein Lächeln über das blasse Gesicht. „Ich habe ihn bei einer Jam Session auf dem Feuerschiff kennengelernt. Jeden Montagabend spielen dort Jazzmusiker einfach nur aus Spaß an der Musik. Wir trafen uns bereits einige Wochen, bevor er mir von seinem Erbe erzählte. Anfangs habe ich es für ihn fast ausschließlich als Last wahrgenommen. Ob er Gewinne macht oder in finanziellen Schwierigkeiten ist, kann ich Ihnen beim besten Willen nicht beantworten. Mir gegenüber hat er davon jedenfalls nichts angedeutet."

„Können Sie uns noch mehr über seinen Charakter sagen?"

„Tja, wie ist er als Mensch? Es klingt in Ihren Ohren vielleicht etwas merkwürdig, aber ich würde ihn als absolut loyal bezeichnen. Er ist ein bisschen egoistisch, vielleicht sogar egozentrisch, aber man kann sich auf ihn verlassen. Das, was er verspricht, hält er auch. Er hat mir nie etwas vorgemacht. Von Anfang an hat er keinen Hehl daraus gemacht, nicht bereit für sein Outing zu sein. Insofern war es natürlich nie ein Thema, zusammenzuziehen. Er ist großzügig, manchmal auch ein bisschen verschwenderisch, aber wer ihn näher kennenlernt, sieht den weichen Kern, um den er einen Schutzwall gebaut hat. Ich denke, er ist in seinem Leben auf viele Schmarotzer getroffen. Es ist bestimmt nicht immer einfach zu erkennen, wem wirklich etwas an ihm liegt und nicht nur an seinem Geld. Er hat einen ziemlich langen Geduldsfaden, wenn der allerdings reißt, geht man lieber in Deckung. Wenn er wütend ist, kann er auch mal einen Teller oder so durch den Raum schleudern. Ja, so ist er."

„Vielen Dank für Ihre Offenheit. Wir hoffen auf Hinweise von Zeugen in den nächsten Stunden, die ihn gesehen haben oder etwas über seinen Verbleib wissen. Haben Sie vor, hier in St. Peter zu bleiben?"

„Ich habe mir für den Anfang nur einen Tag freigenommen. Ich gebe Ihnen meine Karte. Bitte rufen Sie mich mobil an, wenn Sie etwas in Erfahrung bringen. Wenn das alles ist, was Sie von mir wissen wollen, suche ich mir jetzt erst einmal ein Zimmer."

Als Naujok die Polizeistation verlassen hatte, platzte es aus Trulsen heraus: „Das ist ja ein dicker Hund! Wer hätte das von Konstantin Winkler gedacht!"

„Du tust so, als würdest du ihn kennen", kommentierte Knud die Bemerkung.

„Na ja, das ist jetzt ein bisschen peinlich, aber ich habe wegen der Hochzeitsvorbereitungen mal in Annegrets Zeitschriften geblättert. Ja, ich war neugierig", gab er mit einer leichten Röte im Gesicht zu, die Charlie bei ihm bisher nie gesehen hatte.

„Auf jeden Fall kann die von Haferkamp froh sein, wenn sie den ersten Schrecken überwunden hat. Was wäre das für eine Ehe geworden!", lenkte der Hausmeister von seiner eigenen Person ab.

Daraufhin hingen alle drei schweigend ihren Gedanken nach, um die Informationen zu verdauen. Schließlich meldete sich Charlie als Erste wieder zu Wort: „Wir haben unsere weitere Vorgehensweise ja bereits vorhin besprochen. Dieser Auftritt von Naujok ändert nichts daran. Allerdings halten wir unser Versprechen. Vorerst zu niemandem ein Wort über das eben Gehörte! Auf keinen Fall weihen wir die Familie ein! Das Wichtigste ist meines Erachtens, Konstantin Winkler zu finden. Wer weiß, was für ungewöhnliche Fakten außerdem auf uns warten."

Nun wollte sie endlich zum Strand, nach dieser Offenbarung brauchte sie erst recht eine Stunde mit Blick in die Weite, um ihren Kopf wieder klar zu bekommen.

Bettina in St. Peter-Ording

Sonntag, den 10. Mai

Bettina von Haferkamp saß auf einem Gefühlskarussell, ohne absteigen zu können. Seit es Konstantin in ihrem Leben gab, war es mit der Ruhe vorbei. Erst sein charmantes Werben um sie, woraus sie tatsächlich die Hoffnung schöpfte, die große Liebe zu erleben. Kurz danach der Absturz verbunden mit der Demütigung, ausgerechnet für die eigene kleine Schwester verlassen zu werden. In ihrer ersten Verletzung wünschte sie den beiden Tod und Verderben an den Hals. Mittlerweile war dieses Gefühl einem schlechten Gewissen gewichen. Hatten ihre Wünsche zu dem Verschwinden von Konstantin geführt?

Und das war längst nicht alles, was ihr Gefühlschaos ausmachte. Sie hatte tatsächlich Mitleid mit Constanze. Quasi am Traualtar stehengelassen zu werden, wenn sogar die Presse anwesend war; das fühlte sich sogar für Bettina nicht mehr gut an, als es soweit war. Sie hatte mit Constanze nie ein besonders enges Verhältnis gehabt, aber so etwas wünschte sie ihr dann doch nicht.

Außerdem machte sie sich Sorgen um Konstantin. Sein Verhalten war scheinbar nicht verletzend genug gewesen, um ihre Zuneigung zu ihm ganz zu töten. Was war ihm passiert? Oder war er schon wieder umgeschwenkt und freiwillig verschwunden?

Sie schaffte es, sich mühsam durch den Samstagabend zu lächeln, insbesondere weil sie sich der Anwesenheit des Kommissars sowie des Fotografen bewusst war. In dem Festsaal hatte eine merkwürdige Stimmung geherrscht. Alle geladenen Gäste waren erschienen, um ihren Hunger zu stillen – gleichermaßen am Buffet als auch in Bezug auf Neuigkeiten. Eine skurrile Sensationsgier war sicherlich bei einigen das ausschlaggebende Moment gewesen, aufgebretzelt zu dieser Nicht-Hochzeitsfeier zu erscheinen. Bettina fragte sich unwillkürlich, ob es auch Schadenfreude gab. Sie war es gewohnt, Neid zu spüren. Diese dummen Menschen! Sie hätte ihr gesamtes Vermögen für ein Familienglück gegeben, das ihr bislang versagt geblieben war.

Vielleicht lag es an ihrer übertriebenen Vorsicht, die bereits ihre ersten Beziehungen scheitern ließ. Doch sie war immer wieder auf Gier getroffen, die sie in ihrem Verhalten bestätigt hatte. Die ein, zwei Male, in denen sie ihre Vorbehalte über Bord warf, waren komplett schiefgegangen. Es hatte sich immer wieder gezeigt, dass es am besten war, wenn sich Geld zu Geld gesellte. Bei ihren Eltern war es so gewesen. Sie waren immerhin zusammengeblieben, richtig glücklich schien die Ehe nicht zu sein. Beide traten bei offiziellen Terminen gemeinsam auf, privat gingen sie eher getrennte Wege. Heute herrschte wieder Eiszeit zwischen ihnen. Bettina fragte sich, ob es lediglich an der verzwickten Situation zwischen den Schwestern lag, oder ob mehr dahintersteckte. Wie üblich wurden diese familiären Konflikte totgeschwiegen.

Da sie geflissentlich darauf verzichtet hatte, eigene Freunde zu diesem Desaster einzuladen und sie bei allem Mitleid weder Constanze noch ihre Mutter in unmittelbarer Nähe ertragen konnte, verbrachte sie die Zeit des Abendessens mit ihrer Tante Luise. Auch diese stand der Ehe sehr skeptisch gegenüber. Was genau damals mit ihrem zweiten Mann passiert war, wurde ebenfalls nicht preisgegeben. Machte das Vermögen alles so kompliziert oder bargen alle Familien so viele Geheimnisse?

Als ihr Großvater vor fünfundzwanzig Jahren verstarb, hatte Luise kein Interesse an dem Unternehmen gezeigt. Schon immer mit der Kunst verbunden, wollte sie ihre Tage nicht in einem Büro verbringen und ließ sich von ihren Brüdern auszahlen. Ihre erste Ehe war eine jugendliche Dummheit gewesen, die schneller vorbei war, als alle befürchtet hatten. Mit dem zweiten Mann schien sie die richtige Wahl getroffen zu haben. Franz war bodenständig, als Anwalt erfolgreich und trotzdem an ihrer Kunst interessiert. Sie blühte auf, weil endlich jemand ihre Arbeit ernst nahm. Er unterstützte sie, indem er ihre Skulpturen aus Speckstein in seinem Büro ausstellte. Nach den ersten Verkäufen fasste sie den Mut zu einer selbst organisierten Ausstellung, die ein großer Erfolg wurde. Es fiel ihr nach wie vor schwer, sich ins Rampenlicht zu stellen, lieber arbeitete sie allein in ihrem Atelier. Finanziell war sie unabhängig, doch die Anerkennung für ihre Kunst genoss sie sehr, insbesondere weil sie von der eigenen Familie grundsätzlich belächelt wurde.

Und dann war etwas geschehen, worüber selbst im engsten Kreis nur spekuliert wurde. Von einem Tag auf den anderen hatte Franz Luise verlassen. Angeblich waren nicht nur ihre Konten leergeräumt, sondern hatte er ihr zusätzlich Schulden hinterlassen. Bettina fragte sich immer wieder, wie so etwas eigentlich möglich war. Hatte ihre Tante sich so wenig um Vertragliches gekümmert? Auf jeden Fall zog sie kurz darauf aus der großen modernen Wohnung, die das Paar im exklusiven Stadtteil Winterhude bewohnte, in ein kleines reetgedecktes Haus hinterm Elbdeich im Süden von Hamburg.

In den ersten Jahren hatte Bettina sie einige Male dort besucht, bevor Luise sich immer weiter zurückzog. Es war jedes Mal wie ein Zeitsprung gewesen. Das kleine Haus war dunkel, mit alten, viel zu wuchtigen Möbeln ausgestattet. Küche und Bad waren auf dem Stand der fünfziger Jahre. Sie konnte sich gut erinnern, jedes Mal überrascht gewesen zu sein, dass es überhaupt elektrisches Licht und eine Gasheizung gab. Warum sich Luise entschieden hatte, in diesem Haus zu leben, wusste niemand. Scheinbar fehlten, nachdem Franz sie verlassen hatte, die finanziellen Mittel, um das Haus zu modernisieren. Luise floh in ihre Kunst und wurde zunehmend religiöser. Schließlich fehlten den beiden Frauen die Gesprächsthemen, womit Bettinas Besuche erst immer seltener wurden und schließlich ganz einschliefen.

Trotzdem blieb die Bewunderung für die ältere Frau, die nicht nur unabhängig, sondern auch sehr bescheiden ihr einfaches Leben führte. Niemals bat sie jemanden aus der Verwandtschaft um Geld. Bettina hatte keine Ahnung, wovon sie überhaupt lebte. Vielleicht gab es einen Weg, die Skulpturen zu verkaufen, ohne selbst groß in Erscheinung zu treten. Einmal vor vielen Jahren hatte sie ihre Tante darauf angesprochen. In diesem Zusammenhang bot sie ihr an, sie finanziell zu unterstützen. Luise war so fünsch geworden, dass sie es nie wieder wagte, das Thema anzusprechen.

Als Bettina sie an diesem Abend betrachtete, war sie ein wenig neidisch auf die Frau, die komplett in sich ruhte. Kerzengrade saß sie in ihrer altmodischen Kleidung an dem festlich gedeckten Tisch und ließ den Blick durch den Raum schweifen. Sie war mit sich im Reinen, allein an diesem Ort wirkte sie deplatziert, schien sich auch nicht richtig wohl zu fühlen. Sie hatte dem Luxusleben abgesprochen. Da die Hochzeit nun nicht stattfand, hätte es in ihren Augen auch eine einfachere Mahlzeit getan. Ihrer Patentochter zuliebe blieb sie jedoch und ließ die Zusammenkunft der Familie über sich ergehen. Nach Bettinas Eindruck war Luise dankbar, sie an ihrer Seite zu wissen.

Bettina ging es genauso. Sie hätte sich in jeder anderen Gesellschaft unwohl gefühlt. Wieder schaute sie zu Constanze und ihrer Mutter herüber. Die Großmutter der Schwestern hatte sich nach dem Festmahl in ihren Bungalow zurückgezogen. Die Anstrengung, sowohl von der Reise als auch aufgrund der ungewöhnlichen Ereignisse, hatte die alte Dame ausgelaugt. So sehr sie sich auf die weiße Hochzeit gefreut hatte, so wenig verstand sie, was heute Nachmittag passiert war.

Constanze schien es genauso zu gehen. Sie stocherte lustlos in ihrem Essen, welches ihre Mutter ihr vom Buffet gebracht hatte. Der Appetit war ihr gänzlich vergangen, das konnte Bettina gut verstehen. Eifersüchtig beäugte sie die beiden Frauen, deren enges Verhältnis sie schon immer beneidet hatte. Vielleicht gab es in ihrer verkorksten Familie auch dafür einen Grund, doch wie üblich wurde darüber nicht gesprochen. Bettinas Geracker um die Gunst der Mutter hatte bereits zu ihrer Schulzeit begonnen, setzte sich im Studium fort und mündete dann in ihren Eintritt in das Familienunternehmen. Zu spät erkannte sie das nicht vorhandene Interesse ihrer Mutter an dem Unternehmen, das für den Wohlstand der Familie sorgte. Selbst von Haus aus mit einem Vermögen ausgestattet, hatte sie sich nie in ihrem Leben Sorgen um Geld machen müssen. Sie verbrachte ihre Tage mit der Einrichtung der Villa, die anscheinend nie endete; Aufstockung ihrer Garderobe sowie schweißtreibenden Stunden mit einem Personal Trainer. Mit ihren vierundsechzig Jahren hatte Marion von Haferkamp eine straffe, schlanke Figur, für die sie regelmäßig bewundert wurde. Bettinas Engagement in dem Hotelbetrieb konnte sie nicht nachvollziehen. Warum nicht den Männern die Arbeit überlassen, wenn man sich mit angenehmeren Dingen beschäftigen konnte? Constanze kam nicht nur optisch, sondern auch von der Lebensart und Leichtigkeit nach ihrer Mutter. Böse Zungen hätte die beiden Frauen als oberflächlich bezeichnen können. In den letzten Jahren hatte sich Bettina schon so manches Mal gefragt, wie ihr Leben verlaufen wäre, wenn sie alles ein bisschen lockerer angegangen wäre. Hatten diese Gedanken sie in die Arme von Konstantin getrieben?

Bettina stellte mit einem Knall das Weinglas auf dem Tisch ab. Einen Moment befürchtete sie, es könnte zerspringen, doch sie hatte all die quälenden Überlegungen so satt. Sie wollte ihre verlogene Mischpoke nicht mehr sehen, wollte sich keine Gedanken mehr um die verlorene Liebe machen, die vermutlich auch von Anfang an nur eine Lüge gewesen war, geschweige denn wollte sie sich weiterhin das weiße Brautkleid von Constanze anschauen, das sie irgendwie alle verhöhnte. Warum hatte sie es eigentlich nicht ausgezogen? Das sowieso bestellte Buffet gemeinsam zu vertilgen war die eine Sache, aber in festlicher Kleidung an diesem Punkt der Geschehnisse hier zusammen den Abend zu verbringen, war einfach lächerlich.

„Mit reicht es! Ich gehe!“, teilte sie ihrer Tante in bestimmtem Ton mit.

„Wohin willst du denn?“, fragte Luise interessiert und mit fester Stimme.

„Ich ziehe mich um und gehe an den Strand. Ich habe genug von dieser Farce hier. Der Bräutigam ist weg. Es ist höchst unwahrscheinlich, dass er heute noch einmal auftaucht. Was soll das noch? Ehrlich gesagt kann ich auch den Anblick der ganzen Sippschaft nicht mehr ertragen."

„An dem Punkt war ich bereits vor fünf Stunden", gab Luise trocken zurück. „Nimmst du mich mit? Ein wenig Bewegung an der frischen Luft würde mir ebenfalls guttun."

„Gern! Komm, wir verschwinden, bevor uns jemand daran hindert. Im Moment scheinen alle sehr in ihre Gespräche vertieft." Bettina wollte sich jetzt nicht rechtfertigen müssen, warum sie die skurrile Feier vorzeitig verließ.

Ein frischer Wind war von Westen aufgezogen. Die aufgelaufene Flut hatte eine unerwartete Kühle mit an Land gebracht, sodass der geplante Spaziergang kürzer als erwartet ausfiel. Auch bei Luise machten sich die Anstrengungen des Tages bemerkbar. Bettina begleitete sie zurück zu ihrem kleinen Ferienhaus in der dritten Wasserlinie und spazierte anschließend zu ihrem eigenen Bungalow. Die am frühen Abend bestellte Whiskyflasche stand gut gekühlt auf dem Esstisch. Nachdem sie sich ein Bad eingelassen hatte, ließ sie sich mit einem tiefen Seufzer und einem gut gefüllten Glas in das warme Nass gleiten.

Was für ein Tag! Sie nahm einen großen Schluck, um trübe Gedanken zu vertreiben, bevor die sie von allen Seiten umzingeln konnten. Bereits nach zwanzig Minuten verließ sie die Wanne wieder und kuschelte sich in das große Bett mit den flauschigen Decken. Sie nahm sich fest vor, sich am morgigen Tag nicht von der Familie vereinnahmen zu lassen, sondern allein eine ausgedehnte Strandwanderung zu unternehmen, bevor sie wieder nach Hamburg zurückfahren würde.

Tatsächlich schlief Bettina tief und traumlos, wodurch sie am nächsten Morgen unerwartet fit aufwachte. Eine kurze Dusche erfrischte sie zusätzlich. Dankbar für die kleine Espressomaschine bereitete sie sich in dem Bungalow einen starken Kaffee, welcher ihr den Gang in den Frühstücksraum ersparte. An diesem Morgen wollte sie niemanden Bekanntes treffen. Sie schlüpfte in Jeans, Shirt sowie Pullover, trank die Tasse in einem Zug aus und schlüpfte aus dem Ferienbungalow. Die Kapuze schützte sie sowohl vor dem Wind als auch vor erkennenden Blicken. Schnell erreichte sie den Strand. Sie hatte fast vergessen, wie herrlich sich der Sand unter ihren nackten Füßen anfühlte. Obwohl es bereits auf halb zehn zuging, war der traumhafte breite Strand von St. Peter-Ording nur mäßig besucht. Die wenigen Spaziergänger verloren sich auf der großen Fläche, offensichtlich saßen die meisten Urlauber noch an ihrem Frühstückstisch und genossen es, entspannt in den Sonntagvormittag zu kommen.

Bettina schätzte die Ruhe nach dem turbulenten Vortag umso mehr. Einige Möwen kreischten. Weiter entfernt konnte sie zwei Strand-Surfer erkennen, die, von farbenfrohen Drachen gezogen, flott über den festen Untergrund preschten, den das Niedrigwasser freigelegt hatte. Einer von ihnen vollführte einen waghalsigen Sprung, um sicher wieder mit seinem Board zu landen. Als sie glaubte, einen juchzenden Schrei zu hören, der über das Watt an den Strand getragen wurde, fühlte sie plötzlich eine unerwartete Leichtigkeit, so wie schon lange nicht mehr. Vielleicht sollte sie endlich einmal für ein paar Wochen einen Urlaub buchen. Alles Gewohnte einfach hinter sich lassen und etwas ganz Neues erleben. Eine neue Sportart lernen, auf Safari gehen oder so. Sie konnte sich nicht erinnern, wann sie in den letzten Jahren einmal komplett losgelassen hatte. Wenn sie verreist war, kam das eingeschaltete Mobiltelefon als ständiger Begleiter mit ins Gepäck. Dabei hatte sie dann auf so manches Highlight der jeweiligen Reise verzichtet, um an einer

Telefonkonferenz teilzunehmen oder umgehend wichtige Dokumente zu bearbeiten.

Ein weiterer Schrei tönte über den menschenleeren Strand bis zu Bettina. Sie war den beiden blutjungen Surfern bereits ein großes Stück nähergekommen. Solche Strandboards hatte sie noch nie gesehen, vielleicht waren sie von den Sportlern selbst gebaut worden. Voller Lebensfreude spielten sie mit der Energie des Windes. Der nächste Sprung fiel noch höher aus. Fast hätte Bettina beeindruckt applaudiert, als der Zweite einen Salto sprang. Er verlor jedoch das Gleichgewicht und verschwand für einen Moment aus ihrem Sichtfeld. Während sie sich fragte, ob er wohl Hilfe brauchte, tauchte er bereits lachend wieder auf, hängte sich erneut in den Wind, um wieder Schwung aufzunehmen. Den Schlamm an seiner Kleidung schien er gar nicht zu bemerken. Der nächste Salto gelang.

Nach dem Fallen einfach aufstehen und weitermachen! Wann hatte sie das verlernt? Es wurde Zeit, ihr Privatleben wieder mutig zu gestalten. Sich ständig im Büro verkriechen, um sich mit vermeintlich spannenden Zahlen zu umgeben, und diese zu vergrößern, machte sie nicht glücklich. Das hatte sie sich bereits vor einer Weile eingestanden und dann doch wieder erfolgreich verdrängt. Sie sollte ihr Leben endlich nachhaltig ändern.

Sie kuschelte sie sich in die windgeschützte Ecke eines Strandkorbes, um eine geraume Weile den übermütigen Sportlern bei ihrem Vergnügen zuzuschauen sowie über ihre Träume nachzudenken, die ihr in den vergangenen zwanzig Jahren im Alltag verloren gegangen waren.

Schließlich verspürte sie Hunger, setzte sie ihren Weg fort und fand im Ortskern des alten Dorfes von Sankt Peter ein schnuckeliges kleines Restaurant mit einer herrlichen Fischkarte. Sie bestellte sich eine Scholle mit Krabben und Kartoffelsalat – eine Erinnerung an unbeschwerte Kindertage. Mit einem

Glas Weißwein wollte sie ihren Beschluss besiegeln, demnächst auf eine längere Reise zu gehen, auch wenn sie sich über das Ziel noch nicht im Klaren war. Es war deutlich kühler als am gestrigen Tag geworden, trotzdem bestellte sich Bettina nach dem Essen ein zweites Glas. Die Vorstellung, jetzt zurück in die *Weiße Düne* zu laufen, war einfach zu wenig verlockend, um es sofort umzusetzen.

Warum sollte sie immer so funktionieren, wie die Familie es von ihr erwartete? Das tat sie schon viel zu lange und jetzt war Schluss damit! Sollten sie doch alleine zusehen, wie sie ihre vermurkste Situation wieder in den Griff bekamen. Sie war da jetzt raus. Nach dem zweiten Glas Wein war sie so gut wie fest entschlossen, eine Rundreise durch Tansania mit Safari zu buchen, leider hatte sie jedoch ihr Handy im Feriendorf gelassen – eine bewusste Entscheidung, um nicht erreichbar zu sein. Das Frösteln verstärkte sich, ein Blick zum Himmel ließ nicht mehr auf die wärmende Sonne hoffen.

„Darf es noch etwas sein? Sie sehen etwas frierend aus, soll ich Ihnen einen *Pharisäer* bringen? Der wärmt Sie von innen wieder auf", bot die freundliche Kellnerin ihr an.

Schon wollte sie ablehnend um die Rechnung bitten, doch warum eigentlich nicht? Wärme von innen war ein guter Anfang für die neue Bettina, zurück zu der Verwandtschaft zog sie nach wie vor nichts.

„Gern, er darf ruhig kräftig sein", zwinkerte sie der freundlichen Bedienung zu.

„Geht klar, soll ich Ihnen außerdem eine Decke für die Beine mitbringen, oder wollen Sie nach drinnen umziehen? Könnte sein, dass es bald regnen wird."

„Nein, ich bleibe einen weiteren Moment hier. Die Decke nehme ich gerne. Mit dem Kaffee können Sie mir dann auch die Rechnung bringen."

Nickend zog die junge Frau von dannen, um die Wünsche ihres Gastes zu erfüllen.

Die friesische Kaffeespezialität war köstlich, aber als Bettina schließlich aufstand, um sich auf den nicht vermeidbaren Rückweg zu machen, verlor sie fast das Gleichgewicht. Sich am Strandkorb festhaltend ließ sie das Gefühl des Schwindels vorbeiziehen. Wow! Sie hatte ganz offensichtlich die Alkoholmenge unterschätzt! Da würde sie wohl eine Weile brauchen, bis sie die *Weiße Düne* erreichte. Kurz spielte sie mit dem Gedanken, sich ein Taxi zu rufen, doch wozu? Ein bisschen frische Luft würde ihr jetzt guttun und zu schnell wollte sie gar nicht ankommen.

Nach einigen Schritten wurde sie wieder sicherer auf den Beinen. War eigentlich ganz lustig, einmal die Selbstbeherrschung zu verlieren. Gut gelaunt stapfte sie durch den Sand. So langsam hatte sie jedes Zeitgefühl verloren und konnte auch nicht mehr sagen, wie lange sie für den Weg ins Dorf gebraucht hatte. Eine ganze Weile war sie bei den Strand-Surfern geblieben, um deren Lebensfreude in sich aufzusaugen.

Etwa nach der halben Strecke zog ein frischer Wind auf, dunkle Wolken bedeckten den Himmel, schnell bewegten sie sich mit der auflaufenden Flut landeinwärts. Bettina konnte sich nicht erinnern, dass Regen, geschweige denn ein Gewitter vorhergesagt worden waren, aber nun sah es genau danach aus. Sie beschleunigte ihren Schritt, um möglichst vor dem Wolkenbruch bei ihrem Bungalow anzukommen. Der Wind zerrte an der Kapuze ihres Anoraks, die sie sich schützend über den Kopf gezogen hatte, auch wenn dadurch ihre Sicht eingeschränkt wurde. Sie war froh, ihn in letzter Minute mitgenommen zu haben, weil es am gestrigen Abend so kühl gewesen war. Die vereinzelten Spaziergänger waren verschwunden, gleiches galt für die jungen Sportler. Sie war allein.

Mit einem leichten Unwohlsein kämpfte sie gegen den Wind an, der stetig zunahm. Eine Böe zerrte an der Kapuze und riss sie ihr schließlich herunter. Die brünetten halblangen Haare flatterten im Wind. Rückwärts stemmte sie sich gegen die nächste Böe, zog die Kapuze wieder über und band sie fest. Sie versuchte ihr Tempo zu erhöhen, die Unbeschwertheit war verflogen, jetzt wollte sie nur noch in den Schutz des Ferienhauses, nach Möglichkeit, bevor der Regen einsetzte. Schon als Kind hatte sie an der Küste die schnellen Wetterumschwünge erlebt, dieses Mal traf es sie überraschend. Die mächtigen Pfahlbauten des Ordinger Strandes waren noch ziemlich weit entfernt, als die ersten Blitze über den Küstenstreifen zuckten. Für einen Moment wurde es taghell, bevor die dunklen Wolken, obwohl erst Nachmittag, ihn wieder in ein diffuses dämmeriges Licht tauchten.

Die eingeschränkte Sicht sowie der Kampf gegen den ständig stärker werdenden Wind hatten sie von der Wasserkante schräg über den Strand in Richtung Dünen laufen lassen, ohne dass es ihr bewusst wurde. Als die ersten dicken Regentropfen fielen, überlegte sie kurz, ob sie den Schauer in einem Strandkorb abwarten sollte. Der nächste Blitz, gefolgt von einem fernen Donnergrollen, hielt sie jedoch davon ab. In diese Gedanken versunken und weiter ihren Weg durch den Sand kämpfend, wäre sie fast gegen den Strandkorb gelaufen, der mit der Rückseite zum Wasser abseits der anderen an der Dünenkante stand. Da hatte jemand einige Mühe auf sich genommen, um ungestört zu sein, vermutlich bereits am gestrigen Tag als der Strand wesentlich voller gewesen war.

Jetzt schien jemand Schutz vor dem Wetter gesucht zu haben. Erst konnte sie lediglich die Schuhspitzen erkennen. In dem Moment, als sie den Korb umrundet hatte und einen Blick hineinwarf, zuckte der nächste Blitz am Himmel. Der Anblick, der sich ihr bot, ließ alle Farbe aus ihrem Gesicht weichen. Als sich der erste Schock löste, konnte sie gar nicht mehr aufhören zu schreien.

Konstantin

früher an einem anderen Ort

Vorsichtig schob er sich millimeterweise über den kalten Boden. Bei jeder noch so kleinen Veränderung der Position bohrte sich der Schmerz weiter in seinen Schädel, aber der Durst war schlimmer. Den Kopf so wenig wie möglich bewegend versuchte er mit dem Gesicht zu ertasten, ob in seiner Nähe das vermutete Gefäß mit Wasser stand. Wieder probierte er, mit seinen Augen die Schwärze zu durchdringen – vergebens.

Verzweiflung machte sich breit, als er nach einer gefühlt endlosen Zeit nichts in der unmittelbaren Umgebung entdeckte. Seine Zunge fühlte sich dick und unförmig an. Wie lange war er bereits hier? Und wie weit hatte er sich eben bewegt? Er war doch vorhin gegen etwas gestoßen! War sein Geist schon so weit vernebelt, dass er sich das nur eingebildet hatte?

Erschöpft ließ er den Kopf wieder auf den kühlen Boden sinken. Für einen Moment spürte er Erleichterung. Die glatte Fläche war nicht nur kalt, sondern fühlte sich außerdem klamm an. Ob das ausreichte, um seiner Zunge etwas Feuchtigkeit zu spenden? Würde es ihm gelingen, sich so zu drehen, um über den Boden zu lecken?

Erneut stieg Ekel über sich selbst in ihm auf.

Was war bloß passiert? Wie war er in diesen Raum und in diese Lage geraten? Wieder versuchte er angestrengt, sich zu erinnern, aber sein Kopf war bis auf den hämmernden Schmerz völlig leer.

Er musste trinken und er war sich sicher, hier im Raum etwas zu finden, doch die Ruhe tat so gut. Die Kühle des Bodens gab seinem Kopf ein wenig Entspannung, nur einen Moment ausruhen, dann würde er weiter das rettende Nass suchen.

Als er wieder aufwachte, hatte der Kopfschmerz ein wenig nachgelassen. Erinnerungsfetzen blitzten durch seinen Kopf. Ein Telefonat. Er versuchte, den Klang der Stimme zurückzuholen, konnte sich aber nicht einmal lange genug darauf konzentrieren, um sagen zu können, ob es sich um eine weibliche oder eine männliche Stimme gehandelt hatte.

Das quälende Durstgefühl war noch stärker geworden. Wieder versuchte er, über den Boden robbend, das rettende Nass zu erreichen. Jeder Zentimeter strengte ihn an. Gleichzeitig kreisten seine Gedanken um den Anruf, den er erhalten hatte. Das musste kurz nach dem klärenden Gespräch mit Constanze gewesen sein.

Ja! Die Erinnerung an den Tag kam zurück. Dem in letzter Zeit so häufigen Streitthema war Constanzes wutentbrannte Flucht aus seiner Wohnung gefolgt. Er war mindestens genauso verärgert gewesen wie sie und hatte seine Wut mit Tequila gelöscht. Das war wahrscheinlich nicht die beste Idee, aber kurzfristig hatte es ihm sein inneres Gleichgewicht zurückgebracht.

Nach einigen Stunden war ihm klargeworden, die Hochzeit zu gefährden, wenn er dieses Mal nicht nachgab. Alles wäre umsonst gewesen, der große Plan in Gefahr. Also hatte er sie angerufen, um sich zu versöhnen, was auch funktionierte. Da er für die Fahrt nach St. Peter-Ording bereits zu viel getrunken hatte, kam es auf ein weiteres Glas nicht mehr an. Schließlich gab es etwas zu feiern.

Seine Erinnerung reichte bis zu dem folgenden Klingeln des Telefons und der Vermutung, dass Constanze ihm noch etwas mitteilen wollte, was sie vorher vergessen hatte. Danach riss sie ab. Er hatte nach wie vor keine Ahnung, wie er in diesen Raum gelangt war.

Endlich, kurz bevor er aufgeben wollte, weil ihn einfach die Kraft verließ, stieß er mit der Wange gegen eine Metallschale, die leicht auf dem Boden schepperte. Vorsichtig ertastete er mit den Lippen die Umrisse des Gefäßes. Als sie auf das Wasser trafen, trank er viel zu gierig, beinahe wäre sie umgekippt.

Erst im Nachhinein fiel ihm der bittere Nachgeschmack auf, den er beim Trinken nicht bemerkt hatte.

Charlie in St. Peter-Ording

Sonntag, den 10. Mai

Als die Kommissarin die Polizeistation verließ, bemerkte sie die Veränderung des Wetters. Kaum zu glauben! Gestern war ein herrlicher Frühsommertag gewesen, jetzt drohte ein Gewitter. Kurz überlegte sie, ob sie direkt nach Hause in ihr kleines Häuschen fahren sollte, doch im Grunde liebte sie genau diese Wildheit des Windes hier an der Nordsee.

Als sie im September alternativlos der Versetzung zugestimmt hatte, war sie im ersten Moment fuchsteufelswild gewesen. Lächelnd erinnerte sie sich an die Szene im Büro ihres Chefs Matthias Bartsch. Mittlerweile überkam sie die Sehnsucht nach Hamburg, den dortigen Kollegen sowie ihrer Wohnung im Stadtteil Eimsbüttel nur noch selten. Wenn sie wie an diesem

Wochenende ab und zu Großstadtluft schnuppern durfte, war sie fürs Erste zufrieden genug, um wieder ihre eigene Mitte zu finden. Natürlich lag das zum großen Teil an dem eigentlich immer gut gelaunten Knud Petersen, der von Anfang an froh gewesen war, sie in dem kleinen unterbesetzten Team der Nordsee-Gemeinde begrüßen zu dürfen.

Und nicht zu vergessen Torge Trulsen!

Der eigenwillige Nordfriese war zu Beginn von Charlie als neugierige Nervensäge eingestuft worden. Im Fall Schwertfeger hatte er sich jedoch mit seinen zugegebenermaßen etwas halb garen Ermittlungsmethoden als nützlich erwiesen. Einige Aktionen hätten Knud und sie so niemals durchführen können. Die Aufklärung des Falles wäre sicherlich ohne sein beherztes Eingreifen langwieriger gewesen. Natürlich hatte sie ihm das in so deutlicher Form nicht gesagt und würde es auch in Zukunft lassen.

Nach wie vor brauchten sie Verstärkung. Fiete Nissens Gesundheitszustand hatte sich in den letzten Monaten weiter verschlechtert. Mehr als vier oder fünf Stunden Innendienst pro Tag hielt er kräftemäßig nicht durch. Er hätte sich längst ganz krankschreiben lassen können, doch er wollte auf keinen Fall nur zu Hause hocken und Knud samt neuer Kollegin im Stich lassen. Charlie hielt es für unwahrscheinlich, dass die vakante Stelle in absehbarer Zeit besetzt wurde, aber im Moment kamen sie auch so ganz gut zurecht. Im Notfall griffen sie eben auf Trulsen zurück!

Sie überlegte kurz, bei der *Weißen Düne* zu parken, doch im Zweifel lief sie dort der verhinderten Braut und ihrer Familie über den Weg. Charlie war mittlerweile gespannt, ob die Angelegenheit einen kriminellen Hintergrund besaß. Zumindest gab es merkwürdige Verwicklungen.

Sie fuhr ein Stück weiter in Richtung Dorf bis zu dem ruhigen Strandabschnitt, der seltener besucht war, weil es lediglich wenige Parkplätze in der Nähe gab und die Gastronomie weiter entfernt war. Sobald die Touristen auf solche Annehmlichkeiten verzichten mussten, wurde es erheblich idyllischer. Charlie liebte diesen Teil des Strandes mittlerweile.

Das Hochwasser hatte seinen Zenit bereits wieder überschritten, aber bei dem ständig stärker werdenden Wind würden kräftige Wellen an das Ufer rauschen, die in ihr das Gefühl von Freiheit hervorriefen. Dem Watt konnte sie nach wie vor nicht viel abgewinnen. Man stakste durch eine schlammige Fläche, schnitt sich die Füße an den Muscheln auf und musste höllisch aufpassen, nicht einen Weg einzuschlagen, der plötzlich zur Gefahr wurde, wenn das Wasser zurückkam. Auch der Insidertipp mit den zwei Paar übereinander gezogenen alten Socken, die vor den scharfkantigen Schalentieren schützen sollten, war von ihr ausprobiert worden. Eine große Muschel zerschnitt nicht nur die Socken, sondern auch ihre zarte Haut an der Ferse, was sie eine Woche humpeln ließ.

Charlie hatte ihr Ziel erreicht. Wie erwartet gab es niemanden, der den kleinen versteckten Parkplatz bei diesem Wetter nutzte. Vermutlich waren sogar die Hundebesitzer mit ihrer Gassirunde bereits durch. Lange würde sie nicht bleiben, aber sich eine halbe Stunde den Kopf freipusten zu lassen, bot eine gute Ausgangssituation für die Arbeit, die zu Hause auf sie wartete. Die Nordsee toste in hohen Wellen bis an die Wattkante, der zunehmende Wind zerrte an ihrem Anorak. Sich gegen eine Böe durch die Dünen kämpfend, meinte sie plötzlich, das Schreien einer Frau zu hören. Bei diesem Sturm konnte es leicht eine Täuschung sein. Selbst Möwengeschrei hörte sich in der Verzerrung durch das Rauschen ähnlich an. Sie blieb kurz stehen, um zu lauschen. Doch, da war es wieder! Anscheinend gar nicht weit entfernt. Charlie konnte nichts erkennen. Wie eine kleine Hügellandschaft versperrten die Dünen den Blick auf den Strand, aber sie war hier bereits häufig genug gewesen, um die Entfernungen zu kennen.

Als der nächste Schrei ertönte, sprintete die Kommissarin los. Alle Antennen waren auf Empfang geschaltet. Scheinbar war ihr ein entspannter Ausklang ihres Hamburg-Wochenendes nicht vergönnt. Hier brauchte eindeutig jemand Hilfe und es schien sich um eine Frau zu handeln!

Der Wind, der stark landeinwärts wehte, bremste sie weiter aus. Einmal sackte ihr linker Fuß im Sand weg, doch sie rappelte sich schnell wieder auf. Kurz darauf sah sie die schreiende Frau. Unerwarteterweise stand sie vor einem Strandkorb. Charlie hatte damit gerechnet, sie auf der Flucht zu sehen. Schnell erreichte sie die nordische Sitzgelegenheit. Als ihr Blick den Inhalt erfasste, stockte auch ihr für einen Moment der Atem. Dort saß ein Mann mit einem feinen Anzug. Sein Gesicht war hinter einer Maske verborgen. Es schien sich um die Darstellung eines Tierkopfes zu handeln. Als sie näherkam, erkannte sie das Konterfei eines Fuchses.

Beim nächsten Schrei löste sich die Kommissarin von dem bizarren Anblick, um sich erst einmal um die Frau zu kümmern. Langsam machte Charlie einen Schritt auf sie zu, doch die völlig Verschreckte schien in Panik zu geraten.

„Beruhigen Sie sich! Ich bin Kommissarin Charlotte Wiesinger. Sie brauchen keine Angst zu haben, ich werde Ihnen helfen. Kommen Sie zu mir."

Sie streckte ihre Hand aus und tatsächlich machte die Unbekannte einen Schritt auf sie zu, um die dargebotene Hilfe anzunehmen. Weiter leise auf sie einredend, zog Charlie sie sanft von dem Strandkorb weg. Gleichzeitig routierten ihre Gedanken.

Schlief der Mann lediglich oder war er bereits tot? Handelte es sich um den verschwundenen Konstantin Winkler? Gehörte die Frau zu der Hochzeitsgesellschaft? Charlie versuchte, sich die Fotos in Erinnerung zu rufen. Handelte es sich um Bettina von Haferkamp? Ungeschminkt und in legerer Kleidung sah sie anders aus. Hatte sie den Mann trotz der Maske erkannt?

Sie erreichten ein Feld mit weiteren Strandkörben, das sich in etwa zehn Meter Entfernung zu dem Einzelnen befand. Sanft drückte Charlie die Frau, die sich zunehmend beruhigte, auf die Sitzfläche eines Korbes, der mit dem Rücken zum Wind stand.

„Warten Sie hier bitte einen Moment, ich bin gleich wieder bei Ihnen. Ich will nur kurz nach dem Mann schauen", teilte sie ihr mit. Diese nickte und sackte kraftlos in dem Strandkorb in sich zusammen.

Während die Kommissarin zu dem maskierten Mann zurücklief, streifte sie routinemäßig die dünnen Handschuhe über, die sie grundsätzlich bei sich trug. Nachdem sie ihn erreicht hatte, fühlte sie zuerst nach dem Puls, doch da war nichts mehr. Vorsichtig schob Charlie die Maske nach oben. Obwohl sie sich gewappnet hatte, erschrak sie bei dem Anblick seines Gesichts. Sie zog ihr Smartphone aus der Tasche, um Knud anzurufen, der sofort an seinen Apparat ging.

„Charlotte! Moin, haben Sie noch etwas herausgefunden? Ich dachte, Sie wollten einen Strandspaziergang machen", begrüßte er sie munter.

„Ja." Die Kommissarin musste sich einmal räuspern, bevor sie weitersprechen konnte. „Ich bin am Strand, aber leider nicht einmal bis zur Wasserkante gekommen. Gleich am Rand der Dünen bin ich quasi über einen Toten gestolpert. Ich glaube, es handelt sich um den verschwundenen Konstantin Winkler", gab sie brüsk zurück, um ein wenig Abstand zu dem Gesehenen aufzubauen.

„Er lag am Rand der Dünen?“, fragte Knud fassungslos nach.

„Skurriler! Er sitzt mit der Maske eines Fuchses in einem Strandkorb, der etwas abseitssteht. Der Tote trägt einen feinen Zwirn, vermutlich seinen Hochzeitsanzug, dazu allerdings Laufschuhe.“ Als von ihrem Kollegen kein Kommentar kam, fragte sich Charlie, ob die Leitung unterbrochen war. „Sind Sie noch dran?“

„Ja, ich muss erst einmal verdauen, was Sie mir da gerade gesagt haben“, gab er zu.

„Verdauen Sie schneller, Knud. Die Ruhe ist vorbei. Wir brauchen das volle Besteck: Gerichtsmedizin, Spusi ... ist Trulsen bei Ihnen?“

„Sie wollen Trulsen dabeihaben?“ Knud kam aus dem Staunen gar nicht mehr heraus.

„Ich habe den Toten nicht selbst gefunden. Vor dem Strandkorb stand eine hysterisch schreiende Frau. Ich vermute, dass sie zu der Hochzeitsgesellschaft gehört, möglicherweise ist es Bettina von Haferkamp. Dann hat sie ihn erkannt. Ich werde jetzt zu ihr gehen, um sie zu befragen und mich um sie zu kümmern. Vielleicht kann Trulsen das übernehmen, wenn Sie hier eintreffen“, erklärte die Kommissarin ihre Vorgehensweise.

„Okay, ich frage ihn, aber da kann er bestimmt nicht widerstehen“, mutmaßte Knud.

„Rufen Sie alle an und beeilen Sie sich. Es frischt immer weiter auf, ich denke, es wird in Kürze heftig regnen. Bringen Sie am besten eine große Plane mit.“ Bevor sie auflegte, beschrieb sie ihm kurz die Stelle, an der sie sich befand, dann eilte sie zu der Frau zurück.

Diese schien sich nicht bewegt zu haben, seit Charlie sie verlassen hatte. Vor sich hinstarrend saß sie zusammengesunken in dem Strandkorb. Die Kommissarin setzte sich vorsichtig neben sie und sprach sie leise an.

„Geht es wieder?"

Die Frau atmete einmal tief durch und straffte sich ein wenig, bevor sie anfing zu reden.

„Es ist Konstantin, oder?"

„Ja, so sieht es aus." Bei dem Gesicht des verschwundenen Bräutigams war sie sich sicher.

„Ist er tot?", fragte die Unbekannte weiter. Es klang jetzt ruhig und sachlich. „Ja, er ist tot", beantwortete sie kurz darauf ihre eigene Frage. „Wenn er am Leben wäre, würden Sie jetzt nicht hier bei mir sitzen, sondern sich um ihn kümmern."

Die Kommissarin wunderte sich, wie schnell die Frau sich von dem Schock erholt hatte. Wenn das so war, konnte sie ihr wohl ein paar Fragen stellen.

„Sie gehören offensichtlich zu der Hochzeitsgesellschaft. Darf ich um Ihren Namen bitten?"

„Oh, natürlich. Ich bin Bettina von Haferkamp, die Schwester der Braut." Nicht mehr sachlich, klang nun ein Unterton mit, der wohl der vertrackten Gesamtsituation geschuldet war, von der Charlie bereits wusste.

„Der Mörder hat ja einen skurrilen Humor! Wer hätte gedacht, dass es mit Konstantin so enden würde. Er selbst wohl am Allerwenigsten! Der schillernde Konstantin! Nun sitzt er in seinem feinen Hochzeitsanzug in einem Strandkorb. Nur leider tot! Mit der Maske eines Fuchses – wie passend!" Ihre Stimme war mit jedem Satz schriller geworden. Offensichtlich war die sachliche Ruhe lediglich von kurzer Dauer gewesen. Jetzt löste sich der Schock. „Wissen Sie, welche Bedeutung der Fuchs hat?"

Charlie überlegte kurz. „Schläue – sagt man nicht ‚schlau wie ein Fuchs'?"

„Ja, das passt auch. Schlau war Konstantin. In der Religion gibt es weitere Bedeutungen. Da werden dem Fuchs nicht nur positive Eigenschaften bescheinigt. Füchse gelten in biblischer

Zeit als Verwüster der Weinberge und sind Sinnbild für die falschen Propheten. Jesus bezeichnet den Fürsten Herodes als Fuchs. Damit ist das Symbol der Arglist gemeint. Mein Vater hat uns diese Dinge jahrelang eingetrichtert, das vergisst man nicht mehr", fügte sie fast entschuldigend hinzu.

„Passt so eine Beschreibung auf Konstantin Winkler?", wollte die Kommissarin wissen.

„Tja, so wie sich die ganze Sache entwickelt hat ... Haben Sie Kenntnis von unserem kleinen Familiendrama, welches dieser Farce von Fast-Hochzeit vorangegangen ist?" Nach dem kurzen fast hysterischen Ausbruch wurde Bettina von Haferkamp wieder nahezu sachlich, doch die Kommissarin war auf der Hut. Verständlicherweise war ihre Gesprächspartnerin emotional aufgeladen. Ein falsches Wort konnte den nächsten Anfall zur Folge haben.

„Ich habe vorhin in groben Zügen davon gehört. Wollen Sie mir Ihre Version der Geschichte erzählen?" Charlie fragte sich, wo die Kollegen blieben. Der Weg von der Polizeistation hierher war kurz, eigentlich müssten sie längst da sein. Sie beugte sich aus dem Strandkorb, um einen Blick auf den Fundort des Toten zu werfen, doch da tat sich nichts. Dafür war das Gewitter vorbeigezogen und schien den drohenden Regen mitgenommen zu haben. Nun gut, so lange Knud und Trulsen nicht auftauchten, konnte sie die Zeit für ein Gespräch mit der abservierten Schwester der Braut nutzen.

Bettina von Haferkamp übernahm selbst die Gesprächsführung: „Wie geht es denn nun weiter?", fragte sie mit leichter Ungeduld in der Stimme. „Warten wir auf Ihre Kollegen? Ich sollte zurück zum Hotel gehen. Oh Gott, jetzt muss ich diejenige sein, die Constanze vom Tod ihres Bräutigams berichtet. Das wird sie mir nie verzeihen! Sie wird mich behandeln, als hätte ich ihn eigenhändig ins Jenseits befördert."

„Sie müssen Ihrer Schwester die Todesnachricht nicht selbst überbringen. Die Kollegen werden gleich hier sein. Knud Petersen haben Sie ja bestimmt gestern Abend bereits kennengelernt. Er war in der Gesellschaft von Torge Trulsen. Ich denke, er wird für Ihren Beistand ebenfalls mitkommen." Knud hatte ihr am Telefon nicht bestätigt, dass Trulsen mit von der Partie sein würde, aber egal wo er sich zur Zeit des Anrufs gerade befand, Knud informierte ihn und Trulsen ließ sich so eine Gelegenheit bestimmt nicht entgehen: Eine Einladung von der Kommissarin an den Fundort der Leiche!

Ein leichtes Lächeln umspielte ihre Lippen, als sie weitersprach: „Dem Hausmeister der *Weißen Düne* Torge Trulsen sind Sie doch sicherlich im Rahmen der Hochzeitsvorbereitungen bereits begegnet, oder waren sie darin aufgrund Ihrer besonderen Situation nicht involviert?"

„Meine Familie hat quasi darauf bestanden. Alles, was nur ansatzweise einen Skandal auslösen würde, sollte dem Geschäft zuliebe vermieden werden. Auch in der Hotelbranche ist der Konkurrenzkampf hart. Tja, das wird der Regenbogenpresse ordentlich Munition liefern", mutmaßte Bettina von Haferkamp.

Im gleichen Moment bemerkte Charlotte das Eintreffen der Kollegen. Knud kam nicht nur in der Begleitung von Trulsen, sondern hatte bereits das Team aus Heide dabei, das für die Spurensicherung verantwortlich war.

„Warten Sie bitte hier im Strandkorb", bat sie Bettina von Haferkamp. „Wir besprechen kurz die Lage und wer Sie zurück zur *Weißen Düne* begleitet. Oder wollen Sie gar nicht zu Ihrer Familie? Wir können sie auch allein von dem Ableben Konstantin Winklers informieren. Sie müssen nicht dabei sein." Als sie den unsicheren Blick der Angesprochenen auffing, fügte sie hinzu: „Überlegen Sie es sich einfach. Ich bin gleich wieder bei Ihnen."

Die Männer hatten ihre Arbeit aufgenommen. Weil der Rechtsmediziner Ansgar Johannsen aus Husum bislang nicht eingetroffen war, übernahm Knud das Fotografieren des Toten. Die Maske hatte er ihm abgenommen und in eine durchsichtige Tüte gepackt. Nun war die Spurensicherung an der Reihe. Das Geschehen aufmerksam betrachtend stand der Hausmeister der *Weißen Düne* in etwa zwei Metern Entfernung.

„Kommen Sie mit, Trulsen. Ich kann dort drüben Ihre Hilfe gebrauchen", sprach sie ihn an. „In einem der Strandkörbe sitzt Bettina von Haferkamp. Sie ist sich nicht sicher, ob sie ihrer Familie mit dieser Botschaft überhaupt gegenübertreten will. Können Sie sich um sie kümmern?", fragte die Kommissarin.

Aus dem Strahlen, als sie um seine Hilfe bat, war schnell ein langes Gesicht geworden.

„Ich soll den Babysitter spielen? Ich dachte, Sie wollen meine Unterstützung bei der Ermittlung." Die Entrüstung schien mit dem Grad seiner Enttäuschung mithalten zu können. Charlie musste unwillkürlich lachen, obwohl es ihr direkt neben dem Toten pietätlos vorkam.

„Sie tun so, als hätte ich Sie gebeten, den Schafstall auszumisten. Einer von uns muss der Familie die Todesnachricht überbringen, das ist auch nicht gerade ein toller Job. Ich bin sicher, Sie werden uns wieder bestens bei den Untersuchungen unterstützen. Jetzt wäre es hilfreich, wenn Sie für die Frau da sind, die gerade einen Toten gefunden hat, der noch dazu ihr Ex und der Bräutigam ihrer Schwester war. Geht das?" Charlie hatte sich einmal wieder in Rage geredet, einige Locken hatten sich bei dem Wetter aus der Hochsteckfrisur gelöst und tanzten wie gewohnt bei diesen Ausbrüchen. Ein Blick in Knuds Richtung bestätigte ihr die Vermutung, dass er sich darüber köstlich amüsierte. Super!

Trulsen hingegen ruderte zurück. „Tut mir leid, Kommissarin Wiesinger. Natürlich kümmere ich mich um Frau von Haferkamp."

Die Kommissarin quittierte seine Bereitschaft mit einem Nicken. „Danke!" Dann wandte sie sich an ihren Kollegen Knud Petersen. „Wollen wir gemeinsam zu der Familie gehen, oder soll einer hier bei der Spusi bleiben und auf Johannsen warten?"

„Ich werde Torge und die Haferkamp zur *Weißen Düne* begleiten und dann mit den Angehörigen sprechen. Sie haben mich gestern kennengelernt. Ich denke, das ist einfacher. Bleiben Sie ruhig hier. Ansgar wird sicherlich in Kürze eintreffen. Sie werden doch mit ihm fertig, oder?"

Charlie spürte, wie ein heißer Schauer über ihr Gesicht lief. Das ließ sie befürchten, rot angelaufen zu sein. Knud spielte auf ihr erstes Zusammentreffen mit dem Gerichtsmediziner an, der – halb spanischer Abstammung – sehr attraktiv, der Casanova von Nordfriesland war. Verletzlich wie sie im September hier angekommen war, hatte Knud sich beschützend eingeschaltet, als Johannsen sie gleich bei ihrer ersten Begegnung zum Abendessen einlud. Erst fand sie Knuds Verhalten übergriffig, schließlich war sie über seine Einmischung froh – dass er sie jetzt damit aufziehen musste!

Trulsen war Zeuge von Knuds Stichelei geworden. Grinsend kommentierte er: „Das könnt Ihr sicherlich ohne mich klären. Ich gehe dann schon mal zu Frau von Haferkamp, du kannst ja gleich nachkommen, Knud."

Kaum war Trulsen verschwunden, tauchte er wieder auf – an seiner Seite Bettina von Haferkamp. Was sollte das denn? Schon bereute die Kommissarin, ihn in den Fall einbezogen zu haben. Eine sentimentale Anwandlung zu viel!

Die Exfreundin des Toten schien gefasst. Charlie kannte diese Gemütsschwankungen in Extremsituationen nur zu gut.

Keinesfalls wollte sie riskieren, die Frau hier zusammenbrechen zu sehen.

„Trulsen, können Sie nicht einen anderen Weg nehmen?", fragte sie ihn aufgebracht.

„Es ist nicht meine Entscheidung", konterte dieser sofort. „Frau von Haferkamp möchte den Toten identifizieren. Sie meint, dann braucht ihre Schwester oder ein anderes Familienmitglied nicht extra in die Gerichtsmedizin zu fahren."

Charlie nickte, was Trulsen zum Zeichen nahm, sich weiter nähern zu dürfen. Galant wollte er seinen neuen Schützling stützen, was sie jedoch abwehrte. Trotzdem blieb er dicht an ihrer Seite. Knud informierte die Kollegen und positionierte sich an den Punkt, an dem er Frau von Haferkamp in Empfang nehmen wollte. Als sie den Strandkorb umrundete, wurde der Blick auf den Leichnam frei. Sie zuckte zusammen, während sie sein Gesicht erkannte. Trulsen bot wieder seinen Arm als Stütze an und dieses Mal nahm sie ihn dankbar an.

„Ja, das ist Konstantin Winkler", bestätigte sie mit zitternder Stimme, bevor sie sich abwandte. „Bitte begleiten Sie mich jetzt zurück in die *Weiße Düne*. Ich wäre allerdings sehr dankbar, wenn Sie meine Familie informieren", fügte sie hinzu.

„Kommissar Petersen wird mit Ihnen kommen, um diese Aufgabe zu übernehmen. Ruhen Sie sich aus. Bitte bleiben Sie weiterhin in St. Peter, ich möchte später erneut mit Ihnen sprechen."

„Stehe ich unter Verdacht?", fragte sie mit bebender Stimme.

„Wir müssen mit allen Angehörigen reden und nach Möglichkeit mit den Gästen der gestrigen ..., sagen wir mal: Zusammenkunft. Ich habe allerdings gehört, dass einige schon abgereist sind. Jede Information kann hilfreich sein, den Mörder zu finden", gab Charlie zurück, ohne die Frage direkt zu beantworten. „Halten Sie sich also bitte zur Verfügung."

Damit war alles gesagt und die drei verließen den Fundort in die Richtung des Feriendorfes. Die Kommissarin wandte sich an die Kollegen aus Heide. Sie war gespannt, ob es schon Erkenntnisse gab. Gleichzeitig hallte die Frage von Bettina von Haferkamp in ihrem Kopf wider: Stand die Frau unter Verdacht? Konnte es tatsächlich sein, dass sie ihren Ex-Verlobten umgebracht hatte, damit auch ihre Schwester ihn nicht bekam?

Sie hatte einen neuen Mordfall aufzuklären.

Torge in St. Peter-Ording

Sonntag, den 10. Mai

Im ersten Moment war er fassungslos vor Glück: Kommissarin Charlotte Wiesinger bat ihn, Torge Trulsen, zum Fundort der Leiche! Als er dann von der ihm übertragenen Aufgabe hörte, ließ seine Begeisterung rapide nach. Trotzdem war er dabei!

Die Tatsache, dass Bettina von Haferkamp den Toten gefunden hatte, machte sie in Torges Augen automatisch wieder ein bisschen mehr verdächtig. Vielleicht hatte sie von Naujoks Existenz gewusst. Allerdings war der Zeitpunkt des Todes schon morbide gewählt! Wo sie andererseits so darauf aus war, jede negative Publicity zu vermeiden!

Auf dem kurzen Weg zum Auto beobachtete Torge die Schwester der Braut sehr genau, allerdings hatte sich ihre Miene verschlossen. Sie schien mit ihren Gedanken weit weg zu sein. Knud lenkte den Wagen zum Parkplatz der Ferienanlage. Wenig später betraten durch den Vordereingang den Rezeptionsbereich.

Bettina von Haferkamp brach das Schweigen, das seit dem Verlassen des Fundortes geherrscht hatte. „Ich würde mich jetzt gerne in meinen Bungalow zurückziehen. Ich war den ganzen Tag unterwegs und brauche dringend eine Dusche", erklärte sie ihren Begleitern.

Torge vermutete, sie würde der Erfrischung etwas Alkohol hinzufügen, aber natürlich hielt er sich mit einer Bemerkung zurück. Er erinnerte sich gut daran, wie es war, als er im letzten Spätsommer den ermordeten Michael Schwertfeger fand – ihm hatte er längst nicht so nahegestanden wie Bettina von Haferkamp dem Toten in diesem Fall.

„Das können wir gut verstehen", kommentierte Knud die Aussage. „Wir werden dem engsten Kreis Ihrer Familie ..."

„Bettina! Gott sei Dank treffe ich dich hier an! Wisst Ihr schon, was passiert ist?" Ein Mann, den Torge auf Ende Dreißig schätzte, hatte die Eingangshalle des Feriendorfes betreten und kam mit schnellen Schritten auf sie zu, als er offensichtlich Frau von Haferkamp erkannte.

„Felix! Was machst du denn hier?" Bettina von Haferkamp wurde erst blass, dann zog eine zarte Röte über ihr Gesicht.

„Ich habe es nicht mehr ausgehalten! Ich musste einfach herkommen, um Constanze beizustehen."

„Du weißt von dem Verschwinden von Konstantin?", fragte sie perplex.

„Constanze hat mich vorgestern nach dem großen Streit angerufen. Sie war total verunsichert und wusste nicht, was sie tun sollte. Mein Angebot zu kommen, lehnte sie allerdings ab. Ziemlich schroff sogar. Sie war völlig durch den Wind. Ich wollte schon am Freitagabend herfahren, hielt es dann aber für zu kompliziert. Heute Mittag habe ich ihr dann schweren Herzens eine SMS mit meinen Glückwünschen geschickt ..."

„Wie stilvoll!", rutschte es Bettina von Haferkamp heraus.

„Ja." Nun errötete der Mann, von dem Torge bisher nur wusste, dass er Felix hieß. „Ja, ich weiß. Im Grunde wollte ich nur wissen, ob es Constanze gutgeht, ob sich alles zum Positiven entwickelt hat. Ich habe auf eine Antwort gehofft."

„Und, hat sie geantwortet?" Nach dem Ton der Unterhaltung zu urteilen, brodelte hier ein weiterer Konflikt.

„Sie rief mich kurz danach an und erzählte mir, Konstantin sei verschwunden. Schon seit gestern, weshalb die Hochzeit gar nicht stattgefunden hat."

„So ist es. Hat sie dich gebeten, herzukommen?", fragte Bettina von Haferkamp schneidend.

„Nein, aber sie war in Tränen aufgelöst. Erst habe ich mich nicht getraut zu kommen, aber dann musste ich einfach in mein Auto steigen und losfahren! Wo ist sie? Gibt es etwas Neues?" Felix schien zwischen Hoffen und Bangen.

Torge warf einen Blick zu Knud, der dem Gespräch genauso schweigend folgte, wie er selbst. Auch jetzt machte er keine Anstalten zu antworten, sondern überließ es den beiden.

„Ja, es gibt etwas Neues. Konstantin Winkler ist tot. Du hast also wieder freie Bahn bei Constanze", fügte sie in einem zickigen Tonfall hinzu, den Torge nicht verstand. War Bettina von Haferkamp so eifersüchtig auf ihre Schwester?

„Er ist tot?", fragte Felix schockiert.

„Ich habe ihn vorhin in einem Strandkorb gefunden, am Rand der Dünen", erklärte sie.

„Du hast ihn gefunden? Was hast du damit zu tun?" Felix' Stimme überschlug sich vor Aufregung.

„Beruhige dich! Ich habe ihn gefunden, nicht tot in den Strandkorb gesetzt." Auch Bettina von Haferkamp wurde lauter. „Ich gehe jetzt zu meinem Bungalow. Kommissar Petersen hier wird die Familie informieren. Mach, was du willst, aber ich glaube kaum, dass du dort willkommen bist. Meine Herren, ich danke Ihnen für Ihre Unterstützung, aber ich verabschiede mich an dieser Stelle. Guten Abend." Damit drehte sie sich entschlossen um und verschwand in Richtung ihres Ferienhauses.

„Er ist tot?", stammelte Felix vor sich hin. „Wie konnte denn das passieren? Ist er ermordet worden?"

„Wir stehen erst am Anfang der Ermittlungen", ergriff Knud das Wort. „Darf ich fragen, wer Sie überhaupt sind?"

„Oh, Entschuldigung! Ich habe mich gar nicht vorgestellt. Mein Name ist Felix Müller. Ich war jahrelang mit Constanze liiert, bevor sie sich von diesem Hallodri Winkler hat einwickeln lassen." Nachdem seine Antwort erst in freundlichem Tonfall ausfiel, verfinsterte sich sein Gesicht zunehmend, den Namen seines Widersachers spie er geradezu heraus.

Torge verstand ihn. Welcher Kerl war schon begeistert, wenn ihm die Frau ausgespannt wurde? Komisch nur, dass Constanze von Haferkamp ihm nichts von dem Telefonat mit ihrem Ex erzählt hatte. Auch wenn es ihr im Nachhinein vielleicht etwas peinlich war, immerhin war es darum gegangen, ihren Bräutigam zu finden. In dieser Familie schlummerten einige Geheimnisse, und er war fest entschlossen, sie zu lüften.

Knud war wie immer sehr sachlich, gerade antwortete er dem Neuankömmling: „Wir werden jetzt die Familie aufsuchen, ob sie Sie dabeihaben will, ist nicht unsere Entscheidung. Torge, kannst du in Erfahrung bringen, wer weiterhin in der *Weißen Dünen* weilt? Wir sollten alle in den Festsaal bitten, wenn der heute nicht anderweitig gebucht ist. Dort können wir ungestört reden. Ich überprüfe das und schaue im Anschluss in den beiden Restaurants nach, ob sich dort jemand von den Angehörigen aufhält. Wenn du nichts von mir hörst, treffen wir uns im Saal, lass alle über den Empfang informieren."

Torge freute sich über seinen Kumpel, der ihn selbstverständlich in die Erledigung der Aufgaben einbezog. Zum einen war Knud natürlich über jede Unterstützung dankbar, um das unterbesetzte Team zu verstärken, auch wenn die Versetzung der Kommissarin Wiesinger die Situation erheblich verbessert hatte. Zum anderen kannten sich die Freunde lange genug, um einander blind zu vertrauen.

Torge brauchte nicht an der Rezeption nachzufragen, welche der Familienmitglieder derzeit eingecheckt waren. Diese Daten hatte er selbst im Zugriff. Er nickte den Männern kurz zu, um dann in seinem Arbeitszimmer zu verschwinden, welches er als Kabuff bezeichnete.

Der fensterlose Raum, der sich in einem kleinen, von der Eingangshalle abgehenden Gang, schräg gegenüber den Toiletten befand, maß lediglich sechs Quadratmeter. Mit einem Aktenschrank, einem ausrangierten Managerbürostuhl hinter dem wuchtigen Schreibtisch war er schon recht vollgestopft. Für Besucher bot nur ein unbequemer kleiner Stuhl Platz, auf dem es wie gewünscht keiner lange aushielt. Torge fuhr seinen Computer hoch, überprüfte die Anwesenheitsliste der Familie von Haferkamp und beauftragte dann die Rezeption, in den entsprechenden Bungalows anzurufen, um die Bewohner in den Festsaal zu bitten. Klarissa hatte heute Abend Dienst, was Torge besonders freute, weil die Zusammenarbeit mit ihr unkompliziert war.

Es schien sich in diesem Fall um eine Beziehungstat zu handeln. Konstantin Winkler war anscheinend kein Kind von Traurigkeit gewesen. Dass die beiden Schwestern für seinen Tod verantwortlich waren – allein oder gemeinsam – hielt der

Hausmeister für unwahrscheinlich. Ganz außer Acht lassen wollte er diese Möglichkeit jedoch nicht.

Wirklich seltsam kam ihm dagegen das Auftauchen der mehr oder weniger abgelegten Liebhaber der Brautleute vor, kurz nachdem die Leiche gefunden wurde. Erst Benjamin Naujok, dann Felix Müller. Beide hatten ein Motiv. Die Frage war, ob es sich um eine Tat aus Eifersucht und Leidenschaft handelte oder ob mehr dahintersteckte. Der Computer half ihm dabei im Moment nicht weiter. Er kramte in seinem Gedächtnis, was er in den letzten beiden Tagen über die zahlreichen Gespräche mit den Angehörigen mitbekommen hatte. Natürlich konnte ein Außenstehender Konstantin Winkler aus einem ganz anderen Grund umgebracht haben, aber Torge war sich ziemlich sicher, den Schlüssel zu diesem Fall in der Familie zu finden. Das sagte ihm einfach sein Bauchgefühl! Wo es schon so viel Drama innerhalb des engsten Kreises gab, brauchte man eigentlich kein Zutun von außen mehr.

Was bedeutete die Maske des Fuchses auf Winklers Gesicht? Ein Fuchs war schlau und verschlagen. Ein Einzelgänger? Torge machte sich eine Notiz, um später genauer zu recherchieren, welche weitere Bedeutung diesem Tier zugeschrieben wurde. Außerdem war er bekleidet mit einem feinen Anzug, vermutlich sein Hochzeitsoutfit, mal abgesehen von den Turnschuhen. Der Täter hatte also Zugriff auf seine Kleidung gehabt. Torge hielt es für unwahrscheinlich, dass der Ermordete den Anzug bereits vor der Hochzeit getragen hatte. Oder war er gerade umgezogen von dem Täter erwischt worden? Er brauchte Informationen von Ansgar zu der Todesursache sowie dem Zeitpunkt. Eine weitere Notiz kam hinzu.

Morgen würde er außerdem seine Fühler ausstrecken. Vielleicht hatte jemand beobachtet, wann und wie der Tote in den Strandkorb gesetzt wurde. Am späten Freitagnachmittag hatte es das letzte Telefonat mit Constanze von Haferkamp gegeben. Natürlich! Das Telefon! Wo war das Handy des Toten? War es bei ihm gefunden worden? Am liebsten hätte er die Kommissarin sofort angerufen, doch er entschied sich, damit lieber zu warten und ihre Geduld nicht über die Maßen zu strapazieren.

Samstag war Konstantin Winkler, nach bisherigen Erkenntnissen, von niemandem mehr gesehen worden. War er bereits Freitagabend verschwunden? Und bestand die Möglichkeit eines freiwilligen Ablebens? Aus welchem Grund? War die ganze Verkleidung eine falsche Fährte oder eine makabre Botschaft an die Hinterbliebenen und wenn ja, welche? Am liebsten hätte Torge sich einen dicken Edding aus der Schublade genommen, um auch hier an der Wand das Netz der Beziehungen aufzumalen und es mit seinen Überlegungen zu ergänzen. Auch dieses Büro konnte mal wieder eine Renovierung vertragen. Wenn jedoch seine Chefin Marina Lessing, die Managerin der *Weißen Düne*, davon Wind bekam, würde er mit Arbeit zugeschüttet werden. Für Ermittlungen in dem Fall blieb dann keine Zeit mehr. Hier in seinem Kabuff kam er jetzt nicht weiter. Die Recherchen konnten bis nach der Abreise der Familie warten.

Torge ließ den Rechner laufen, schaltete das Licht aus und verließ sein kleines Büro. Mal schauen, ob Knud bereits alle zusammengetrommelt hatte, um die schockierende Nachricht zu überbringen. Er war gespannt, was an den Reaktionen abzulesen war.

Schon von Weitem hörte er den Tumult aus dem Festsaal. Torge war erstaunt. Er hatte eher mit erschüttertem Schweigen als mit lautstarkem Streit gerechnet, oder war Knud bisher gar nicht dazu gekommen, von den Ereignissen des Nachmittags zu berichten? Vielleicht waren noch nicht alle anwesend. Die Tür stand offen, Torge blieb im Rahmen stehen, um sich ein Bild von der Lage zu machen. Nur ein Teil der in der Ferienanlage weilenden Verwandtschaft war der Bitte gefolgt, sich hier einzufinden. Gerade fuhr Johannes von Haferkamp Knud Petersen an: „Ja, aber was macht dieser Mann hier? Warum haben Sie ihn überhaupt mitgebracht? Wie Sie ja wohl wissen, gehört er nicht zu der Familie!“

Anstelle von Knud beantwortete Felix Müller die aufgebrachte Frage: „Constanze hat mich angerufen, ich möchte ihr beistehen. Kommissar Petersen war lediglich so freundlich, mir zu sagen, wo ich sie finde.“

„Sie wollen ihr beistehen? Wir brauchen Sie hier nicht. Constanze hat sich gegen Sie entschieden. Wie kommen Sie dazu, hier einfach aufzutauchen? Das ist eine Familienangelegenheit!“ Damit wandte er sich ab, um sich zu seiner Tochter umzudrehen. „Und du! Wie kommst du dazu, deinen Ex anzurufen?“

Knud versuchte zu beschwichtigen, aber er hatte keine Chance, denn schon schaltete sich Karl von Haferkamp ein.

„Wenn du einmal aufhören würdest, Gott zu spielen, und dich überall einzumischen, wäre es zu all dem hier gar nicht gekommen!“, schnauzte er seinen Bruder an.

„Was soll das denn heißen?“ Die Halsschlagader von Johannes bebte, sein Kopf bekam eine ungesunde rote Farbe.

„Deine Töchter sind erwachsen und sicherlich in der Lage, sich ihre Partner selbst auszusuchen. Du wolltest aber unbedingt den Schwiegersohn aus der Hotelbranche, der dir den nicht vorhandenen Stammhalter ersetzt. Wenn du diesen Konstantin Winkler nicht in die Familie eingeführt hättest, gäbe es diesen ganzen Schlamassel jetzt gar nicht!“, warf Karl seinem Bruder lautstark vor. Weder Constanze noch Felix wagten, etwas zu sagen. „Du glaubst ja wohl nicht ernsthaft, einen derartigen Skandal unbeschadet zu überleben. Die Presse wird sich das Maul zerreißen.“

„Du weißt ja, wie man damit umgeht“, konterte Johannes kalt.

„Willst du mir jetzt wieder die zwanzig Jahre alte Geschichte vorwerfen? Weil es in deiner, ach so perfekten Welt keine Scheidung geben kann? Du bist so ein verlogener Heuchler! Ich habe zu Andrea gestanden. Wir sind jetzt seit zwei Jahrzehnten zusammen, auch wenn es dir nicht in den Kram passt, weil sie in dem Alter deiner Töchter ist. Wir sind nicht das Problem. Winkler ist das Problem. Vielleicht öffnest du endlich mal die Augen für die Realitäten. Sei froh, dass er nicht aufgetaucht ist."

Offensichtlich wussten sie bislang nichts von der schockierenden Neuigkeit. Torge war trotzdem aufgrund der Heftigkeit der Auseinandersetzung bewegungslos im Türrahmen stehen geblieben. Knud war zwei Schritte zurückgetreten, um den Streit der Brüder abzuwarten. Vielleicht erfuhren sie auf diese Weise etwas über die Familie, was diese in einer Befragung nicht preisgeben würden.

„Ich soll froh über die geplatzte Hochzeit meiner Tochter sein? Und die damit verbundene Demütigung?" Johannes wurde lauter.

„Mit so einem ... ja!" Karl war in der Lage, die Lautstärke zu überbieten.

„Was soll das heißen? Mit so einem ...! Wenn du etwas weißt, was wir nicht wissen, dann sag es einfach und nerv uns nicht mit deinen Andeutungen."

Während Johannes sich weiter in Rage redete, wurde sein Bruder Karl wieder ruhig.

„Er ist eben einer, der von Blüte zu Blüte fliegt. Der es mit Loyalität und Verbindlichkeit nicht so genau nimmt. Insofern passt er eigentlich gar nicht in dein Beuteschema."

Einen Moment lang war Johannes sprachlos, dann fragte er in ruhigerem Ton: „Woher weißt du davon?"

Vermutlich zielte die Frage auf die vorherige Beziehung mit Bettina ab, doch das Gespräch nahm einen anderen Verlauf.

„Ich habe Konstantin Winkler eine Weile von einem Privatdetektiv observieren lassen", antwortete der Gefragte gelassen.

„Du hast was?" Die Schlagader fing wieder an zu pochen.

Kurz überlegte Torge, ob sie bald einen Notarzt benötigten.

„Reg dich nicht auf. Das Unternehmen gehört schließlich auch mir. Du warst total geblendet von diesem ..." Wieder ließ Karl von Haferkamp offen, was er von dem Bräutigam hielt. „Hast du irgendwelche Erkundigungen über ihn eingezogen? Dachte ich mir. Also habe ich ein wenig graben lassen. Er war nicht gerade ein Kind von Traurigkeit."

„Er hat sich seine Hörner abgestoßen. Das macht ihn nicht zu einem schlechten Menschen. Ich hatte ein langes Gespräch mit ihm. Er wollte jetzt ankommen. Mit vierzig wollte er eine Familie gründen und sesshaft werden", widersprach Johannes den Anschuldigungen.

„Ah, und das hast du ihm geglaubt! Johannes, du bist sonst ein so knallharter Geschäftsmann. Ich sage dir, du hast dich von diesem Typen einwickeln und blenden lassen. Er ist nicht der, für den du ihn hältst."

„Vielleicht packst du einmal Fakten auf den Tisch, statt nur um den heißen Brei herumzureden. Worum geht es denn überhaupt? Gab es neben Constanze andere Frauen?" Johannes wurde in seiner Ungeduld wieder lauter.

Anscheinend überlegte Karl von Haferkamp, ob er sein Wissen preisgeben sollte, oder waren es nur Vermutungen? Torge war gespannt. Würden sie gleich neue Informationen für den Fall zu hören bekommen? Der Gefragte zögerte.

„Das ist wieder typisch für dich! Erst alle mit Andeutungen verrückt machen und dann nichts mehr."

„Johannes, es geht nicht um andere Frauen." Wieder legte Karl eine Pause ein. „Ich vermute, dass Konstantin Winkler eine Beziehung zu einem Mann hat."

Bei dieser Offenbarung gaben die anwesenden Familienmitglieder, die bisher schweigend dem Streit gefolgt waren, unterschiedliche Laute von sich. Aus Stöhnen und Seufzen wurde erst Gemurmel und schließlich ein Stimmengewirr, dem Johannes jedoch mit seiner donnernden Stimme schnell Einhalt gebot.

„Das nimmst du sofort zurück! Was sollen solche Verleumdungen an so einem Tag wie heute? Wir alle sind in Sorge um Konstantin und du stellst solche Behauptungen auf."

„Das sind keine bloßen Behauptungen. Johannes, beruhige dich!"

„Und warum kommst du erst jetzt damit heraus? Eigentlich wäre die Ehe zu diesem Zeitpunkt bereits geschlossen."

„Wenn du dich erinnerst, habe ich im letzten Monat das Gespräch mit dir gesucht – mehr als einmal. Du warst nicht bereit, mir Gehör zu schenken", verteidigte Karl von Haferkamp sein Handeln.

Wieder trat ein Schweigen ein, das niemand zu unterbrechen wagte.

„Was sind deine Beweise für so eine verheerende Anschuldigung?", wollte Johannes schließlich wissen.

„Winkler hat sich regelmäßig mit einem anderen Mann getroffen, in der Regel zwei oder drei Mal pro Woche", begann Karl seine Ausführungen und wurde sofort wieder von dem Bruder unterbrochen.

„Das ist alles?"

„Nein, sie haben sich nicht in der Öffentlichkeit gezeigt, sondern immer in ihren privaten Wohnungen gesehen und dann die ganze Nacht zusammen verbracht."

„Das ist gelogen!", brüllte Johannes.

Gleichzeitig stieß Constanze einen Schrei aus. Sowohl ihre Mutter als auch ihre beste Freundin Susanne – Torge konnte sich an den Nachnamen nicht erinnern - versuchten sie zu beruhigen, doch sie war außer sich.

„Hört endlich auf", mischte sie sich nicht minder laut in den Streit ein. „Ich kann eure gegenseitigen Anschuldigungen, euren Kampf und euer Gezeter nicht mehr ertragen. Mein Bräutigam ist verschwunden. Kommissar Petersen hat uns hierhergebeten. Vermutlich gibt es Neuigkeiten, aber Ihr beherrscht den Raum mit eurem Kleinkrieg, der jetzt schon zwanzig Jahre andauert. Es interessiert mich nicht, wie Ihr euch übertrumpfen wollt. Haltet endlich die Klappe und lasst den Polizisten zu Wort kommen!" Erschöpft sank sie wieder auf den Stuhl zurück, von dem sie für ihren flammenden Ausbruch aufgesprungen war.

In die nachfolgende Stille hinein räusperte sich Knud und trat drei Schritte vor. Etwas mitgenommen von der Heftigkeit des Streits musterte er die Anwesenden. Es war nur der engste Kreis der Familie gekommen, die Großmutter und Bettina fehlten, dafür stand Felix Müller in einer Ecke des Raumes. Die Fassungslosigkeit über den Verlauf der Zusammenkunft war ihm anzusehen.

Knud räusperte sich, dann begann er zu sprechen: „Wir haben in der Tat Neues zu verkünden. Leider muss ich Ihnen mitteilen, dass Konstantin Winkler heute Nachmittag tot aufgefunden wurde."

Wieder folgte erst betroffenes Schweigen, dann wurde Knud von allen Seiten bestürmt. Mit einer Geste bat er um Ruhe. „Lassen Sie mich noch ein wenig mehr berichten, danach versuche ich Ihre Fragen zu beantworten."

Torge konzentrierte sich währenddessen auf die Familie. Würde die Mimik der Anwesenden irgendetwas verraten? Sein Blick wanderte über die einzelnen Gesichter, die alle gleichermaßen schockiert aussahen.

„Wir haben den Toten hier in St. Peter-Ording in einem Strandkorb gefunden", setzte Knud seine Ausführungen fort, wobei er geflissentlich verschwieg, wer das Opfer entdeckt hatte.

Torge war gespannt, wie viele Details sein Kumpel offenbaren würde.

Constanze fand zuerst die Sprache wieder: „Er saß in einem Strandkorb? An dem belebten Strand von St. Peter-Ording kann ein Toter sitzen und stundenlang wird das nicht bemerkt?"

„Wir stehen am Anfang der Ermittlungen. Meine Kollegin Charlotte Wiesinger ist mit dem Gerichtsmediziner vor Ort. Sie werden uns informieren, wenn es neue Erkenntnisse gibt. Der Strandkorb steht ein wenig abseits, fast in den Dünen an einem unbelebten Abschnitt."

„Ich will da sofort hin!" Constanze war klar und fordernd, aber Knud schüttelte den Kopf.

„Das ist im Moment leider nicht möglich. Vielleicht wurde er auch bereits in die Gerichtsmedizin nach Husum gebracht."

„Vielleicht ist es gar nicht Konstantin", insistierte die Braut. „Er muss erst identifiziert werden. Wie können Sie sicher sein?"

„Er wurde bereits identifiziert, Frau von Haferkamp." Es war Knud deutlich anzusehen, wie gern er auf diesen Teil des Gesprächs verzichtet hätte.

Torge wäre am liebsten eingesprungen, allerdings würde das vermutlich merkwürdig aussehen, deshalb blieb er auf seinem Beobachtungsposten.

„Er wurde bereits identifiziert?", wiederholte Johannes lautstark. „Von wem denn? Etwa von dem da?" Er zeigte ungehalten in Felix Richtung, verlor in der Aufregung die Contenance.

„Nein", widersprach Knud mit seiner ruhigen Art, die er nicht einmal in dieser aufgeheizten Atmosphäre verlor. „Herr Müller hat nichts damit zu tun. Er ist eben erst eingetroffen."

„Wer dann?“ Johannes ließ nicht locker. „War es derjenige, der ihn gefunden hat? Vielleicht handelt es sich um den Mörder!“

„Herr von Haferkamp, bitte beruhigen Sie sich. Ihre Tochter Bettina hat Herrn Winkler in dem Strandkorb gefunden und ihn für uns identifiziert.“

Charlie in St. Peter-Ording und Hamburg

Sonntag, den 10. und Montag den 11. Mai

Nachdem die Kriminaltechniker den Fundort wieder verlassen hatten, schaute sich Charlie den Toten ebenfalls genau an und machte einige Fotos. Der Gerichtsmediziner Ansgar Johannsen ließ weiterhin auf sich warten. Auf der einen Seite war sie froh, dass die Kollegen ihr Zusammentreffen nicht miterlebten, weil sie sich wegen des Wiedersehens unsicher fühlte. Im September hatte er nach ihrem Eintreffen sofort heftig mit ihr geflirtet. Seine Einladung zum Essen war quasi von Knud abgelehnt worden, seitdem war sie ihm nicht mehr begegnet. Auch per Telefon hatte er keinen Kontakt aufgenommen, um seine Avancen zu wiederholen. Auf der anderen Seite fühlte sie sich - allein mit dem Toten bei diesem stürmischen Wetter hier am Strand - unwohl, auch wenn es im Prinzip albern war. Wenn sie eins gelernt hatte, dann sich vor der Gefahr, die von den Lebenden ausging, zu schützen. In ihrer Position war es vermutlich etwas peinlich, aber sie musste es ja niemandem erzählen.

Die dunklen Wolken waren mittlerweile wieder aufgezogen. Sie brachten frischen Wind sowie eine unheimliche Atmosphäre mit. Das Hochwasser hatte seinen Zenit überschritten, aber die Wellen tosten weiterhin an die nahe Wattkante. Hoch spritzte die Gischt und hielt Charlie eine Weile gefangen. Fasziniert beobachtete sie das Schauspiel. Eine besonders mutige oder aber verirrte Möwe ließ sich weit nach unten fallen, bevor sie ihren Flug fortsetzte.

Als Charlie das Klopfen auf den Strandkorb hörte, zuckte sie zusammen. Ruckartig drehte sie sich um. Als sie erschrocken in das lachende Gesicht des Gerichtsmediziners guckte, wäre sie am liebsten im Boden versunken.

„Frau Kommissarin Wiesinger, wie schön Sie wiederzusehen. Ich habe Sie hoffentlich nicht erschreckt?“, begrüßte er Charlie gut gelaunt, konnte sich die spitze Bemerkung anscheinend jedoch nicht verkneifen. Charlie entschloss sich spontan, einfach mitzulachen, damit sich die Peinlichkeit in Grenzen hielt.

„Moin, Herr Johannsen. Ich freue mich auch, Sie zu sehen. Ja, ich habe tatsächlich einen Moment geglaubt, Ihr Kunde hier klopft gegen den Korb. Puh, allein mit einem Toten bei diesem Wetter am Strand macht mich etwas konfus“, gab sie schließlich entwaffnend ehrlich zu. „Im Grunde haben Sie Schuld, das hat echt lange gedauert, die Spusi ist bereits eine Weile weg.“

„Ich entschuldige mich in aller Form für das Ableben von Birte Hansen, um die wir uns vorher kümmern mussten“, gab Johannsen weiterhin lachend zurück. Offensichtlich hatten ihm gleich zwei Todesfälle am Sonntagnachmittag die Laune nicht verhagelt. Irgendwie fand Charlotte seine Reaktion befremdlich und machte innerlich einen Schritt zurück.

„Was haben wir denn hier?", fragte er sachlich, während er begann, den Toten zu betrachten.

„Konstantin Winkler, neununddreißig Jahre alt, wurde hier vor circa einer Stunde gefunden. Zu seinem Outfit trug er eine Fuchsmaske", antwortete sie mechanisch, aber der Gerichtsmediziner schien gar nicht zuzuhören. Zumindest reagierte er nicht. Charlies Ungeduld wuchs, außerdem war ihr kalt geworden.

„Es scheint keine äußerliche Gewaltanwendung zu geben", kommentierte Johannsen nach kurzer Untersuchung des Toten.

„Und die Stelle am Kopf?", hakte sie nach.

„Das war nur eine kleine Platzwunde, vermutlich schmerzhaft, aber nicht lebensbedrohlich. Tja, Sie kennen den Ablauf. Hier kann ich nicht viel sagen. Sobald meine Mitarbeiter eintreffen, nehmen wir ihn mit. Kommen Sie morgen um zwölf nach Husum, dann weiß ich mehr. Schicker Anzug, den er da trägt, sehr ungewöhnlich."

Charlie war nicht nach schnacken zumute, also nickte sie nur. So einfach ließ Johannsen sich nicht abwimmeln.

„Wo haben Sie denn Knud gelassen?", fragte er im Plauderton.

„Er informiert die Angehörigen."

„Der Tote stammt nicht von hier, oder?"

Charlie gab ihr Schweigen auf. Morgen würde sie auf Informationen von Johannsen angewiesen sein, also war es nicht sinnvoll, auf stur zu schalten, weil er eine andere Einstellung zum Tod hatte.

„Er kommt aus Hamburg, wollte gestern in der *Weißen Düne* heiraten beziehungsweise seine Vermählung feiern. Die Familie ist vermutlich nach wie vor dort, weil er ja bislang nur verschwunden war. Können Sie schon sagen, wie lange er tot ist?"

„Ganz grob: mehr als sechs Stunden."

Als kurz darauf die beiden Mitarbeiter der Gerichtsmedizin eintrafen, die den Toten abholten, verabschiedete sich Charlie, um Knud bei der Familie zu unterstützen. Sie war gespannt auf die Reaktionen und ob sich daraus eine Spur ergeben würde.

Die Kommissarin war bereits auf dem kurzen Weg zu ihrem Wagen, als sie es sich anders überlegte. Sie war hergekommen, um sich am Strand den Kopf freipusten zu lassen, sich ein wenig zu bewegen und die besondere raue Luft in ihre Lungen zu saugen, die ihr wie ein Reinigungsprozess vorkam. Aufgrund des Fundes war sie nicht einmal bis zur Wasserkante gelangt. Heute Abend würde sie sowieso nicht mehr viel ausrichten können, so kam es auf eine halbe Stunde nicht an. Sie checkte ihr Handy, aber Knud hatte keine Nachricht hinterlassen. Beherzt zog sie ihre Sneaker aus und grub ihre Füße mit einem wohligen Gefühl in den feuchten Sand, während sie den Blick zum Horizont schweifen ließ.

Die Dämmerung hatte eingesetzt, aber ihre Angst war mit der Abgabe der Verantwortung für den Toten verschwunden. In der Ferne blinkten einige Lichter vorbeiziehender Schiffe. So wenig Charlie anfangs von der Versetzung nach St. Peter-Ording begeistert gewesen war, sie fing an, diesen Landstrich zu mögen. Der Ausflug in die große Stadt hatte ihr gutgetan, das Konzert in der Elbphilharmonie war ein musikalischer Leckerbissen gewesen, den sie sehr genossen hatte, doch diese Freiheit, diese Glücksgefühle, die durch den Wind und das Rauschen der Wellen ausgelöst wurden, die fand sie nur hier. Sie beschloss, das Auto stehen zu lassen, um am Strand entlang zur *Weißen Düne* zu laufen. Im vergangenen halben Jahr hatte sich gezeigt, wie gut sie vor dieser großartigen Kulisse ihre Gedanken sortieren konnte. Meist kam sie mit einigen Muscheln am Ziel an, die mittlerweile überall sowohl in ihrem Büro als auch in ihrem kleinen Haus herumlagen.

Die mächtigen Pfahlbauten boten im schwindenden Licht einen imposanten Anblick, als Charlie näherkam. Bei jeder Wetterlage wirkten sie ein wenig anders, übten aber regelmäßig die gleiche magische Anziehungskraft auf sie aus. Als die ersten dicken Tropfen fielen, war die Ferienanlage in Sichtweite. Sie beschleunigte ihren Schritt und schlüpfte wieder in ihre Schuhe, sobald sie die Holzstege erreichte, die durch die Dünen zu den Bungalows, den Restaurants und der Eingangshalle führten.

Schon aus einiger Entfernung hörte sie laute Stimmen aus dem Festsaal, die sich nach Streit anhörten. Damit hätte sie am Allerwenigsten gerechnet! Nachdem sie den Raum langsam betreten hatte, erkannte sie in den Männern, die sich gerade ein heftiges verbales Duell lieferten, Johannes und Karl von Haferkamp. Deren Frauen saßen am Rande des Geschehens. Ob der schockierte Gesichtsausdruck von der Todesnachricht oder dem Gebrüll ihrer Angetrauten herrührte, war nicht zu erkennen.

Charlie rechnete damit, Benjamin Naujok zu entdecken. Wenn er Konstantin Winkler jetzt geoutet hätte, wäre der Tumult sogar verständlich gewesen. Hier ging es jedoch, den bei ihr ankommenden Wortfetzen nach zu urteilen, um alte Familiengeschichten, die aufgrund des aktuellen Dramas an die Oberfläche gespült wurden. Sie war gespannt, ob Knud Neues berichten konnte, verspürte aber wenig Lust, den Kampfhähnen weiter zu lauschen. Weder Martha noch Bettina von Haferkamp war anwesend, Trulsen stand tapfer an der Seite seines Freundes, schien jedoch ebenfalls am liebsten den Schauplatz verlassen zu wollen.

Charlie schickte Knud eine SMS quer durch den Saal, in der Hoffnung, er würde sie bemerken. Offensichtlich war der

Vibrationsmodus eingeschaltet, denn er nahm umgehend sein Mobiltelefon aus der Tasche. Nachdem er die kurze Nachricht gelesen hatte, blickte er zur Tür und nickte ihr zu. Gemeinsam mit dem Hausmeister kam er kurz darauf zu ihr.

„Charlotte, schön, dass Sie gekommen sind. Hat mit Johannsen alles geklappt?", fragte Knud.

„Er kam ziemlich spät. Es gab eine weitere tote Frau, die ihn aufgehalten hat", antwortete die Kommissarin lächelnd.

„Noch eine Tote? Gibt es einen Zusammenhang?" Trulsen war sofort alarmiert.

„Nein, das glaube ich nicht. Äh, ehrlich gesagt, habe ich gar nicht nachgefragt. Na ja, wir sehen Johannsen morgen Mittag." Es war Charlie etwas peinlich, keine Auskunft geben zu können. Die unheimliche Atmosphäre mit dem Toten im Strandkorb sowie das Wiedersehen mit dem forsch flirtenden Rechtsmediziner hatten kurzfristig ihr Denkvermögen beeinträchtigt.

„Aber was ist denn hier los?", lenkte sie vom Thema ab. „Ich hatte eher mit schockiertem Schweigen gerechnet. Worüber streiten die sich?"

„Benjamin Naujok – und alte Geschichten!", antwortete der sonst so geduldige Knud leicht angestrengt. „Schwer zu sagen, ob sie mit dem Fall etwas zu tun haben. Auf den ersten Blick eher nicht, aber wir sollten sie nicht außer Acht lassen. Am planen wir nur kurz das weitere Vorgehen. Ehrlich gesagt, reicht es mir für heute."

„Wollen wir dazu in mein Büro gehen?", schlug Trulsen vor.

„Auf keinen Fall", antworteten Knud und Charlie wie aus einem Mund.

„Ihr Kabuff verdient diesen Namen gar nicht. Setzen wir uns kurz in die Lobby", schlug die Kommissarin vor.

Dort angekommen setzte Knud die Besprechung fort.

„Wir sollten morgen früh nach Hamburg fahren, um sowohl die Wohnung als auch das Büro von Winkler zu durchsuchen."

„Haben Sie Naujok über das Ableben seines Partners informiert?", fragte Charlie.

„Nein." Knud schüttelte den Kopf.

„Vielleicht hat er einen Schlüssel, dann würden wir ohne Probleme in die Wohnung beziehungsweise das Haus kommen", gab Trulsen zu bedenken.

„Das ist eine gute Idee, aber Sie sind nicht mit von der Partie, Trulsen", stellte die Kommissarin sofort klar. Als sie das enttäuschte Gesicht des Hausmeisters sah, musste sie lachen, obwohl ihr bewusst war, dass er lediglich eine Show abzog. „Wir sollten jetzt zu Naujok fahren, wir können ihn schlecht am Telefon informieren. Wenn er einen Schlüssel hat, können wir ihn gleich mitnehmen."

Knud verzog stöhnend das Gesicht.

„Was ist los mit Ihnen? Sie sind doch sonst immer so engagiert! Ich kann ja Trulsen mitnehmen, dann übernehmen Sie dafür morgen seinen Job", versuchte sie, ihn mit dem absurden Vorschlag aus der Reserve zu locken.

„Schon gut. Bringen Sie Torge nicht auf dumme Ideen. Bevor ich mich mit tropfenden Wasserhähnen, ausgefallenem Wlan und wild gewordenen Feriengästen auseinandersetze, komme ich jetzt lieber mit zu Naujok. Ich rufe ihn eben an, damit wir nicht umsonst zu der Ferienwohnung fahren."

Als Charlie am nächsten Morgen aufwachte, fühlte sie sich nach dem ereignisreichen Wochenende erschöpft. Am liebsten hätte sie sich die Decke über den Kopf gezogen und wäre einfach liegengeblieben. Einen Moment lang gab sie sich der Schwäche hin. Ein Blick zum Wecker gab ihr ausreichend Zeit, um das Gespräch mit Benjamin Naujok in Ruhe Revue passieren zu lassen. Sie hatten ihn nicht in der angemieteten Ferienwohnung, sondern in der wohl düstersten Kneipe von ganz St. Peter-Ording angetroffen. Er saß in einer dunklen Ecke in einer ebensolchen Stimmung. Seiner undeutlichen Aussprache nach zu urteilen, war das Bier, das vor ihm stand, nicht das Erste des Abends. Als die Kommissare an den Tisch traten, lag in seinem Blick eine Mischung aus Traurigkeit und Wut, irgendwie wirkte er gehetzt. Mit einer einladenden Geste forderte er sie auf, Platz zu nehmen.

„Es kann nichts Gutes bedeuten, Sie heute Abend erneut zu treffen", eröffnete er ohne Begrüßung das Gespräch. Immerhin beeinträchtigte der Alkohol nicht sein Denkvermögen.

Charlie und Knud setzten sich zu ihm an den Tisch, dessen schmuddeliges Aussehen vermuten ließ, alles was man daraufstellte, würde sofort festkleben. Naujok schien es nicht zu bemerken.

„Ist Konstantin wieder aufgetaucht?", fragte er konkret, als seine Bemerkung keine Reaktion zur Folge hatte.

„Guten Abend, Herr Naujok", übernahm Charlie die Gesprächsführung. „Ja, leider haben wir keine guten Nachrichten für Sie. Herr Winkler wurde heute Nachmittag tot aufgefunden." Sie machte eine Pause, um ihm Zeit zu geben, das Gesagte zu verdauen.

Der Hoffnungsschimmer in seinen Augen erlosch und er sackte in sich zusammen. Charlotte fragte sich, ob er in Tränen ausbrechen würde. Der Kellner trat an ihren Tisch, doch Knud winkte ab. Naujok holte einmal tief Luft, nahm einen großen Schluck von seinem schal wirkenden Bier und fragte dann: „Können Sie mir mehr darüber erzählen?"

„Er wurde in die Rechtsmedizin gebracht. Wir können es nicht mit Bestimmtheit sagen, aber es liegt wohl ein Tötungsdelikt vor", übernahm Knud das Antworten, während Charlie ihn genau beobachtete.

Damit kamen die Tränen, die Naujok bis dahin zurückhalten konnte. Er schlug die Hände vors Gesicht und weinte bitterlich wie ein kleines Kind. Mitgefühl wallte in der Kommissarin auf, sie musste sich beherrschen, ihn nicht in den Arm zu nehmen.

„Er wurde ermordet? Konstantin?", kamen die Fragen undeutlich schluchzend hervorgepresst. „Wie konnte das nur passieren?"

„Das wissen wir nicht. Wir möchten Sie um Ihre Unterstützung bitten, damit wir so schnell wie möglich viele Fakten sammeln können", redete Knud beruhigend auf den Verzweifelten ein. Eine Weile war lediglich weiteres Schluchzen zu vernehmen, schließlich putzte sich Naujok die Nase und blickte sie aus traurigen Augen an.

„Ich wüsste nicht, wie ich Ihnen helfen kann. Wie heute Nachmittag schon gesagt, hat Konstantin mich über all die Jahre immer etwas auf Distanz gehalten. Er hat mich geliebt, brachte aber nicht den Mut auf, ganz zu mir zu stehen. Deshalb waren immer wieder Frauen an seiner Seite, mit denen er sich in der Öffentlichkeit zeigte. Es gab sie allerdings nicht nur für offizielle Auftritte", fügte er leise hinzu. „Konstantin fühlte sich gleichfalls von Frauen angezogen. Deshalb hat er mir nicht einmal einen Schlüssel zu seiner Wohnung anvertraut. Manchmal habe ich mich gefühlt, wie die Geliebte eines verheirateten Mannes. Ich musste mit dem zufrieden sein, was er mir gab. Aber ich liebe ihn. Ich konnte ihn einfach nicht verlassen. Und nun ist er tot!" Erschöpft von der langen Rede sackte er wieder in sich zusammen.

Charlie und Knud wechselten einen Blick. Naujok konnte ihnen im Moment nicht weiterhelfen. Sie waren gespannt, was sie morgen in der Wohnung und dem Büro über Konstantin Winkler herausfinden würden.

Knud war wie immer pünktlich, um sie für die Fahrt nach Hamburg abzuholen. Die Dusche und zwei Becher Kaffee hatten die Müdigkeit vertrieben, Charlie war bereit für den Tag. Neugieriges Kribbeln machte sich breit. Was würden sie in Hamburg herausfinden? Konstantin Winkler war ganz offensichtlich ein facettenreicher Mann gewesen. Allein die bereits bekannten Fakten reichten für mehrere Motive, ihn ins Jenseits zu befördern, doch die Kommissarin hatte in ihrer Laufbahn gelernt, sich nicht zu schnell zufriedenzugeben.

Sie kuschelte sich entspannt in den bequemen Autositz von Knuds Dienstwagen. Ihr Kollege hatte alle Formalitäten geklärt und den Zugang sowohl zu der Wohnung als auch zu dem Büro organisiert. Insgeheim war sie außerdem neugierig, wie Konstantin Winkler eingerichtet war. Top modern oder eher konservativ gediegen, mit schweren alten Möbeln aus langer Familientradition?

Schweigend verbrachten sie die Fahrt über die A23, auf der sie ohne Geschwindigkeitsbegrenzung schnell die Hansestadt erreichten. Es kam Charlie nicht so vor, als wäre sie die Strecke erst vor zwei Tagen gefahren. So viel war seitdem passiert. Als sie auf die A7 wechselten, mussten sie sich in den Hamburger Berufsverkehr einfädeln, der hier den täglichen Kampf mit der Dauerbaustelle zur Überdeckelung der Autobahn ausfocht. Trotz des Staus bewunderte sie das Vorankommen der Bauarbeiten, die bei dieser hohen Verkehrsdichte parallel durchgeführt wurden. Da sie bereits an der Ausfahrt Stellingen abfuhren, war ihr eigener Zeitverlust gering. Eine gute Viertelstunde später erreichten sie das Mehrfamilienhaus, in dem Winkler das Penthouse mit Blick auf den Rondeelteich im Stadtteil Winterhude bewohnt hatte. Knud staunte nicht schlecht: „So etwas werden wir uns auch in hundert Jahren von unserem Gehalt nicht leisten können."

„Ja, da müssten wir schon im Lotto gewinnen", scherzte Charlie, hauptsächlich um ihre Beklommenheit zu überspielen. Was für eine unglaubliche Verschwendung! Automatisch verglich sie es mit der Umgebung, in der sie aufgewachsen war, bevor sie die Gedanken schnell beiseiteschob. Das war erst der Anfang. Oben in der Wohnung würde sie bestimmt noch viel mehr Luxus erwarten. Solche Emotionen waren destruktiv und für eine zielgerichtete Ermittlung nicht hilfreich.

Knud war die wenigen Stufen zu dem pompösen Eingangsbereich hochgelaufen. Jetzt drehte er sich leicht ungeduldig zu ihr um.

„Wo bleiben Sie denn?", forderte er sie auf, ihm zu folgen.

Es gab hier tatsächlich einen Portier wie in einem Hotel, der bereits informiert war, sie in die Wohnung des Toten zu lassen.

Ein lautlos gleitender Fahrstuhl brachte sie in das oberste Stockwerk. Der Pförtner schloss ihnen die Wohnung auf und ließ sie eintreten. Entgegen Charlies Vermutung zog er sich nicht unmittelbar und diskret zurück, sondern betrat mit ihnen das Penthouse, dessen Anblick ihn nicht überraschte.

„Soll ich Sie herumführen und Ihnen alles zeigen?" Mit dieser Frage erstaunte er auch Knud, der sofort parierte: „Sie kennen sich hier aus? Waren Sie häufiger in diesem Appartement?"

Der Portier, den Charlie auf Mitte Dreißig schätzte, wurde rot. Verlegen schaute er zu Boden.

„Nein, nicht so wie Sie jetzt denken. Ich habe für Herrn Winkler zusätzliche kleine Jobs erledigt, mal eingekauft oder Sachen in die Reinigung gebracht bzw. wieder abgeholt. Er hat mir oftmals einfach eine Nachricht geschickt. Ich bin dann auch in seiner Abwesenheit hier gewesen."

Charlie und Knud wechselten einen Blick. Er schien die Ausführungen zu glauben, sie hatte Zweifel.

„Wie heißen Sie?", fragte sie, um ihre Notizen komplett zu haben.

„Adrian Geßner."

„Und wo wohnen Sie?"

„Bin ich etwa verdächtig?" Fassungslosigkeit machte sich in seinem Gesicht breit, das von Rot auf Kalkweiß die Farbe wechselte. „Sie verdächtigen mich doch nicht ernsthaft, etwas mit dem Tod von Herrn Winkler zu tun zu haben?"

Er tat Charlie schon fast leid, aber vielleicht war er nur ein guter Schauspieler.

„Ihre Adresse bitte für unsere Akten", forderte sie stattdessen, worauf er ihr eine Straße im Stadtteil Ottensen nannte. „Danke, Sie können jetzt gehen, wir kommen hier alleine klar."

Erst nachdem Adrian Geßner eilig in dem Fahrstuhl verschwunden war, nahm Charlotte ihre Umgebung wahr. Die Einrichtung war topmodern. Weißer Marmorboden, schwarze Sitzlandschaft aus weichem Leder, dazu viel Chrom und Glas. Sie stieß einen leisen Pfiff aus.

„Wow, das muss ein Vermögen gekostet haben", entfuhr es ihr.

„Was ist eigentlich los mit Ihnen? Warum sind Sie davon so beeindruckt?", fragte Knud sie leicht irritiert. Er wusste nicht, wie sie aufgewachsen war und sie würde ihm heute bestimmt nichts davon erzählen.

„So sieht eben Reichtum aus", antwortete Charlie ausweichend.

„Reichtum oder Blendwerk", kam die nüchterne Antwort. „Gefällt Ihnen das etwa? Das ist doch eine total kalte und unpersönliche Zurschaustellung von Geld! Eine Welt aus Schwarz und Weiß." Knud redete sich in Rage, so hatte Charlie ihn selten erlebt.

„Die Bilder an den Wänden sind nicht in Schwarz und Weiß", gab sie seinem ungewohnten Ausbruch zusätzlichen Zündstoff, worauf er nicht hereinfiel.

„Grau ist keine Farbe", gab er gespielt grummelnd zurück, während er die Schiebetür zur Dachterrasse öffnete und hinaustrat. „Schauen Sie sich das an! Man sieht nur einen kleinen Tümpel. Bei dem Reichtum sollte eigentlich die Alster vor dem Balkon plätschern."

Charlie war sich nicht sicher, ob er sie im Gegenzuge auf den Arm nehmen wollte. Da er Hamburg nicht so gut wie sie kannte, wusste er nicht, dass der Rondeelteich zu den exklusivsten Adressen in der Hansestadt gehörte.

Statt ihm auf die Dachterrasse zu folgen, inspizierte sie weiter den großen Wohnraum. Es gab tatsächlich nichts Farbenfrohes in diesem Zimmer. Eine Wand wurde durch großformatige Fotografien beherrscht. Bei näherer Betrachtung erkannte Charlie in den Motiven den Hausherrn selbst! Wie narzisstisch war das denn? Konstantin Winkler bei sportlichen Aktivitäten und in Siegerposen beim Segeln, Windsurfen, Tennis, Golf, Paragliding und mit der Ausrüstung eines Fallschirmspringers. Ausgelassen hatte er wenig. Davor stand auf einem schmalen Regal eine Reihe von Pokalen. Anerkennend musste sie zur Kenntnis nehmen, dass er nicht nur ein Angeber war – nicht selten war er als Gewinner aus den Wettkämpfen hervorgegangen. Die meisten Preise waren auf die letzten fünf Jahre datiert.

Knud betrat wieder den Raum. „Haben Sie etwas entdeckt?"

„Winkler war eine Sportskanone, hat in mehreren Disziplinen Preise abgeräumt und sich hier seine Egowand geschaffen." Charlie schwankte zwischen Achtung für die sportliche Leistung und Abneigung, sich in dieser Form zur Schau zu stellen.

Knud war beeindruckt. „Da drängt sich die Frage auf, wann dieser Mann Zeit zum Arbeiten hatte. Vielleicht war er einfach ein Naturtalent."

„Das finden wir heraus. In diesem Raum gibt es keine Schränke. Nichts, wo man etwas verwahren kann. Lassen Sie uns mal das Schlafzimmer inspizieren. Ich bin schon ganz gespannt, was uns da erwartet. Vielleicht hat er einen Spiegel an der Decke."

Knud hatte seine gute Laune wiedergefunden, die in dem für ihn typischen Grienen sichtbar wurde. „Ah, ich sehe, diese Wohnung regt Ihre Phantasie an, Charlotte", frotzelte er, woraufhin sie lachend eine Grimasse zog.

„Ich wette zwanzig Euro darauf", ließ sie sich auf sein Geplänkel ein. „Oder nein, ich habe noch eine bessere Idee: Wenn wir heute mit den Durchsuchungen fertig sind, fahren wir zur Elbphilharmonie, damit Sie endlich einmal den Ausblick von der Plaza über die Stadt und den Hafen genießen können. Danach gehen wir im Portugiesenviertel lecker Fisch essen. Der Verlierer der Wette bezahlt die Zeche. Sind Sie dabei?"

„Aber hallo. Klar bin ich dabei. Dann öffnen Sie mal die Tür", forderte er sie grinsend auf.

Das Schlafzimmer war wenig überraschend im gleichen Stil eingerichtet, schwarze Satinbettwäsche mit silberglänzenden Laken auf einem runden Bett, das mitten im Raum stand. Vermutlich besaß es einen Drehmechanismus. Beide blickten zur Decke, woraufhin Knud wegen Charlies enttäuschten Gesichtsausdrucks in schallendes Gelächter ausbrach. Kein Spiegel an der Decke! Allerdings nahm ein komplett verspiegelter Kleiderschrank die gesamte Länge einer Wand ein.

„Sie hatten fast recht", versuchte Knud, sie zu trösten.

„Schon gut, die Rechnung geht auf mich. Ich lade Sie gerne ein. Lassen Sie uns gucken, ob der Schrank, außer massenhaft Klamotten etwas hergibt, was uns in dem Fall weiterbringt."

Gemeinsam machten sie sich ans Werk, die Taschen der maßgeschneiderten Anzüge zu durchsuchen, aber bis auf einige Streichholzschachteln und Kondome fanden sie nicht viel. Konstantin Winkler hatte Geschmack besessen, was seine Kleidung anging, was gleichermaßen die Geschäfts- als auch die Sport- sowie Freizeitbekleidung betraf, die durchgehend aus hochwertigem Material bekannter Marken bestand.

„Das ist die unpersönlichste Wohnung, die mir je untergekommen ist", kommentierte Knud. „Lassen Sie uns die Küche und das Bad checken, aber ich glaube, hier verschwenden wir nur unsere Zeit. Vermutlich wird das Büro mehr Aufschluss geben."

„Na, hoffentlich." Auch Charlie war enttäuscht über die magere Ausbeute.

Torge in St. Peter-Ording

Montag, den 11. Mai

Zu gerne wäre Torge am Montagmorgen mit den Kommissaren nach Hamburg gefahren, aber das war natürlich nicht möglich. Weder hätte er den Tag frei bekommen, noch wäre er von ihnen mitgenommen worden.

Für ihn war heute Ferienhaus-Routine angesagt. Die meisten Gäste der Hochzeitsgesellschaft waren abgereist, da hieß es zu kontrollieren, in welchem Zustand sie die Bungalows hinterlassen hatten. Torge fragte sich immer wieder, wie manche Urlauber es schafften, selbst bei Kurzaufenthalten, ein derartiges Chaos oder Bild mangelnder Wertschätzung anderer Leute Eigentum zu produzieren. Eigentlich dürfte so etwas bei Freunden und Bekannten der Eignerfamilie nicht passieren, das konnte aber ein Trugschluss sein. Gerade nahestehende

Personen fühlten sich manchmal zu sehr zu Hause. Sah es bei denen genauso aus? Frust über schlechtes Wetter und Streit taten ein Übriges. Annegret zog ihn immer auf, wenn er sie in solche Gedanken einweihte. Er fühle sich als selbst überschätzter Hobby-Psychologe, behauptete sie - aber am Ende hatte er eben doch recht!

Bevor er sich wappnete, um zu prüfen, was von seinen großartig auf Stand gebrachten Bungalows übrig war, holte er sich einen großen Pott Kaffee mit den üblichen drei Löffeln Zucker, die weder Annegret noch die zu enge Hose ihm abgewöhnen konnten, aus der Cafeteria und verschwand damit in seinem Kabuff.

Nachdem Torge den Rechner hochgefahren und den elektronischen Kalender geöffnet hatte, poppte sofort ein Termin auf. Da das nur selten passierte, wurde er unruhig. Er ließ sich mit dem Kaffee in der Hand auf seinem bequemen Bürostuhl nieder, rührte eine Weile den Zucker unter und fragte sich, was das zu bedeuten hatte. In den meisten Fällen steckte dahinter die Aufforderung der Lessing, in ihr Büro zu kommen. Noch traute sich Torge nicht, die Meldung anzuklicken. Vielmehr überlegte er fieberhaft, ob er in den letzten Tagen oder Wochen etwas vermasselt hatte. Im Grunde war sie gerade zufrieden mit dem Zustand der Anlage.

War er einem nervigen Gast zu sehr auf die Füße getreten? Torge war absolut in der Lage, Klartext zu schnacken, wenn ein Urlauber in seinen Augen die Grenze überschritt. Das hatte ihm schon Respekt eingebracht, wenn jemand glaubte, er könne ihn als Fußabtreter benutzen, weil er hier ja nur der Hausmeister war. Doch für die letzten Wochen war er sich keiner Schuld bewusst. Mutig klickte er auf den Termin. Tatsächlich! Er sollte um vierzehn Uhr in das Büro der Managerin kommen. Mist!

Um sich abzulenken, checkte Torge, ob von der Rezeption Reparaturaufträge oder Sonderwünsche in das System eingepflegt worden waren, die vor seiner Kontrollrunde durch die Ferienanlage abzuarbeiten waren. Dabei handelte es sich immer wieder um das Gleiche: tropfende Wasserhähne, nicht funktionierende Elektro-Kleingeräte, abgelöste Tapeten oder ausgefallenes Wlan. Seltener gab es Beschädigungen am Mobiliar. Bei Regenwetter im Stress der Hauptsaison wurde die Liste automatisch länger, was sowohl an der Langeweile als auch den aufbrechenden Konflikten lag.

Als Torge Annegrets warnenden Blick vor dem geistigen Auge sah, musste er unwillkürlich lächeln. Nach dem Ausdruck der kurzen Liste überprüfte er die Anwesenheit der Familie von Haferkamp.

Zu gern wollte er im Laufe des Tages etwas in dem Fall herausbekommen, womit er die Wiesinger beeindrucken konnte. Auch den Reporter von *N3 von der Küste* würde er später anrufen, um in Erfahrung zu bringen, ob sich aufgrund des Fernsehberichts schon jemand gemeldet hatte. Das Interview im Fall Schwertfeger war für Christiansen im letzten September nicht nur aufschlussreich, sondern auch die Rettung gewesen, nicht unverrichteter Dinge wieder fahren zu müssen. Daran konnte sich der Reporter bestimmt erinnern.

Der engste Kreis der Familie schien sich weiterhin in der *Weißen Düne* aufzuhalten. Torge nahm sich vor, später bei ihnen vorbeizuschauen, um sie nach besonderen Wünschen zu fragen. Im harmlosen Schnack verrieten sie ihm manchmal mehr, als ihnen bewusst war.

Bevor er sich um die Reparaturaufträge kümmerte, um der Lessing ja nicht mehr Angriffsfläche für mögliche Unzufriedenheit zu bieten, schaute er kurz in ihrem Vorzimmer vorbei. Da der Termin erst am Nachmittag stattfand, war sie bestimmt nicht im Haus. Ihre langjährige Sekretärin Greta Petersen wusste fast so gut wie er selbst, was in der Ferienanlage passierte. Sie war hoffentlich im Bilde, was dahintersteckte.

Mit einem Strahlen betrat er das Büro, wurde jedoch enttäuscht. Hinter dem Schreibtisch saß nicht die altgediente Sekretärin, sondern ein junger Mann von einer Zeitarbeitsfirma, der sich auch nach drei Monaten nicht besonders gut eingearbeitet hatte. Torge fand es schon merkwürdig, wenn ein Mann so eine Arbeit verrichtete. In seinen Augen passte das nicht. Dieses Exemplar schien der Sache nicht gewachsen zu sein. Schon wollte er sich umdrehen und gehen, doch der Unbeholfene sprach ihn an.

„Guten Morgen Herr Trulsen, was kann ich für Sie tun?"

Guten Morgen! Das hieß hier *Moin*! Wer das nach so langer Zeit nicht begriffen hatte ... na ja.

„Moin! Ist Greta nicht da?", fragte er überflüssigerweise, weil ihm so schnell nichts Besseres einfiel.

„Sie fängt heute erst um zwölf Uhr an", kam die hilfsbereite Antwort von dem Jüngling, dessen Name Torge beim besten Willen nicht einfallen wollte. „Kann ich Ihnen weiterhelfen?"

Ein Versuch war es wert.

„Ich habe heute um vierzehn Uhr einen Termin bei der Lessing. Wissen Sie, worum es dabei geht?" Schon als Torge die Frage stellte, rechnete er mit einer verneinenden Antwort. Warum sollte die Managerin diesen kleinen Trottel einweihen? Immerhin hatte sie ihm ja den Termin direkt geschickt.

„Nein, tut mir leid. Darüber wurde ich nicht informiert."

Torge bedankte sich nickend und verließ das Büro. Hier verschwendete er nur seine Zeit. Vielleicht wusste Klarissa vom Empfang etwas. Leider stellte sich heraus, dass sie einen freien Tag hatte.

Den Vormittag verbrachte Torge mit Routinearbeiten. Er unterstützte die Kellner beim Aufräumen des Festsaals, damit er für die nächste Veranstaltung vorbereitet werden konnte und kümmerte sich um die Bungalows. Dieses Mal gab es tatsächlich keine Beschädigungen, allerdings hatten es sich einige Gäste nicht nehmen lassen, das Mobiliar im großen Stil umzustellen. Auch so etwas, was Torge nicht verstand. Warum musste man Möbel rücken, wenn man für ein paar Tage ein Ferienhaus mietete? Am schlimmsten war es, wenn befreundete Paare oder Familien nebeneinanderliegende Häuser nutzten, wie an diesem Wochenende. Grundsätzlich wurden Teile des Inventars zu den Nachbarn geschleppt: Kaffeebecher, Stühle, sogar Fernbedienungen für den Fernseher.

Torge rückte und sortierte. Seine Gedanken wanderten immer wieder zu dem Termin mit Marina Lessing. Nicht einmal eine Andeutung war dabei gewesen, warum sie ihn sehen wollte. Im Geiste ging er die letzten Wochen durch, wobei er sich fragte, ob ihm ein Fehler unterlaufen oder er mit einem Gast aneinandergeraten war. Hatte sich jemand erst jetzt beschwert? Das war so wie mit den Bewertungen für die Ferienanlage, manche Urlauber waren noch nicht einmal zu Hause, da hagelte es bereits Kritik. Insbesondere die Unzufriedenen waren damit sehr schnell. Andere meldeten sich erst Wochen später. So sehr Torge sich das Hirn zermarterte, ihm fiel nichts ein. Er wischte die Gedanken beiseite, um sich mental auf das Telefonat mit Christiansen vorzubereiten. Wenn er dem Reporter sagte, Kommissar Knud Petersen hätte ihn gebeten, sich um die Zuschauerreaktionen zu kümmern, weil dieser heute in Hamburg ermittelte, würde Christiansen ihm das sicherlich glauben. Er hatte sie ja zusammen am Samstag bei der Beinahe-Hochzeit gesehen.

Ja, das war ein guter Aufhänger! Torge hoffte, dass irgendjemand auf Eiderstedt mit einer Beobachtung weiterhalf, ihn auf eine Spur zu bringen. War der Mörder dabei gesehen worden, wie er Konstantin Winkler an den Rand der Dünen gebracht und in den Strandkorb gesetzt hatte? Oder gab es Komplizen? Das musste er unbedingt herausfinden! Wenn die gesamte Ermittlung in Hamburg stattfinden würde, konnte er nichts ausrichten, aber hier kannte er die Menschen und sie vertrauten ihm. Ein bei *N3* eingegangener Hinweis war ein prima Ausgangspunkt für seine Befragungen auf der Halbinsel. Zu gerne würde er wieder einen Beitrag zu der Aufklärung des Mordes leisten.

Außerdem gab es ja die Frauen der Familie von Haferkamp. Laut Computer weilten Marion, Martha, Bettina, Constanze und sogar Luise nach wie vor in der *Weißen Düne*. Bei letzterer hätte der Hausmeister eine schnelle Abreise vermutet, aber irgendetwas hielt sie hier. Torge war fest entschlossen herauszufinden, worum es sich dabei handelte. Ob Johannes von Haferkamp geblieben war oder schon wieder seinen Geschäften nachging, war nicht klar.

Endlich war es zwölf. Torge wartete weitere zehn Minuten, um sicherzustellen, dass der neue Assistent nicht mehr anwesend war. Außerdem wollte er die alte Sekretärin nicht gleich überfallen, doch dann hielt er es nicht mehr aus. Greta Petersen wusste bestimmt etwas!

„Moin Greta", begrüßte er sie freundlich. Sie beide waren von Anfang an hier in der Ferienanlage tätig und kannten sich gut.

„Torge! Moin! Was verschafft mir die Ehre?", antwortete sie lächelnd, bevor sie gleich wieder ernst wurde. „Gibt es schon was Neues in dem Fall? Das ist ja wirklich schrecklich! Kaum haben wir einen Mord verdaut, gibt es schon den Nächsten. Was sind das bloß für Zeiten? Und das hier bei uns auf Eiderstedt!"

„Ich weiß noch nichts", gab er zu. „Knud und die Wiesinger sind in Hamburg, aber deshalb bin ich nicht hier. Sag mal, du weißt bestimmt, warum die Lessing mich heute sprechen will, oder?"

Greta Petersen schüttelte den Kopf.

„Tut mir leid, Torge. Ich bin gerade erst gekommen. Über euren Termin bin ich nicht informiert worden. Hast du wieder etwas ausgefressen?", fragte sie ihn, als ob er ein kleiner Junge wäre. Torge zog eine Grimasse, woraufhin sie lachen musste.

„Wer weiß? Der Lessing kann ich es einfach nicht immer recht machen. Dann muss ich mich wohl gedulden. Bis später", verabschiedete er sich.

Er beschloss, sich in der Kantine für die Mitarbeiter der *Weißen Düne* erst einmal mit einem Mittagessen zu stärken. Die Zeit reichte dann immer noch aus, um die Beleuchtung in *Bungalow 55* zu reparieren, bevor er zu der Managerin ging. Das Telefonat mit dem Reporter nahm er sich für den Nachmittag vor. Wenn er zu früh anrief, war die Ausbeute vielleicht mager und er konnte ihn schlecht andauernd behelligen.

Die Mahlzeit schmeckte nicht so gut wie gewöhnlich. Vermutlich lag es an ihm. Meist aß er mit großem Appetit, heute stocherte er in dem gebratenen Fisch, der mit Kartoffelsalat serviert wurde, nur herum.

Hansen steuerte auf ihn zu. Der 60-Jährige gehörte seit zwei Jahren quasi zu seinem Team. Im letzten Jahr war er häufig krank gewesen. Mittlerweile hatte er sich gefangen und einen Narren an Torge gefressen.

„Hey Trulsen, bist du schon wieder auf der Pirsch nach dem Mörder?" Hansen knallte sein Tablett auf den Tisch. Zu dem Bratfisch gab es bei ihm einen Schokopudding als Nachtisch, den Torge sich verkniffen hatte.

„Moin Hansen. Bislang gibt es nicht viel zu berichten."

„Stocherst du deswegen so in deinem Essen herum? Das kann man ja gar nicht mit ansehen. Vielleicht kann ich deine Laune verbessern. Mein Schwager Hannes glaubt, gestern ein verdächtiges Auto gesehen zu haben."

Torge war sofort elektrisiert. „Was meinst du damit? Wann und wo? Und was war daran verdächtig?"

„Wow, langsam, ich erzähle es dir ja." Hansen schien einen Moment zu überlegen, wie er anfangen sollte. Torge hoffte, dass wirklich etwas an der Geschichte dran war und sein Kollege oder dessen Schwager sich nicht nur wichtigmachen wollten. Das wäre nicht das erste Mal.

„Also, gestern am frühen Nachmittag kam Hannes von seinem Stammtisch zurück nach St. Peter. Kurz hinter der großen Kreuzung, wo es nach Westerhever geht, stand an der B202 ein weißer Lieferwagen. Sah nach einer Reifenpanne aus, also hat Hannes angehalten, um zu fragen, ob sie Hilfe benötigen. Es handelte sich um eine Frau, circa sechzig und einen jüngeren Mann, der ihr ziemlich ähnlich sah, vielleicht ihr Sohn."

„Jaja, aber was war denn nun daran verdächtig?", drängte Torge den Erzählenden, zum Punkt zu kommen.

„Sie hatten gerade das Warndreieck aufgestellt. Als sie sahen, wie Hannes anhielt, um auszusteigen, schlossen sie die hinteren Türen des Transporters. Sein Angebot zu helfen, lehnten sie mit abweisenden Mienen ab."

„Verstehe ich nicht", gab Torge zu.

„So ging es Hannes auch. Warum lässt sich einer bei sowas nicht helfen? Geht doch viel schneller zu zweit, zumal bei diesem Schietwetter gestern!" Hansen kam jetzt richtig in Fahrt.

„Das meine ich nicht. Was ist daran verdächtig?" Torge ärgerte sich selbst über seine Begriffsstutzigkeit, aber Hansens Ausführungen fand er bis jetzt nicht bahnbrechend.

„Na, das ist doch klar! Bei so einem Transporter befinden sich Wagenheber und Reservereifen hinten auf der Ladefläche. Als Hannes kam, haben sie die Türen schnell wieder zugesperrt, damit er nicht hineinschauen konnte."

„Hhm." Torge war nicht überzeugt. „War das alles? Hat er sich wenigstens das Kennzeichen gemerkt?"

„Na klar!", antwortete Hansen euphorisch. „Und er kann auch die beiden Verdächtigen beschreiben."

„Du tust so, als hätten sie den Toten hinten in dem Transporter gehabt", behauptete der Hobbyermittler.

„Das wäre doch möglich! Es handelte sich um ein Hamburger Nummernschild. Der Tote kam doch aus Hamburg! Ich habe gestern den Bericht im Fernsehen gesehen – und Hannes auch, deshalb hat er mir davon erzählt. Er war sich aber nicht sicher, ob er bei dem Sender anrufen oder zur Polizei gehen soll. Man will ja niemanden in Schwierigkeiten bringen, der unschuldig ist. Aber je länger ich darüber nachdenke, desto verdächtiger finde ich es. Da dachte ich, ich spreche mal mit dir, weil du mit sowas ja schon Erfahrung hast."

Torge fühlte sich geschmeichelt. Ganz von der Hand zu weisen, war es natürlich nicht. Vielleicht sollte er selbst nach Feierabend mal bei Hannes vorbeischauen, ihn nach mehr Details fragen und sich die Personen aus erster Hand beschreiben lassen. Wenn sie etwas mit dem Fall zu tun hatten, wäre das eine großartige Gelegenheit, bei der Kommissarin zu punkten.

„Also gut", lenkte er ein. „Vielleicht habt Ihr recht und es ist etwas dran. Ich werde heute Abend mal mit Hannes schnacken. So, jetzt muss ich aber los! Danke, dass du zu mir gekommen bist, Hansen. Moin!"

„Halt mich auf dem Laufenden! Moin Trulsen."

Endlich war es vierzehn Uhr! Torge war aufs Äußerste gespannt, warum die Lessing ihn hierher zitiert hatte. Greta lächelte ihn über ihre Lesebrille hinweg an, die ihr wie üblich auf die Nasenspitze gerutscht war.

„Setz dich einen Moment, Torge. Sie telefoniert gerade", begrüßte sie ihn, als er schon auf dem Weg zu der Verbindungstür war.

Er tat wie ihm geheißen; wie auf Kohlen sitzend rutschte er ungeduldig auf der Sitzfläche hin und her. Ihm war nicht eingefallen, was er verbockt haben sollte.

„Du guckst ja ziemlich schuldbewusst aus der Wäsche, ist es so schlimm?", fragte Greta.

„Wenn ich das nur wüsste! Hat sie wirklich nichts angedeutet?"

Die alte Sekretärin schüttelte den Kopf, woraufhin Torge wieder in stummes Brüten verfiel. Letzten Monat war da der dicke Firmenbonze gewesen, der mit einer ebenso dicken Zigarre den Rauchmelder eines Premium-Bungalows auslöste, obwohl in allen Ferienhäusern striktes Rauchverbot herrschte. Nicht in der Lage, den Alarm selbst auszuschalten, wurde Torge geschickt. Statt sich zu freuen, hatte ihn der Blödmann angemacht. Als ihm der Kragen platzte, wies Torge ihn mit aller Deutlichkeit auf das Rauchverbot hin. Konnte der vermeintlich Wichtige sich im Nachhinein bei dem Management beschwert haben?

„Du kannst jetzt reingehen, Torge", holte Greta ihn aus seinen Gedanken. Mit einem Grummeln in der Magengegend stand er auf, bedankte sich und betrat kurz darauf das Büro von Marina Lessing, das auch nach knapp zwei Jahren kaum Gegenstände enthielt, die Rückschlüsse auf ihre Persönlichkeit zuließen. Der Raum war funktional eingerichtet, wirkte insgesamt ein wenig kalt. Trotzdem empfing sie ihn heute mit einem breiten Lächeln, womit er am allerwenigsten gerechnet hatte.

„Moin Herr Trulsen. Setzen Sie sich. Sie können sich entspannen, ausnahmsweise habe ich kein Hühnchen mit Ihnen zu rupfen."

Torge kam aus dem Staunen gar nicht mehr heraus. So freundlich und locker hatte er die Lessing schon lange nicht mehr erlebt, genau genommen konnte er sich gar nicht daran erinnern.

„Moin Frau Lessing. Das freut mich aber." Mehr bekam er nicht heraus.

„Die Familie von Haferkamp hat mich gebeten, Ihnen ihren Dank für die reibungslose Organisation und Vorbereitung auszusprechen", kam sie gleich zum Punkt. „Auch wenn es nicht zu der Vermählung gekommen ist, sind sie mit unserer Arbeit hier in der *Weißen Düne* sehr zufrieden." Sie griff nach einem Umschlag auf ihrem Schreibtisch. „Sie erhalten eine Prämie, diesen Scheck soll ich Ihnen überreichen."

Eine Prämie? Das wurde ja immer besser! Mit vor Aufregung zittrigen Fingern nahm er das Papier entgegen. Nachdem er einen Blick auf die Summe geworfen hatte, überlegte er kurz die Option, stattdessen ein paar freie Tage zu nehmen. Jetzt mit dem Mordfall würde ihm das mehr Zeit für die Ermittlungen geben. Oder sah das undankbar aus? Außerdem würde Annegret ihm die Hölle heiß machen. Sie träumte schon länger von einer kleinen Kreuzfahrt durch die Ägäis. Torge hatte sich bisher erfolgreich davor gedrückt. Zum einen hielt er die riesigen Touristenschiffe für überflüssige Umweltschleudern, zum anderen wollte er nicht mit einer Menschenmenge durch die Hitze des Mittelmeers schippern, wo sich das Urlaubsparadies direkt vor ihrer Tür befand. Wozu am Buffet drängeln, wenn er sein Frühstück gemütlich in der Friesenküche seiner alten Reetkate einnehmen konnte? Annegrets Rührei war sowieso nicht zu toppen.

„So still habe ich Sie selten erlebt, Herr Trulsen", kommentierte die Lessing gut gelaunt seine Sprachlosigkeit.

„Ja, danke! Ich freue mich sehr über die Anerkennung meiner Arbeit", parierte er. „Meine Frau wird sich sehr freuen. Sie träumt schon länger von einer Reise in den Süden."

„Sie haben es sich verdient! Ich bin ebenfalls sehr zufrieden mit dem Zustand unserer Anlage. Machen Sie weiter so – vielen Dank. Geben Sie rechtzeitig Bescheid, wenn es auf große Fahrt gehen soll."

Benommen verließ er Marina Lessings Büro. Das musste er erst einmal Annegret berichten! Auf dem Weg zu seinem Kabuff fiel ihm auf, welchen prima Türöffner er damit in der Hand hielt, um an die Familie von Haferkamp heranzurücken. Sich bedankend würde er mit ihnen plaudern. Eine großartige Chance, etwas über den toten Konstantin Winkler oder die Familie selbst herausfinden, was für die Aufklärung des Mordfalles nützlich war!

Charlie in Hamburg

Montag, den 11. Mai

Charlie fröstelte. Sogar in Winklers Küche setzte sich das schwarz-weiße Farbschema fort. Unwillkürlich hatte sie das Gefühl im Winter gelandet zu sein, ohne einen Strahl Sonne oder die Freundlichkeit von Blumen. Alles hier war unglaublich edel und bestimmt auch sagenhaft teuer gewesen, aber Charlie freute sich schon auf den Moment, an dem sie die Wohnung wieder verlassen konnte.

Knud war bereits dabei, die Schubladen der Einbauküche zu öffnen. „Hallo, was haben wir denn da?", rief er aus. „Hier liegt das Smartphone von Konstantin Winkler!"

„Sein Handy liegt in der Küchenschublade? Das ist ja seltsam!", kommentierte sie erstaunt. „Ist es eingeschaltet?"

„Ja, ist es. Moment ... fünfundzwanzig entgangene Anrufe und diverse neue Nachrichten. Oh, die sind alle von einer Nummer – von Benjamin Naujok! Außerdem ist hier nur ein weiterer Kontakt gespeichert: Adrian Geßner. Da gibt es einen SMS-Austausch, in der Form wie der Portier beschrieben hat, kleine Arbeitsaufträge und die Antworten darauf."

„Dann besaß Winkler zwei Mobiltelefone. Eins für die Kommunikation mit seinem homosexuellen Partner, das er hier liegengelassen hat, als er zu seiner eigenen Hochzeit gefahren ist und eins für den Kontakt mit dem Rest der Welt. Also das wäre mir alles zu umständlich!", weihte Charlie ihren Kollegen in ihre Gedanken ein, während dieser weiter die Schubladen durchsuchte.

„So richtig bringt uns das nicht voran! Viele Menschen haben heutzutage zwei Handys, aus welchem Grund auch immer, und sonst kann ich hier nichts Spannendes entdecken. Schauen Sie mal in den Kühlschrank, ich werfe einen Blick hinter diese Türen, aber vermutlich bringt uns diese Durchsuchung nicht weiter." Selbst Knuds Laune sank so langsam. Beide sehnten sich nach ein paar handfesten Hinweisen, die ihre Ermittlungen voranbrachten.

„Wollen Sie ein Glas Champagner zur Aufmunterung? Etwas anderes hat Winkler anscheinend in der Wohnung nicht auf Vorrat gehalten. Der Inhalt des Kühlschranks ist deprimierender als mein Eigener!"

„Von dem Champagner einmal abgesehen", scherzte Knud.

„Hhm, ja, davon einmal abgesehen. Kommen Sie, wir checken kurz das Bad und dann fahren wir zu dem Büro. Hier gibt es nichts zu holen."

In dem sehr geräumigen sowie luxuriösen Badezimmer fanden die Kommissare ein Sammelsurium von Cremes und Tiegeln, die sie in der Wohnung eines Mannes nicht unbedingt vermutet hätten. Offenbar hatte Konstantin Winkler viel Wert auf sein Äußeres gelegt. Im Grunde war es keine Überraschung, überlegte Charlie, als sie sich die Fotografien aus dem Wohnraum in Erinnerung rief. Der große verspiegelte Schrank barg außerdem diverse Medikamente, von denen sie nie gehört hatte. Sie stieß einen Pfiff aus.

„Also, entweder war Winkler krank oder er ist regelmäßig auf einen Trip gegangen. Schauen Sie sich das an!"

Knud staunte nicht schlecht.

„Dieser Mann hat wirklich viele Facetten! Ich bin mir mittlerweile sehr sicher, dass in seinem Büro weitere Überraschungen auf uns warten. Ich freue mich schon darauf, unser kleines Kunstwerk an der Bürowand auf dem Revier in St. Peter zu vervollständigen. Es scheint ja diverse Motive und Verwicklungen zu geben."

Nach dem Eintüten der Medikamente verließen sie die Wohnung.

„Lassen Sie uns noch einmal den Portier Adrian Geßner befragen. Wenn er am Samstag ebenfalls Dienst hatte, war er vielleicht die letzte Person, die Winkler lebendig gesehen hat", schlug Charlie ihrem Kollegen vor, als sie mit dem Fahrstuhl lautlos nach unten glitten.

„Abgesehen von dem Mörder", kommentierte Knud trocken.

„Es gibt hier auch eine Garage", setzte sie ihre Ausführungen fort, ohne die Bemerkung zu beachten. „Lassen Sie uns überprüfen, ob Winklers Wagen wirklich verschwunden ist."

Der Portier starrte auf das Display seines Handys, während die Kommissare die Lobby wieder betraten. Da der dicke Teppich ihre Schritte schluckte, schrak Geßner zusammen, als Knud das Wort an ihn richtete.

„Wann haben Sie Konstantin Winkler zuletzt gesehen, Herr Geßner? Waren Sie am Samstag ebenfalls im Dienst?"

„Nein, am Wochenende hatte ich frei."

„Okay, können wir einmal einen Blick in die Tiefgarage werfen? Wir müssen wissen, ob Winkler das Haus in seinem eigenen Auto verlassen hat", führte Knud das Gespräch fort.

„Ja, klar. Soll ich mitkommen und Ihnen seine Parkplätze zeigen?"

„Parkplätze? Besaß er mehrere Autos?" Während Charlie sich empörte, nickte der Portier nur gelassen.

„Drei, um genau zu sein: Einen schwarzen Jaguar, einen Lotus und eine schwere Limousine von Mercedes. Ich glaube, die hat er von seinem Vater geerbt. Steht meistens nur in der Garage herum. In der Regel war er mit dem Jaguar unterwegs. Kommen Sie, ich zeige es Ihnen."

Wie vermutet war der Jaguar verschwunden, die beiden anderen Wagen standen auf ihrem Platz. Winkler war also mit großer Wahrscheinlichkeit zu seinem Mörder gefahren. Sie mussten unbedingt das Auto und das zweite Handy finden! Beides würde sicherlich Aufschluss über die Geschehnisse geben, die dem Telefonat mit Constanze von Haferkamp folgten.

Die Kommissare bedankten sich bei Adrian Geßner und verließen das Haus. Selbst das Hamburger Nieselwetter erschien Charlie freundlicher als alles, was sie drinnen gesehen hatte.

Auf dem Weg in die Innenstadt klingelte Charlies Mobiltelefon. Ein Blick auf das Display zeigte ihr die Nummer von Ansgar Johannsen. Mist! Den Termin heute um zwölf hatte sie völlig vergessen!

„Moin Herr Johannsen!", begrüßte sie ihn munter.

„Moin Kommissarin Wiesinger. Sie wollten zu der Obduktion kommen, ich bin bereit. Werden Sie sich sehr verspäten?", fragte er leicht ungehalten.

„Ich muss Ihnen leider einen Korb geben, Knud und ich sind in Hamburg." Am liebsten hätte sie hinzugefügt, es sei wichtiger, die Durchsuchungen vorzunehmen; aber das verstand er vermutlich falsch. Im Grunde hasste sie es, zuzuschauen, wie die sterblichen Überreste eines Menschen zerlegt wurden. Und dann der Geruch! Es genügte ihr völlig, die Ergebnisse aus der Rechtsmedizin einfach zu lesen.

„Oh, es wäre nett gewesen, mir kurz Bescheid zu geben", kam die pikierte Antwort.

„Ja, da stimme ich Ihnen zu. Ich entschuldige mich in aller Form!", antwortete Charlie prompt, obwohl sie die Reaktion ein wenig übertrieben fand. Ansgar Johannsen, der sich stets draufgängerisch präsentierte, war also im Grunde ein kleines Sensibelchen. Wer hätte das gedacht?

„Sie könnten zur Wiedergutmachung meine Einladung zum Abendessen annehmen, sie ist nach wie vor aktuell." Offensichtlich verschwendete er keine Zeit damit, lange beleidigt zu sein.

Charlie zog eine Grimasse. „Wir sind gerade wieder in einem komplexen Mordfall aktiv. Das ist sehr freundlich, aber im Moment habe ich dafür gar keine Zeit."

Aus den Augenwinkeln sah Charlie, wie Knuds Blick sich verfinsterte. Obwohl sie nicht auf Freisprech war, wusste er genau, worum es in dem Telefonat gerade ging.

„Hat Johannsen Sie schon wieder angebaggert?", fragte er grimmig, nachdem sie um die Zusendung der Obduktionsergebnisse gebeten und aufgelegt hatte.

„Er war etwas angefasst, weil ich den Termin mit ihm total vergessen habe."

„Ah, und dann sollten Sie es mit einer Verabredung wieder gutmachen?!" Knuds Entrüstung stieg mit jedem Wort, das er aussprach.

„Ja, so ungefähr - nun regen Sie sich mal ab. Sie haben schließlich gehört, was ich darauf erwidert habe. Sie sind ja tatsächlich eifersüchtig", neckte sie ihn schmunzelnd.

„Ich bin nicht eifersüchtig, sondern nur besorgt um Sie. Ich habe Ihnen ja erzählt, dass Ansgar nichts anbrennen lässt. Sie sind zu schade für ihn."

Charlie lag eine weitere Erwiderung auf der Zunge, aber sie schluckte sie herunter. Manchmal erweckte Knud den Eindruck, sich ein wenig in sie verguckt zu haben. Besser, es nicht zu thematisieren. Nicht jetzt! Vielleicht fühlte sie sich sogar ein wenig zu ihm hingezogen, aber die Verletzungen aus dem vergangenen Jahr waren bislang nicht verheilt. Außerdem genoss sie ihr Verhältnis, so wie es jetzt war: Als Kollegen, die gut zusammenarbeiteten. Daneben waren sie auf dem besten Weg, Freunde zu werden. Ab und zu gingen sie nach Feierabend gemeinsam etwas trinken. Meistens schnackten sie zwar über die Arbeit, aber langsam gaben sie ebenfalls Privates preis. Das wollte sie auf keinen Fall zerstören.

„War das wieder zu übergriffig?", fragte Knud vorsichtig, weil sie nicht antwortete.

„Nein, schon gut. Ich habe gar nicht vor, mit Johannsen auszugehen."

„Dann ist ja gut." Damit gab Knud sich zufrieden.

Wenig später erreichten sie das Bürogebäude, aus dessen Räumen die Hotelkette der Familie Winkler geleitet und verwaltet wurde. Charlie wunderte sich, dass es nicht so wie eine der großen Nobelherbergen direkt an der Alster lag, sondern lediglich in einer Nebenstraße dahinter. Da sie nicht direkt einen Parkplatz fanden, drehte Knud eine Runde um die eindrucksvolle Binnenalster, die das Bild der Hamburger Innenstadt prägte und von vielen Touristen irrtümlich für einen See gehalten wurde. Beide genossen den Anblick der hohen Fontäne, die nicht nur die Reisenden über das Sommerhalbjahr erfreute. Charlie liebte diese Stadt! Kurz darauf erreichten sie das unscheinbare Bürogebäude, das von innen einen krassen Gegensatz zu Winklers topmoderner Wohnung bot.

Empfangen wurden sie mit einem freundlichen Lächeln von dem Geschäftsführer Paul Sommerfeldt, der sie in sein Büro führte, während er die Sekretärin anwies, keine Anrufe durchzustellen.

Der sehr persönlich eingerichtete Raum strahlte eine gediegene Atmosphäre aus und war mit alten hochwertigen Möbeln aus Nussbaum ausgestattet. Sommerfeldt wies auf einen Besprechungstisch; darauf standen Wasser, Kaffee sowie ein wenig Gebäck bereit.

„Ich kann gar nicht glauben, was passiert ist", eröffnete er das Gespräch. „Haben Sie schon eine Spur?"

„Wir stehen am Anfang der Ermittlungen", übernahm die Kommissarin das Antworten. „Natürlich haben sich aus den bisherigen Erkenntnissen eine Menge Fragen ergeben. Wir hoffen, hier mehr Informationen zu bekommen."

Sommerfeldt schenkte den Besuchern Kaffee ein, bevor er wohl überlegt seine nächsten Sätze formulierte. „Sie werden schnell herausfinden, dass Konstantin Winkler und ich ein eher angespanntes Verhältnis hatten. Dazu möchte ich ein wenig weiter ausholen." Er schaute ihnen offen in die Augen. „Ich bin bereits eine Ewigkeit für die Familie tätig. Georg Winkler, Konstantins Vater, hat mich vor dreißig Jahren eingestellt und mir alles beigebracht, was für das Hotelgeschäft wichtig ist. Er war ein großartiger Kaufmann, der mit viel Ehrgeiz und Geschick dieses Familienunternehmen zum Schillern gebracht hat. Leider konnte er seinen einzigen Sohn nicht dafür begeistern. Sie haben vielleicht davon gehört, welche Vorlieben Konstantin hat."

Charlie fragte sich, ob er damit nur seine beruflichen oder auch privaten Präferenzen meinte, wollte den Redefluss an dieser Stelle aber nicht unterbrechen.

„Als Georg und Heidi Winkler vor fünf Jahren tödlich verunglückten, war der Schock groß. Eine Weile sah es so aus, als würde Konstantin alles versilbern. Letztendlich überlegte er es sich anders. Vielleicht lag dem Umschwung die Vermutung zugrunde, es würde ihn reicher machen, wenn er die Geschäfte einfach laufen ließ, statt alles zu veräußern und sich dann um die Geldanlage kümmern zu müssen."

Sommerfeldts Stimme brach, kurz traten ihm Tränen in die Augen, dann hatte er sich wieder im Griff.

„Er ist also in das Unternehmen eingestiegen?", fragte Knud.

„So würde ich das nicht bezeichnen. Er bezog das Büro seines Vaters, war allerdings nur unregelmäßig anwesend und hat ... na ja, freundlich ausgedrückt, das Betriebsvermögen nicht gerade vergrößert."

„Das heißt was genau?", hakte Charlie nach.

Als Sommerfeldt herumdruckste, schaltete sich Knud wieder ein. „Sie können mit uns ruhig Klartext reden. Wir finden es sowieso heraus. Mit Ihrer Hilfe könnte es schneller gehen."

Auf ein resigniertes Nicken folgte ein Seufzer. „Ich habe gelernt, nicht schlecht über die Toten zu reden, aber es hat sich ja viel verändert."

„Wir glauben, das ist heute genauso, Herr Sommerfeldt", antwortete die Kommissarin für beide. „Es handelt sich um eine Mordermittlung. Alle Fakten sind hilfreich, den Täter zu finden. Das ist sicherlich in Ihrem Sinne", half sie, seine Zweifel zu zerstreuen.

„Ehrlich gesagt, weiß ich nicht genau, warum Konstantin Winkler überhaupt ins Büro gekommen ist. Vielleicht bildete er sich ein, uns kontrollieren zu können. Mitgearbeitet hat er nicht. Im Gegenteil. Regelmäßig wurden von ihm große Geldbeträge aus der Firma gezogen, was schließlich sogar die Substanz gefährdet hat. Ich habe zwar Prokura, aber er war der Erbe und somit der Eigentümer. Für Gespräche war er nicht offen. Vermutlich glaubte er, der Geldstrom würde nie versiegen – egal, wie groß seine Ausgaben waren. Wenn Sie sich seine Wohnung anschauen, wissen Sie, was ich meine. Dazu kamen Autos, Flüge, Partys, Frauen. Er flog mal eben über das Wochenende nach New York, stieg in den teuersten Hotels ab und ließ die Kreditkarte glühen. Es ging so weit, dass wir anfingen, Investitionen zu schieben. Auf diese Weise kann man seine Marktanteile auf Dauer nicht halten."

„Das Unternehmen ist also in finanziellen Schwierigkeiten?", fasste Knud die emotionalen Ausführungen nüchtern zusammen.

„Ja, mittlerweile ist es ernst. Wir brauchen dringend wieder eine Finanzspritze", antwortete Sommerfeldt bekümmert. „Georg Winkler würde sich im Grabe umdrehen, wenn er wüsste, in welch kurzer Zeit sein Sohn sein Lebenswerk zerstört hat."

„Wieder?" Knud zeigte sich erneut als aufmerksamer Zuhörer, dachte Charlie beeindruckt.

„Ja, wieder! Mitte des letzten Jahres ist ein Investor in die Firma eingestiegen. Es war vertraglich vereinbart, bestimmte Modernisierungen in den einzelnen Hotels durchzuführen und einen Teil des Geldes in eine Social Media Kampagne zu stecken, um auch vermehrt die jüngere Klientel anzusprechen." Auf dem Gesicht des Geschäftsführers war die Erschöpfung deutlich zu erkennen. Als er weitersprach, bildete sich eine tiefe Falte zwischen den Augen. „Konstantin hielt sich nicht an die Vereinbarungen. Die Summe ist in laufenden Zahlungen und seinem ausschweifenden Lebensstil versickert. Die Anwälte haben schon angefangen, sich zu streiten. Vermutlich wird es auf eine

Klage hinauslaufen. Allerdings wir lediglich in der Lage, Beträge in dieser Größenordnung zurückzuzahlen, wenn vorher Immobilien veräußert werden."

„Davon ist bisher nichts in die Presse gelangt", stellte Charlie fest.

„Das ist richtig. Die Anwälte haben mit großem Nachdruck davon abgeraten. Außerdem war der Investor nicht daran interessiert, in eine rufschädigende Berichterstattung verwickelt zu werden. Ich denke, er bereut jeden Tag, diese Geschäftsbeziehung aufgenommen zu haben."

„Können Sie uns seinen Namen nennen? Wir müssen natürlich auch mit ihm sprechen." Knud zückte bereits sein Notizbuch, worauf er bisher verzichtet hatte.

„Das würde ich gerne mit unserem Firmenanwalt abstimmen. Bitte haben Sie dafür Verständnis. Die Angelegenheit ist prekär, ich möchte mir da keinen Fehler erlauben."

Charlie zog den Durchsuchungsbeschluss aus der Tasche, um den Knud sich vorsorglich gekümmert hatte und legte ihn auf den Tisch.

„Als Nächstes möchten wir das Büro von Konstantin Winkler sehen. Bitte stellen Sie uns außerdem konkrete Zahlen aus der Buchhaltung zur Verfügung. In einem Mordfall ist alles wichtig."

Sommerfeldt warf einen flüchtigen Blick auf das Papier. Kopfschüttelnd nahm er einen Schluck von dem kalten Kaffee, der vor ihm stand. Seine Hand zitterte leicht.

„Der Investor heißt Tobias Franke. Er hat sein Vermögen mit Speicherbausteinen und CPUs gemacht. Produziert in großem Stil in Korea. Er ist natürlich nicht an einem Skandal interessiert. Ich bringe Sie jetzt zu Konstantins Büro, wenn sich Fragen ergeben, melden Sie sich einfach bei mir. Ich kann jetzt eine Pause gebrauchen!" Zaghaft versuchte er ein Lächeln und begleitete sie anschließend zu dem Raum am anderen Ende des Ganges. Charlie war gespannt, was sie dort erwartete.

Die Innenausstattung war ähnlich wie in dem Büro von Paul Sommerfeldt in hochwertigem Holz gehalten, sie tippte auf Mahagoni, war sich aber nicht sicher. Der Blick aus dem Fenster zeigte unspektakulär die Fassade des recht nah gegenüberstehenden Hauses. Sie konzentrierte sich wieder auf den Raum, registrierte die Jagdtrophäen an den Wänden, die klassische Sitzgruppe sowie den Teppich, der vermutlich aus Seide, jedoch in die Jahre gekommen war. Offensichtlich war das Büro von Georg Winkler eingerichtet worden. Sein Sohn, als seltener Gast hatte auf die Mühe verzichtet, es neu zu gestalten. Oder spiegelte es den Respekt vor seinem Vater wider? Fragen, auf die sie keine Antwort fanden. Der aufgeräumte Schreibtisch sah nicht nach Arbeit aus, Charlie dachte unwillkürlich an ihren Vorgesetzten im Hamburger Präsidium, der im Moment nicht mehr für sie zuständig war. Nur Matthias Bartsch war in der Lage gewesen, trotz solch akribischer Ordnung, hervorragende Arbeit zu leisten. Nach Sommerfeldts Ausführungen traf das auf Konstantin Winkler nicht zu, doch entsprachen sie der Wahrheit? Hatte der Prokurist für seine über Jahrzehnte andauernde Loyalität mehr erwartet?

Charlie beschloss, sich ebenfalls das Testament von Georg Winkler zeigen zu lassen. War Sommerfeldt an der Firma beteiligt oder bezog er lediglich ein Gehalt? Möglicherweise hatte es vor der Übernahme durch Konstantin Prämien gegeben, die seit Jahren wegen der hohen Privatentnahmen nicht mehr ausgezahlt wurden. Ging es Sommerfeldt um Geld oder bedauerte er nur die Zerstörung des Lebenswerkes seines alten Mentors? Die Kommissarin schätzte den Geschäftsführer auf über sechzig. Wenn er jahrelang auf hohem Niveau verdient hatte, müsste er eigentlich sein Schäflein im Trockenen haben.

Ein Klopfen an der Tür holte Charlie aus ihren Gedanken. Knud, der gerade den Schreibtisch untersuchte, unterbrach seine Arbeit. Ein großer, sehr dünner Mann mit einer runden Brille und praktisch kahlem Schädel betrat den Raum.

„Guten Tag, mein Name ist Jens Kleine. Ich bin der Bilanzbuchhalter. Paul, äh ... Herr Sommerfeldt bat mich, Ihnen einen Überblick über die Finanzen des Unternehmens zu geben. Dazu habe ich einige Fragen."

„Guten Tag Herr Kleine. Kommissarin Charlotte Wiesinger, mein Kollege Knud Petersen, danke für Ihr Kommen." Im Grunde hatte Charlie wenig Lust in die Details der Buchhaltung einzusteigen, eine Bilanz konnte sie sowieso nicht lesen und vermutlich gehörte dieses Metier auch nicht zu Knuds Stärken. Aber dafür war der Buchhalter ja da.

„Wir brauchen einen Überblick über das Vermögen sowie die Liquidität. Nach den Aussagen von Herrn Sommerfeldt befindet sich die Firma in finanziellen Schwierigkeiten. Wir brauchen Informationen über das Ausmaß – außerdem eine Übersicht über die Beteiligungen an dem Unternehmen. Gibt es neben Konstantin Winkler und Tobias Franke weitere Gesellschafter?" Charlie fing einen anerkennenden Blick von Knud auf. Erneut wurde ihr bewusst, wie gut sie sich bereits ergänzten. „Beantwortet das bereits einen Teil Ihrer Fragen, Herr Kleine?"

Der Buchhalter nickte. „Ich bin schockiert über die Todesnachricht. Herr Winkler hat sich zwar nicht besonders intensiv in die Leitung der Firma eingebracht, aber er war immerhin unser Chef. Wie wird es nun weitergehen?"

„Ja, das ist eine wichtige Frage. Wer erbt die Firma?"

„Das kann ich Ihnen nicht sagen, da müssen Sie mit Herrn Sommerfeldt sprechen. Es wird eine Weile dauern, den gewünschten Überblick zu erstellen", kam er auf sein Thema zurück.

Charlie reichte ihm eine Karte. „Bitte mailen Sie uns die Ergebnisse an diese Adresse, wir sind erst einmal nur heute in Hamburg. Was meinen Sie, wie lange Sie dafür brauchen?"

„Ich sende Ihnen morgen erste Zahlen. Wenn Sie darüber hinaus weitere Angaben benötigen, stehe ich gerne zur Verfügung."

Nachdem der Buchhalter das Büro verlassen hatte, wandte sie sich an Knud: „Und haben Sie etwas gefunden, was uns weiterhelfen könnte?"

„Im Schreibtisch ist nur das übliche Gedöns, das jeder dort liegen hat. Lassen Sie uns die Schrankwand dort überprüfen, ich habe vorhin einen Blick hineingeworfen, sie ist voll mit Ordnern."

Als Charlie stöhnte, milderte Knud den Eindruck etwas ab. „Ich glaube, die meisten stehen dort aus der Zeit seines Vaters, die sind vermutlich nicht relevant für unseren Fall. In Konstantins Unterlagen finden wir möglicherweise sogar sein Testament."

Charlie war skeptisch. Jemand, der so wie Winker lebte, machte sich bestimmt vor seinem vierzigsten Geburtstag keine Gedanken über die Erbfolge im Falle seines Ablebens. Trotzdem inspizierte sie ergeben den großen Schrank. Während sie die ersten Dokumente durchblätterte, teilte sie ihre Überlegungen über das Einkommen von Sommerfeldt mit Knud. Beide beschlossen, ihn dazu später zu befragen.

„Dieser Ordner wird seinem Namen nicht gerecht, hier ist alles unsortiert einfach abgeheftet worden, das wird ewig dauern, sich einen Überblick zu verschaffen. Ich muss mir jedes Papier einzeln anschauen", beschwerte sich Charlie.

„Legen Sie ihn auf die Seite. Alles, was mehr Zeit beansprucht, können wir mitnehmen. Wir prüfen den Umfang und lassen uns dann Kartons bringen." Ungerührt von solchen kleinen Hindernissen hatte Knud gleich wieder eine pragmatische Lösung parat. Lächelnd klappte sie das Objekt des Ärgernisses zu und stellte es auf den Boden.

„Hier sind seine Handyrechnungen", bemerkte Knud.

„Na, toll! Das bringt uns auch nicht weiter", nörgelte sie unzufrieden.

„Wir können bei dem Anbieter einen Verbindungsnachweis anfordern."

„Was nützt uns das? Er wird bestimmt von einem Wegwerfhandy angerufen worden sein", antwortete Charlie ungeduldig.

„Ja, natürlich, aber wir wissen dann, wann das war und wie lange das Gespräch gedauert hat." Knud ließ nicht locker. „Irgendwer hat ihn bestimmt telefonisch aus dem Haus gelockt. In einer Wohnung mit Portier ist ein anonymer Überraschungsbesuch ja gar nicht möglich."

Die Kommissarin hatte das Interesse an dem Gespräch verloren und kämpfte sich weiter durch die Papierflut. Versicherungen für Kfz, Hausrat sowie Haftpflicht; Kreditkartenabrechnungen, Quittungen für Kleidung, Schmuck und anscheinend andere Geschenke – komisch, wie akribisch er darüber Buch führte! Insgesamt handelte es sich um lauter langweiliges Zeug, das rein gar nichts mit dem Fall zu tun haben schien.

Eine Stunde später waren sie mit der Durchsuchung fertig. Sechs Ordner standen auf dem Boden. Knud schien genauso erschöpft wie resigniert zu sein.

„Kommen Sie, Charlotte. Wir stellen Sommerfeldt die vorerst letzten Fragen, bevor wir dann das versprochene Abendprogramm umsetzen. Ich habe einen Bärenhunger. Lassen Sie uns erst einmal etwas essen. Danach können wir sehen, ob wir noch Lust auf die Plaza der Elbphilharmonie haben oder uns das für unseren nächsten Besuch in der Hansestadt aufheben."

Charlie war einverstanden.

Sommerfeldt bestätigte schließlich ihre Vermutung. Der Geschäftsführer war nicht am Unternehmen beteiligt. Sein Gehalt wurde zu Zeiten von Georg Winker mit stattlichen Prämien aufgestockt, die in den letzten Jahren aufgrund der hohen Privatentnahmen erheblich zusammengeschrumpft waren, worüber er nicht begeistert war. Aber lag darin ein Mordmotiv?

Bettina in St. Peter-Ording

Montag, den 11. Mai

Konstantin tot am Strand zu finden, hatte die Aufbruchstimmung, in der sie sich vorher befunden hatte, deutlich getrübt, dennoch war Bettina von Haferkamp wild entschlossen ihr Leben zu ändern. Fürs Erste würde sie ihre Pflichten im Hotelbetrieb ruhen lassen, so viel stand bereits fest. Nicht so sicher war sie dagegen, wie lange sie in der Lage war, ihrem Vater die Stirn zu bieten. Er würde ihre Pläne nicht so leicht akzeptieren und sie hatte nie gelernt, sich ihm zu widersetzen.

Die nächste Frage war, was sie dann mit der ungewohnt freien Zeit anfangen sollte. Wieder dachte sie über die Idee der ausgedehnten Reise in exotische Länder nach. Am meisten reizte sie eine Safari in Afrika, aber auch Asien hatte so unglaublich viel Interessantes zu bieten. Würde sie einen Rückzieher machen, wenn ihr Vater erst einmal begann auf sie einzureden? Änderte es etwas, wenn sie die Reise jetzt einfach buchte, zumindest die erste Etappe? Der Gedanke, sich in der kommenden Woche in ein Flugzeug zu setzen, erst einmal alles hinter sich zu lassen und in Ruhe über die Zukunft nachzudenken, war verlockend. Mit ihren zweiundvierzig Jahren konnte sie sich vermutlich von dem Traum einer eigenen Familie verabschieden, aber das Leben hatte so viel mehr zu bieten, als immer nur zu arbeiten. Das musste auch Johannes von Haferkamp einsehen. Mit keiner seiner Frauen war er so streng wie mit ihr.

Bei Constanze interessierte ihn nicht im Geringsten, dass sie von Anfang an abgelehnt hatte, in das Familienunternehmen einzusteigen. Bei näherer Betrachtung sah es sogar so aus, als wollte er sie gar nicht dabeihaben.

Nicht einmal auf ihr abgebrochenes Studium hatte er verärgert reagiert. Bettina war immer so damit beschäftigt gewesen, zu funktionieren. Über diese Dinge hatte sie sich nie großartig den Kopf zerbrochen. Aus ihr war eine verhandlungsstarke Geschäftsfrau geworden, während Constanze Prinzessin spielte, ohne sich ansonsten um viel zu kümmern.

Was ihre Schwester aus ihrem Leben machte, war ihre Sache. Bettina wandte sich gedanklich wieder ihren eigenen Plänen zu. Am besten fuhr sie in ein Reisebüro, um sich beraten zu lassen – so etwas gab es ja wohl auch hier in St. Peter-Ording. Sie musste unbedingt aus diesem Bungalow beziehungsweise aus der Ferienanlage heraus und dabei weder jemanden aus der Familie treffen, noch nach Hause oder in die Firma fahren. Die ganze Zeit rechnete sie damit, ihr Vater würde vor der Tür stehen, quasi um sie zur Arbeit abzuholen. Für eine Diskussion war sie nicht vorbereitet. Die feste Buchung einer kostspieligen Safari war ein schlagendes Gegenargument, um sich zur Wehr zu setzen.

Bevor sie es sich anders überlegte, bestellte sie sich ein Taxi, damit sie den Rückweg wieder zu Fuß am Strand spazieren konnte. Ungeduldig überstand sie die Wartezeit, nahm schließlich ihr Portemonnaie vom Tresen, um zum Eingangsbereich zu schlendern. Es war elf Uhr am Vormittag, die Empfangshalle der *Weißen Düne* lag wie ausgestorben da. Eineinhalb Stunden später saß sie mit einem Flugticket sowie einer dreiwöchigen Rundreise in der Tasche in dem gleichen Restaurant wie tags zuvor. Zu ihrer Scholle mit Krabben bestellte sie sich zur Feier des Tages begleitet von einem großen Gefühl der Freiheit wieder ein Glas Weißwein. Den Gedanken an ihren Vater schob sie weit weg. Sie kam sich ein wenig albern vor, überhaupt ein schlechtes Gewissen zu haben, einfach Urlaub zu buchen.

Dieses Mal würde sie ihr Handy auf jeden Fall zu Hause lassen! Sie konnte sich nicht erinnern, wann sie zuletzt den Luxus genossen hatte, nicht erreichbar zu sein. Nachfragen der Mitarbeiter, Telefonkonferenzen ... daneben schnell ein Dokument überarbeitet und wieder ins Büro geschickt. Damit war jetzt Schluss! Ihr Vater musste ihren Wunsch, einmal richtig Urlaub zu erleben, akzeptieren. Wenn er sie unter Druck setzte, würde sie während des Trips überlegen, sich beruflich ganz zu verändern. Mit ihren Erfahrungen fand sie überall einen Job – oder sie entschied sich für eine neue Selbständigkeit. Sie war sowohl mit ausreichend Startkapital als auch mit reichlichen Ideen ausgestattet.

Beherzt nahm Bettina einen großen Schluck von dem fruchtigen Weißwein. Obwohl es heute abermals recht kühl war, hatte sie wieder draußen in dem Strandkorb Platz genommen, um die Menschen zu beobachten. Nicht nur die Arm in Arm flanierenden Paare, sondern auch die kleinen Familien versetzten ihr einen Stich. Vielleicht sollte sie nicht schon wieder über Arbeit nachdenken. Warum nahm sie nicht für ein ganzes Jahr eine Auszeit, um sich ganz auf sich selbst zu konzentrieren? Wenn sie einmal entspannt mit offenen Augen für die männliche Welt durchs Leben ging, lernte sie vielleicht endlich ihren eigenen Seelenverwandten kennen. Der Wind frischte wieder auf. Bettina kuschelte sich in die bereitgelegte Wolldecke.

Als sie heute Morgen den ersten Kaffee auf ihrer Terrasse am Rand der Dünen getrunken hatte, um sich darüber klar zu werden, wie ihre nächsten Schritte aussehen sollten, war ihr Blick zu Constanzes Bungalow gewandert. Erst wollte sie gar nicht glauben, dass dort tatsächlich Felix mit einer Tasse in der Hand saß. Seiner spärlichen Bekleidung nach zu urteilen, hatte er die Nacht bei Constanze verbracht.

Dieser Schwächling! Obwohl er so kalt abserviert wurde, kroch er gleich wieder unter ihre Decke, sobald die Bahn frei war! Hatte er denn gar keine Selbstachtung? Bettinas Verständnis für das Verhalten ihrer Schwester hielt sich ebenfalls in Grenzen, allerdings war es nicht wirklich eine Überraschung. Constanze war eben labil, stets hängte sie ihr Fähnchen nach dem Wind. Soweit Bettina denken konnte, hatte es immer einen Mann an ihrer Seite gegeben, allein kam sie vermutlich gar nicht zurecht. Nun ließ sie sich von ihrem Ex trösten! Das setzte der Geschmacklosigkeit die Krone auf! Wäre sie bloß gleich bei ihm geblieben!

Hätte Konstantin auch sterben müssen, wenn sie selbst am Samstag als Braut auf dem Marktplatz von Friedrichstadt oder sonstwo erschienen wäre? Hing die Ermordung mit Constanzes Winkelspiel zusammen oder war sie davon unabhängig? Diese Frage kam ihr erst jetzt in den Sinn, als sie bei ihrem Glas Wein in dem heimeligen Restaurant im alten Dorf von St. Peter saß. Der Aspekt übte eine seltsame Faszination auf sie aus. Was konnte der Grund für seinen Tod sein, wenn es einen Zusammenhang mit Constanze gab? Und wer hatte ein Motiv? Offenkundig nur Felix, aber bei aller Abschätzung konnte Bettina sich ihren Beinahe-Schwager nicht als Mörder vorstellen. Er war schon immer ein wenig schwächlich dahergekommen. Beruflich erfolgreich, aber in der Beziehung zu Constanze hatte er immer die unterlegene Rolle gespielt. Die Initiative ging stets von ihrer Schwester aus, damit schienen beide glücklich zu sein, oder auch nicht. Als Konstantin anfing, mit ihr zu flirten, ließ sie ihren Felix fast umgehend fallen. Was steckte also hinter dieser schnellen Versöhnung? Wollte sich Constanze nur trösten lassen? Was waren dabei Felix‘ Motive? Im Grunde war es Bettina egal, wie die beiden tickten und ob sie zusammen ihr Glück fanden, aber in Bezug auf den Mordfall war es eine Überlegung wert.

Nur gut, dass sie ihre Reise gebucht und bereits bezahlt hatte. Bis zur Vorlage ihrer Kreditkarte hatte sie selbst daran gezweifelt, es durchzuziehen. Ihr Verantwortungsgefühl war stark. Ungern wollte sie das Verhältnis zu ihrem Vater trüben. Es war belastend genug, mit ihrer Mutter keine enge Beziehung zu haben – und zu ihrer Schwester. Wen hatte sie denn schon?

Bevor sie in Trübsal über ihr armseliges Leben verfiel, bezahlte sie die Rechnung, um wieder zu Fuß am Strand zurückzulaufen. Sie hatte einen Plan, den es in die Tat umzusetzen galt.

Es war zwar trocken, aber der Wind hatte mit dem auflaufenden Wasser weiter aufgefrischt. Hoch tosten die Wellen an den Strand. Bettina genoss es, der wilden Kraft der Flut zuzuschauen, die Treibholz und Muscheln mit sich brachte, die in den nächsten Tagen von den Urlaubern eingesammelt wurden. In Koffern würden sie ihren Weg durch die gesamte Republik fortsetzen. Bettina hoffte sehr, dass ihr Afrika genauso ein Gefühl der Leichtigkeit vermitteln würde, wie diese Ursprünglichkeit. Sie hob eine besonders schöne Herzmuschel auf, die feucht in bläulichen Tönen wie das Meer schimmerte. Gedankenverloren strich sie mit dem Daumen über die unebene Oberfläche der Außenseite, bevor sie sie schließlich umdrehte. Innen glänzte sie wie Perlmutt und fühlte sich glatt wie eine Perle an. Sie beschloss, das kleine Wunder der Natur als Talisman mit auf ihre Reise durch den heißen Kontinent zu nehmen. Ein Stück Heimat in der Fremde!

Bewusst hatte sie an diesem Tag ihr Handy in dem Bungalow gelassen, um ungestört den Tag zu verbringen. Es fühlte sich neu an, nicht erreichbar zu sein, und es bedeutete eben auch, nicht erreicht zu werden, also mit sich allein zu sein.

Wie erwartet zeigte das Telefon nach ihrer Rückkehr in die *Weiße Düne* einen entgangenen Anruf von ihrem Vater, dazu eine Nachricht auf ihrer Mailbox. Das war typisch. Jeder andere hätte es vermutlich fünf oder zehn Mal versucht, nicht so Johannes von Haferkamp. Wenn er eine Nachricht hinterließ, rechnete er fest mit einem Rückruf. Wozu sollte er es erneut versuchen?

Bettina verspürte nicht die geringste Lust, die Mailbox abzuhören. Sie kannte den Inhalt. Ja, ein Anruf im Büro wäre fair gewesen, gerade nach den Ereignissen des Wochenendes. Aber vermutlich hätte sie dann nicht die Kraft aufgebracht, eine Reise zu buchen, die in einer Woche begann. Ihr Vater hätte sie davon überzeugt, im Moment nicht auf sie verzichten zu können, an ihr Pflichtbewusstsein appelliert und sie wäre am Ende eingeknickt. Wie gern hatte sie diese Worte in den letzten Jahren gehört, doch was hatten sie aus ihr gemacht? Sie drehte sich im Kreis!

Eigentlich wollte sie gleich nach ihrer Rückkehr in das Ferienhaus mit Packen beginnen, doch plötzlich übermannte sie eine ungewohnte Kraftlosigkeit, die sie erschöpft in den Sessel sinken ließ, den sie sich vor das bodentiefe Fenster mit Blick in die Dünen gerückt hatte. Als das Telefon klingelte, rechnete sie mit dem Anruf ihrer Assistentin, der längst überfällig war. Stattdessen zeigte das Display den Namen ihres Vaters.

„Du weichst von deinen Gewohnheiten ab", nahm sie den Anruf grußlos entgegen.

„Da du von deinen Gewohnheiten abweichst, nehme ich mir das gleiche Recht heraus!", kam seine schroffe Antwort, die sie unwillkürlich zum Lächeln brachte. „Was ist los mit dir? Du hast in all den Jahren nicht einen Tag gefehlt! Und nun sagst du nicht einmal Bescheid, wenn du deinem Arbeitsplatz fernbleibst!"

Sofort bekam Bettina ein schlechtes Gewissen. Natürlich hätte sie wenigstens eine kurze Nachricht schicken können.

„Bist du etwa immer noch in St. Peter-Ording?", stellte er die nächste Frage.

„Ja, die Ereignisse haben mich einfach mitgenommen, ich brauchte eine Auszeit", entgegnete sie etwas lahm, wobei sie sich sicher war, ihren Vater damit weiter zu verärgern.

„Vergiss diesen Konstantin. Es war ein großer Fehler, ihn in unsere Familie integrieren zu wollen. Es hat uns kein Glück gebracht!"

„In erster Linie hat es ihm kein Glück gebracht, Vater! Hast du schon einmal darüber nachgedacht, dass er vielleicht nur deswegen tot ist, weil er Teil unserer Familie werden wollte?" Mittlerweile war es ihr egal, wie sauer er wurde. Sie hatte die ganze Lügerei einfach satt.

„Bist du völlig übergeschnappt? Bettina, ich kann verstehen, wie viel dieses Wochenende dir abverlangt hat. Erst musstest du dir Constanze als Braut anschauen, obwohl es eigentlich deine Hochzeit gewesen wäre, dann findest du den Toten. Das war wirklich schlimm!" Kurz wurde seine Stimme sanft, bevor er wieder losdonnerte: „Aber was soll so eine Frage? Du tust ja geradezu, als wäre er von jemandem aus unserer Familie ermordet worden! Das ist ja wohl nicht dein Ernst!"

„Du weißt genau, dass ich es so nicht gemeint habe!“ Nun hob auch Bettina ihre Stimme. „Trotzdem habe ich mich gefragt, ob er jetzt tot wäre, wenn er nicht plötzlich seine Liebe zu meiner süßen Schwester entdeckt, sondern mich geheiratet hätte.“

Johannes war sprachlos. „Du glaubst, Felix könnte hinter dem Mord stecken?“, brachte er nach einer Weile des Schweigens gepresst hervor.

„Eigentlich nicht, obwohl ich darüber nachgedacht habe. Im Grunde halte ich ihn dafür zu schwach, auch wenn er Constanze scheinbar immer noch vergöttert.“

„Bettina, komm nach Hause. Es tut dir nicht gut, in der *Weißen Düne* zu bleiben. Constanze braucht dich nicht. Eure Mutter wird sich schon um sie kümmern, außerdem ist Felix bestimmt noch da, um sie zu trösten. Vermutlich hofft er wirklich, sie würde zu ihm zurückkommen. Sollen die doch machen, was sie wollen. Komm hierher, ich brauche dich in der Firma an meiner Seite.“

Erstaunlich, wie schnell ihr Vater das Thema wechselte, wenn es um seine Interessen ging. Nicht einmal der Mord an seinem Fast-Schwiegersohn interessierte ihn lange genug, um weitere Worte darüber zu verlieren. Wie passte das eigentlich mit seinem katholischen Glauben zusammen? Warum hatte ihr Onkel Karl ihn als Heuchler beschimpft? War ihm diese Diskrepanz aufgefallen oder steckte mehr dahinter?

Schon war er dabei, Bettina zu schmeicheln, damit sie ins Büro kam und in seinem Sinne funktionierte. Wie satt sie das hatte! Im Grunde wollte sie es nicht einmal mehr für die Tage vor ihrer Reise, um ihre Aufgaben vernünftig zu übergeben. Johannes kam ohne sie klar! Alles war in bester Struktur durchorganisiert. Sie würde morgen nach Hause fahren, um sich sorgfältig auf den Urlaub vorzubereiten: Einkaufen, Packen, Entspannen. Einfach einmal alles hinter sich lassen.

„Nein!" Ihre Antwort kam energischer, als sie sich selbst zugetraut hätte.

„Nein?"

„Ich komme nicht in die Firma zurück. Nicht jetzt, Vater. Ich nehme mir für einen Monat eine Auszeit, um in Urlaub zu fahren und mir zu überlegen, wie es mit meinem Leben weitergehen soll. Immer nur zu arbeiten, kann nicht Sinn der Sache sein. Im Grunde lebe ich gar nicht! Ich funktioniere für die Firma, für dich, für die Vergrößerung des Familienvermögens. Wozu das alles? Ich brauche Zeit, um darüber nachzudenken. Außerdem nehmen mich die Geschehnisse mit. Du scheinst gleich wieder zur Tagesordnung übergehen zu können. Mir wird das nicht gelingen. Wenn ich nachts im Bett liege, sehe ich Konstantin tot in diesem Strandkorb sitzen. Ja, er hat mich verletzt! Trotzdem finde ich wirklich schrecklich, was ihm nun widerfahren ist. Ich brauche Abstand von allem hier."

„Das verstehe ich, Bettina. Du verstehst mich falsch. Ich gehe nicht einfach zur Tagesordnung über, aber ich leite ein Unternehmen. Arbeit ist außerdem die beste Ablenkung, das wirst du auch erkennen, wenn du erst wieder hier bist", versuchte er sie, nach seiner Manier zu überreden.

„Nein, dieses Mal wickelst du mich damit nicht ein! Mein Entschluss steht fest, meine Reise ist gebucht und ich werde in dieses Flugzeug steigen. Bitte akzeptiere meinen Wunsch! Ich melde mich nach meiner Rückkehr bei dir, dann sehen wir weiter." Grußlos beendete Bettina das Gespräch. Erst jetzt bemerkte sie, wie sehr das Telefonat sie angestrengt hatte. Zitternd legte sie das Smartphone auf den kleinen Tisch und atmete einmal tief durch. Sie hatte es geschafft, sich gegen ihren Vater durchzusetzen! Das war ein Anfang, den sie mit einem Glas Rotwein begießen sollte. Sie bestellte sich dazu einen Salat mit gegrilltem Hähnchenfleisch und ließ sich ein

Schaumbad ein, das sicherlich zur Beruhigung ihrer Nerven beitragen würde.

Wie erwartet schwieg ihr Telefon. Johannes von Haferkamp war nicht der Typ, der bettelte. Bettina verdrängte alle Gedanken an ihn. Sie wollte jetzt nicht darüber nachdenken, wie er sich fühlte oder wie ihre Zukunft im Familienunternehmen aussah. Vermutlich stieg sogar sein Respekt vor ihr, weil sie es endlich einmal geschafft hatte, sich zu hundert Prozent durchzusetzen.

Sie aß nur die Hälfte von dem Salat, kam mit dem Inhalt der Rotweinflasche aber sehr weit. Nach dem ausgiebigen Bad kuschelte sie sich in das weiche Bett und schlief traumlos bis in die frühen Morgenstunden.

Dann holten sie die Bilder wieder ein. Der charmante Konstantin in seinem feinen Anzug faszinierte sie bei ihrer ersten Begegnung mit einem strahlenden Lächeln auf dem Ball. Wie er sie zum Tanzen aufforderte, sie galant durch den Saal wirbelte, ihr nie gekannte Glücksgefühle schenkte. Die darauffolgenden Wochen waren der Inbegriff der Leichtigkeit gewesen. Champagner zum Frühstück, schmeichelnde Komplimente, ungeahnte Lebensfreude.

Bis zu dem Abend, an dem er Constanze kennenlernte, war alles perfekt gewesen. Die Hüter ihrer Träume waren gnädig gestimmt. Seinen Fehler einsehend kehrte Konstantin zu ihr zurück, bat um Verzeihung und beteuerte, ohne Bettina nicht leben zu können. Obwohl sie ihm die kalte Schulter zeigte, ließ er nicht locker. Als Blumen sowie Anrufe nicht zum Ziel führten, wurde er massiver. Er kam zu ihrem Haus, um sie mit hämmernden Fäusten von der Ernsthaftigkeit seiner Absicht zu überzeugen.

Bettina zog sich die Decke über den Kopf, um nicht weiter in Versuchung geführt zu werden. Sie musste standhaft bleiben. Das führte zu nichts!

Erst als sie die hysterischen Schreie wahrnahm, wurde ihr bewusst, dass diese nicht zu Konstantin gehörten. Sie meinte, die Stimme zu kennen, allerdings war sie von der sie begleitenden Panik verändert. Als das Hämmern wieder einsetzte, sprang sie aus dem Bett, schnappte sich den weißen Bademantel. Nachdem sie ihn mit fahrigen Händen übergestreift hatte, öffnete sie die Tür. Davor stand ein völlig verschwitzter sowie aufgelöster Felix, der sie mit dem nächsten Faustschlag fast getroffen hätte.

„Bettina ... Bettina ..." Mehr brachte er nicht heraus.

„Felix! Was ist denn passiert? So beruhige dich doch!" Hilflos stand Bettina vor dem panischen Mann, der am ganzen Leib schlotterte.

„Willst du reinkommen und dich setzen? Du fällst ja gleich um!", bot sie ihm an.

„Bettina ... Constanze ..." Felix war nach wie vor nicht in der Lage zu sagen, was geschehen war.

„Constanze? Was ist mir ihr?" Bettina fragte sich automatisch, ob ihre Schwester ihren Ex nach zwei gemeinsam verbrachten Nächten wieder abserviert hatte, aber würde ihn das in solche Panik versetzen?

„Sie ist weg!", brachte er über die Lippen.

Das sah ihr ähnlich. Ohne ein Wort abzuhauen. Da schienen die unterschiedlichen Schwestern etwas gemeinsam zu haben. Constanze hatte es schon immer so gehalten. Wenn es schwierig wurde, flüchtete sie. Nur bei Bettina war es eine neue Anwandlung.

Doch warum drohte Felix beinahe umzukippen? Er kannte sie gut genug, um zu wissen, wozu sie in der Lage war. Brachte ein erneutes Verlassenwerden ihn dermaßen aus der Fassung?

„Bettina, hör mir zu! In dem Schlafzimmer ist überall Blut! Auf dem Bett und auf dem Teppich davor! Es muss etwas Schreckliches passiert sein! Der Mörder hat bestimmt wieder zugeschlagen! Jetzt hat er sich auch noch die Braut geholt!“

Torge in St. Peter-Ording

Montag, den 11. Mai

Zurück in seinem kleinen Büro war Torge zu dem Entschluss gekommen, Annegret die frohe Botschaft von der unerwarteten Prämie lieber persönlich zu erzählen. Die großen Augen und das anschließende Strahlen, das den gesamten Raum erleuchtete, wollte er sich nicht entgehen lassen. Trotzdem setzte er sich für einen Moment in den bequemen Bürostuhl, um selbst den Scheck in Ruhe anzugucken.

Heute war sein Glückstag!

Nachdem er sich eine Weile der Gefühlsduselei hingegeben hatte, packte er das Papier in seine Tasche, um den restlichen Tag zu planen. Zu gern würde er mit den Damen Marion von Haferkamp und ihrer Mutter Martha ins Gespräch kommen. Ob das Familienoberhaupt Johannes noch in der Ferienanlage weilte? Vermutlich war er bereits zu seinen Geschäften nach Hamburg zurückgekehrt.

Schwungvoll stand Torge auf. Das würde er als Erstes herausfinden. Wie es häufig passierte, knallte der Stuhl dabei an die dahinterliegende Wand. Auf dem Weg zu dem Premium-Bungalow rief er bei Hannes Weber, dem Schwager von seinem Kollegen Hansen an, um zu fragen, ob er am späten Nachmittag vorbeikommen könnte. Wenn er sich richtig erinnerte, war Hannes Ende letzten Jahres in den Ruhestand gegangen, damit standen seine Chancen für ein spontanes Treffen sehr gut.

In einem kurzen Telefonat einigten sie sich auf 17.30 Uhr. Als er das Ferienhaus fast erreicht hatte, kam ihm plötzlich eine großartige Idee.

Am besten nahm er einen Zeichner mit zu Hannes, um quasi gleich Phantombilder erstellen zu lassen. Das würde die Kommissarin sicherlich beeindrucken! Schnell entfernte er sich wieder, sein nächstes Telefonat führte er lieber außerhalb der Sichtweite der Familie. Das wäre peinlich, wenn sie sahen, wie er mit dem Smartphone am Ohr herumlungerte.

Schnell scrollte er durch die lange Kontaktliste seines Handys, um die Nummer von Bernie Fischer herauszusuchen. Der brummige Nordfriese gehörte zu den gutmütigsten Menschen, die Torge kannte. Er war schon fast achtzig Jahre alt und lebte allein in einer alten Fischerkate im Tümlauer Koog. Nicht viele moderne Errungenschaften der technischen Welt hatten den Weg in sein kleines Haus direkt hinter dem Deich geschafft, aber ein Telefon besaß er. Bernie war außerdem ein großartiger Zeichner! Vor langer Zeit hatte er sogar als Phantomzeichner für die Polizei gearbeitet. Als die Computer Einzug hielten, verließ er die Behörde und wurde Fremdenführer, der ausgefallene Porträts von Touristen vor der nordischen Kulisse ihrer großartigen

Landschaft anfertigte, die er ihnen im Anschluss als Souvenirs verkaufte. Mittlerweile genoss er seinen Ruhestand, den er sehr zurückgezogen verbrachte. Torges Besuche waren ihm jedoch immer willkommen, sofort war er bereit, sich von dem Freund abholen zu lassen, um bei Hannes Phantombilder der vermeintlich Verdächtigen zu erstellen.

Torge war zufrieden. Im nächsten Schritt würde er bei den Damen anklopfen. Sich für die großzügige Prämie zu bedanken, war ein guter Vorwand, ihnen ein wenig Trost zu spenden. Vielleicht war es möglich, bei einem harmlosen Schnack ein paar kleine Geheimnisse in Erfahrung zu bringen. Bei älteren Deerns hatte Torge schnell einen Stein im Brett.

Marion von Haferkamp öffnete ihm die Tür und empfing ihn mit einem Lächeln. „Ah, guten Tag Herr Trulsen. Gibt es etwas Neues in den Ermittlungen?"

„Moin Frau von Haferkamp. Nein, dafür ist es etwas früh, aber wir verfolgen mehrere Spuren. Ich bin eigentlich hier, um mich bei Ihnen für die großzügige Prämie zu bedanken."

„Das ist aber nett." Marion von Haferkamp war sichtlich erfreut. „Kommen Sie herein! Meine Mutter und ich wollen gerade Kaffee trinken. Sie essen bestimmt ein Stück Kuchen mit uns, oder? Nach all der Arbeit haben Sie eine Extra-Pause verdient." Mit diesen Worten ging sie voran in den hellen Wohnraum mit dem atemberaubenden Blick über die Dünen.

Torge verstand, warum die Urlauber von der Lage der Premium-Bungalows so begeistert waren. Die leicht hügelige Dünenlandschaft war in diesem Abschnitt überwiegend von Gräsern in hellem Sand geprägt. Ein bisschen weiter längs mündete sie in eine Heidelandschaft und schließlich in bewaldete Flächen, die einen besonderen Schutzraum für viele Arten boten.

„Obwohl Sie die Landschaft täglich vor Augen haben, scheinen Sie immer noch begeistert davon zu sein!", bemerkte seine Gastgeberin freundlich.

„Oh, Entschuldigung. Meist habe ich so viel zu tun, dass ich hier nicht am Fenster stehe, um in die Dünen zu blicken, da habe ich mich gerade hinreißen lassen. Für mich ist das einfach der schönste Ort auf der Welt." Torge folgte der Einladung an den Kaffeetisch zu der Mutter, von der er lediglich wusste, dass sie Martha hieß und bereits über neunzig Jahre alt war.

„Wie geht es Ihnen jetzt? Das war ja ein schockierendes Wochenende!", fing er das Gespräch mit Small Talk an.

„Ja, wir sind ziemlich fassungslos und erschöpft. Deswegen haben wir beschlossen, einfach eine Weile hierzubleiben. Meine Tochter Constanze hat sich angeschlossen. Vielleicht können wir uns gegenseitig Trost spenden oder Kraft geben", antwortete Marion von Haferkamp, während sie Kaffee in die bereitgestellten Tassen schenkte.

„Nehmen Sie Milch und Zucker?"

„Nur Zucker – danke", antwortete Torge mechanisch. „Ihr Mann musste bestimmt zurück nach Hamburg fahren."

„Ja, das Geschäft ist das Wichtigste für ihn. Es fällt ihm extrem schwer, einfach einmal loszulassen. Ohne sich selbst zu kümmern, ist er nur ein halber Mensch, wie man so sagt." Sie traf die Aussage eher sachlich als bedauernd. „Sind Sie auch so ein Arbeitstier?"

Torge kratzte sich verlegen am Kopf, was seine blonden Locken weiter in Unordnung brachte. „Ab und zu höre ich Klagen von meiner Frau, aber manchmal geht es eben nicht anders." Torge lächelte ungewohnt verlegen, schließlich waren genau für seine Gastgeber in den letzten Wochen viele Überstunden angefallen.

„Wir sind dafür sehr dankbar, auch wenn es diesen unschönen Ausgang genommen hat. Unser Feriendorf *Weiße Düne* ist bei Ihnen in den besten Händen, das ist neben der Lage natürlich extrem wichtig. Ich habe heute einen herrlichen Spaziergang unternommen. Es ist einfach grandios, nur ein paar Schritte über die Stege durch die Dünen zu gehen und schon auf dem herrlich breiten Strand zu sein."

Torge wurde ungeduldig, er liebte diese Gegend, aber heute wollte er keiner Beschreibung der außergewöhnlichen Landschaft mit ihren faszinierenden Naturelementen lauschen. Er wollte etwas über die Familie erfahren. Krampfhaft überlegte er, wie er den Redefluss stoppen konnte, ohne unhöflich zu wirken. Endlich legte Marion von Haferkamp eine kurze Pause ein.

„Hat Ihre Schwägerin Sie begleitet?", fragte er unschuldig.

Einen Moment schien die Gefragte irritiert, dann fing sie sich wieder.

„Luise? Nein, ich weiß gar nicht, ob sie noch da ist. Ich habe sie heute nicht gesehen. Vermutlich ist sie bereits abgereist."

Torge gab an dieser Stelle nicht zu, es besser zu wissen. Während er überlegte, wie er das Gespräch weiterführen sollte, ohne zu neugierig nachzufragen, kam die alte Martha ins Plaudern.

„Unser Verhältnis zu Luise ist nicht allzu gut", verriet sie dem gespannt lauschenden Torge. „Früher war das anders. Sie war selbst früher ganz anders. Es gab rauschende Feste, auf denen sich die ganze Familie traf, es wurde gut gegessen, getrunken und dabei herrlich diskutiert. Zwischen Johannes und Luise gab es schließlich ein Zerwürfnis. Die beiden haben darüber keine großen Worte verloren, es unter sich ausgemacht. Danach hat sich viel verändert. Sie sind nicht komplett getrennte Wege gegangen, aber die Herzlichkeit war verschwunden."

Das hörte sich zwar nicht nach einem Zusammenhang mit dem aktuellen Mordfall an, aber Torge war trotzdem interessiert, mehr zu erfahren.

„Ist das lange her?", motivierte er sie zum Weiterreden.

„Ach, Mama, das sind alte Geschichten. Lass es gut sein", insistierte Marion von Haferkamp, aber ihre Mutter ließ sich nicht beirren.

„Ja, das muss über vierzig Jahre her sein. Ihr Verhältnis ist nie wieder so wie früher geworden. Trotzdem ist Luise unseren Einladungen zu Anlässen wie Geburtstagen gefolgt. Sie hat ja auch die Patenschaft für Constanze übernommen. Mich hat das sehr gewundert. Von der Familie zurückgezogen lebt sie erst, seit ihr zweiter Mann mit ihrem Vermögen durchgebrannt ist. Sie hat sich in das schäbige kleine Haus hinter dem Elbdeich verkrochen. Nur Bettina und Constanze durften sie besuchen, aber es soll verheerend ärmlich sein."

Trotz der dramatischen Ereignisse des Wochenendes, verbunden mit dem Tod des Fast-Schwiegersohnes, schien Geld eine vorherrschende Rolle in den Gedanken dieser Frauen zu spielen. Das nachzuvollziehen, fiel Torge schwer. Sollte er nachfragen, worum es bei dem Streit zwischen den Geschwistern gegangen war? Wusste Marion von Haferkamp davon? Da sie versucht hatte, ihre Mutter am Weiterreden zu hindern, würde sie selbst sicherlich nichts preisgeben.

„Luise lebt in ihrem festen Glauben an Gott. Das hat sie mit meinem Mann gemeinsam. Ihre katholische Erziehung spielt eine große Rolle, auch wenn die beiden mittlerweile sehr unterschiedlich leben. Luise hat den Annehmlichkeiten, die man mit Geld kaufen kann, abgesprochen. Vermutlich zwangsläufig. Es scheint ihr allerdings nichts auszumachen. Im Gegenteil. Nicht selten habe ich den Eindruck, dass sie uns für unseren Lebensstil verachtet. Aber diese Familiengeschichten interessieren Sie vermutlich überhaupt nicht. Haben Sie eine Idee, wofür Sie die Prämie ausgeben wollen?", wechselte Marion von Haferkamp das Thema in einem Tonfall, der signalisierte, nicht weiter darüber sprechen zu wollen.

Torge erzählte kurz von dem Wunsch seiner Frau, bevor er sich höflich verabschiedete, wobei er ihnen erholsame Tage wünschte.

Insgeheim war der Hausmeister enttäuscht über die magere Ausbeute des Gesprächs. Einzig neu war das Zerwürfnis vor über vierzig Jahren. Er würde versuchen, Luise dazu zu befragen, versprach sich aber nicht viel davon. Was sollte ein so alter Familienstreit mit dem aktuellen Mordfall zu tun haben?

Es blieb ihm ein wenig Zeit, vor der Verabredung mit Hannes und Bernie bei dem Ferienhaus von Luise vorbeizuschauen.

Vorher checkte Torge seine eMails. Lagen wichtige Arbeitsaufträge vor? Keinesfalls wollte er die Lessing verärgern, wo er gerade so gut dastand! Doch sein Postfach war leer. Alles war auf einem hervorragenden Stand und die Hauptsaison hatte noch nicht einmal begonnen. Wenn die Flut der Urlauber erst über sie hinwegrollte, würde sie genug überzogene Erwartung und Zerstörung mit sich bringen, Torge genoss die sprichwörtliche Ruhe vor dem Sturm.

Schnell war er am anderen Ende der Ferienanlage angekommen. Es passte ins Bild, dass der Bungalow, den Luise bewohnte, zu den Kleinsten gehörte und abseits von den anderen mit einem unspektakulären Blick landeinwärts lag. Da sie sich vermutlich nicht an der Prämie beteiligt hatte, überlegte Torge, mit welchem Aufhänger er bei ihr anklopfen könnte. Einfach nach ihrem Wohlbefinden fragen, oder ob in dem Haus alles in Ordnung sei? Das war sogar in seinen eigenen Augen recht plump. Während er weiter darüber nachdachte, kam ihm schließlich der Zufall zu Hilfe. Gekleidet mit einem altmodischen Trainingsanzug lief sie ihm quasi direkt in die Arme.

„Guten Tag Herr Trulsen", begrüßte sie ihn erfreut. „Meine Nichte hat vor diesem Desaster in den höchsten Tönen von der Vorbereitung der Hochzeit gesprochen. Scheinbar haben Sie wirklich Freude an Ihrer Arbeit. Wirklich schade, wie es enden musste."

Schade war ein milder Ausdruck, aber Torge widersprach natürlich nicht.

„Moin Frau Luise. Ja, ich bin hier am richtigen Platz. Was für eine Überraschung, Sie joggen zu sehen."

„Ich laufe bereits mein ganzes Leben lang jeden Tag ein paar Kilometer, das hält mich fit – und Laufen kann man überall. Man braucht nicht viel Gedöns drumherum. Umziehen und los geht es. In dieser Umgebung ist es herrlich! Eigentlich wollte ich gestern abreisen, aber Constanze hat mich überredet, ein paar Tage zu bleiben. Ich denke, sie will mich in ihrer Nähe haben, bis der Schock ein wenig nachgelassen hat."

„Sie scheinen ein enges Verhältnis zu ihr zu haben", versuchte Torge, mehr über die Familienbande zu erfahren.

„Obwohl wir uns nicht mehr allzu oft sehen, sind wir miteinander sehr verbunden. Die Verantwortung der Patentante endet eben auch im Erwachsenenalter nicht unbedingt. Ich sorge mich um sie, auch wenn sie jetzt eine junge Frau ist, die auf eigenen Füßen steht."

Wie konnte Torge auf den alten Streit mit Johannes von Haferkamp zu sprechen kommen? Immerhin war es unter diesen Umständen eher ungewöhnlich, die Patenschaft für seine Tochter zu übernehmen.

„Trotzdem treffe ich Sie alleine an", versuchte er sie zu motivieren, mehr über sich zu erzählen.

„Constanze braucht gerade ein wenig Zeit für sich. Sobald sich das ändert, kann sie mich einfach anrufen."

„Und Ihre Schwägerin? Ist das nicht eine gute Gelegenheit, mit ihr ein bisschen Zeit zu verbringen? Bitte halten Sie mich nicht für aufdringlich. Ich mache mir Sorgen um Sie! Es muss ein großer Schock gewesen sein, den Bräutigam Ihres Patenkindes tot zu wissen." Torge war neben seiner Neugier wirklich besorgt um die ungewöhnliche ältere Dame, die auf ihn wieder ein wenig verloren wirkte.

„Ach, hören Sie mir mit Marion und Martha auf. Diese oberflächlichen Gänse beschäftigen sich nur mit sich selbst und ihren Einkaufstouren. Haben Sie den Schmuck gesehen, mit dem sie zu dem Essen erschienen sind, das eigentlich die Hochzeitsfeier werden sollte? Einfach geschmacklos! Auch wenn wir zu diesem Zeitpunkt nicht wussten, dass wir Konstantin nicht lebendig wiedersehen würden. Ein wenig Schlichtheit und Demut würden den beiden wirklich guttun. Wie sie den von ihren Männern erwirtschafteten Reichtum ständig zur Schau stellen, finde ich wirklich abstoßend. Tut mir leid, Herr Trulsen. Manchmal verliere ich bei diesem Thema die Contenance. Ich möchte Sie nicht mit meinen Familiengeschichten belästigen. Sie haben bestimmt etwas Wichtigeres zu tun."

Torge lächelte über den Ausbruch der alten Dame. Wieder erinnerte sie ihn an Marlene, die er im letzten September kennengelernt hatte. Vielleicht sollte er sie einmal anrufen, um sich nach ihrem Wohlbefinden zu erkundigen.

„Sie belästigen mich nicht. Die eigene Familie ist nicht immer nur Grund zur Freude. Wer kennt das nicht?" Torge fragte sich, ob er es wagen konnte, sie zu fragen, warum sie Patin für Constanze geworden war, obwohl sie sich mit ihrem Bruder überworfen hatte und von ihrer Schwägerin nicht viel hielt. Bei aller Forschheit traute er sich das in diesem Moment nicht. Er hoffte inständig, es würde dafür eine bessere Gelegenheit geben. An dieser Stelle kam es ihm zu aufdringlich vor.

„Ich muss jetzt unbedingt unter die Dusche", beendete Luise das Gespräch. „Machen Sie sich keine Sorgen um mich, ich komme schon klar. Schauen Sie lieber mal nach Constanze, wenn Sie etwas Gutes tun wollen. Sie scheint mir sehr durch den Wind zu sein. Ist ja kein Wunder. Armes kleines Mädchen!" Damit winkte sie kurz und verschwand kurz darauf in ihrem kleinen Ferienhaus.

Überpünktlich um Viertel nach fünf traf Torge bei Bernie ein. Der Alte saß auf seiner Bank auf dem Deich, der direkt an sein Grundstück angrenzte. Die alte Fischerkate war, wie Torges eigene reetgedeckte Kate in Tating, bereits über dreihundert Jahre alt und einfach grandios gelegen. Da es keine Baugenehmigungen mehr gab, wurde Bernie regelmäßig von Maklern heimgesucht, die ihn zum Verkauf des stilvollen alten Hauses überreden wollten. Doch der Nordfriese, der hier sein ganzes Leben verbracht hatte, warf sie alle im hohen Bogen hinaus. Torge erinnerte sich gut an eine Begegnung dieser Art. Der sonst so sanfte Bernie war regelrecht fünsch geworden. Mit lauter Stimme fragte er den Vermittler, wo er denn wohnen sollte, wenn er sein Heim verkaufte. Dieser rechnete sich wohl schon aus, wie hoch seine Provision im Falle des Verkaufs des Kleinods war und hörte einfach nicht zu. Stattdessen versuchte er weiter, dem alten Mann die Summe sowie die sich daraus ergebenen Möglichkeiten schmackhaft zu machen. Staunend fragte sich Torge automatisch, ob sein eigenes Haus genauso viel wert war.

Letztendlich wollten beide Männer ihre Häuser nicht in die Hände von Feriengästen fallen sehen. Bernie wurde an jenem Tag ein paar Oktaven lauter, wodurch der Makler es endlich begriff und genervt abrauschte. Mit über die Weite der Nordsee schweifendem Blick saß er mit seiner nicht wegzudenkenden Pfeife zufrieden auf der Bank. Als Torge nach ihm rief, griff er nach der neben ihm liegenden Mappe, um dann etwas mühsam den Deich herunterzuklettern, der an dieser Stelle keine Stufen zu bot.

Torge fragte sich, ob die gebeugte Haltung eine Folge des jahrzehntelangen Wohnens in der Kate mit der niedrigen Decke oder es einfach nur dem Alter geschuldet war.

„Moin Torge, du bist ja wieder pünktlich wie die Krabbenfischer. Freut mich sehr, dich wiederzusehen. Bist lange nicht hier gewesen." Munter schwenkte er seine Pfeife, ohne die er nie anzutreffen war. Außerdem trug er eine alte Baskenmütze, die eindeutig ihre beste Zeit hinter sich hatte und hier überhaupt nicht in die Gegend passte. Bernie hatte sie in dem Künstlerviertel Montmartre in Paris gekauft, weil die Maler dort alle so eine Kopfbedeckung trugen, was ihm richtig gut gefiel. Seit die Haare immer lichter wurden, war sie genauso zu seinem Markenzeichen geworden wie die qualmende Pfeife, mit der er jetzt gut gelaunt in Torges alten Kombi stieg.

„Moin Bernie, ich freue mich auch", antwortete Torge, obwohl seine Mimik dem widersprach. Seine bessere Hälfte würde mit ihm meckern, wenn das Auto nach kaltem Rauch roch.

„Jo, das ist dir deutlich anzusehen. Ich mach sie schon aus, will ja nicht, dass du mit deiner Annegret Ärger bekommst. Wie geht's denn deiner seuten Deern?" Gutmütig klopfte Bernie den Tabak heraus, um die Pfeife anschließend in seiner ausgebeulten Hosentasche verschwinden zu lassen.

„Danke dir. Es geht ihr gut, aber ich muss mal wieder ein bisschen mehr Zeit für uns freimachen. Durch die anstehende Hochzeit war in diesem Frühjahr ungewohnt viel zu tun."

„Es muss furchtbar für die Braut sein. Ich hoffe, ich kann mit meinen Zeichnungen zur Aufklärung des Mordes beitragen."

Auf die Mappe klopfend fügte er hinzu. „Hoffentlich hat Hannes richtig hingeschaut, damit die Porträts am Ende möglichst naturgetreu aussehen. Da bist du also wieder in die Arbeit der Polizei eingebunden ..."

„Na ja, eingebunden ist ein bisschen viel gesagt, aber ich unterstütze Knud eben gerne, wenn ich kann." Torge wurde verlegen, dem alten Bernie konnte er nichts vormachen, das wusste er genau.

Nach nur zehn Minuten Fahrt erreichten sie das Haus in Osterhever, in dem Hannes mit seiner Familie wohnte. Seine Frau Maren empfing sie mit einem strahlenden Lächeln sowie dem Duft von frisch gebackenem Apfelkuchen, bei dem Torge gleich das Wasser im Mund zusammenlief. Prompt wurde ihnen ein Stück angeboten und obwohl er Annegrets mahnenden Blick und die enge Anzughose vor sich sah, konnte er nicht widerstehen. Dazu gab es einen anständigen Pott Kaffee in der heimeligen alten Friesenküche, die im typischen blau-weiß gehalten war.

Hannes erzählte, wie er auf den Wagen mit der Reifenpanne aufmerksam wurde. Seine Ausführungen deckten sich komplett mit dem, was Hansen ihm bereits erzählt hatte, was für ihn als aufmerksamer Zuhörer sprach..Nachdem sie ihre Mahlzeit beendet hatten, wischte Maren den Tisch ab. Hannes beschrieb so gut wie möglich die Frau und den Mann, den er auf ungefähr vierzig schätzte. Gebannt starrte Torge auf das Papier, auf dem nach und nach zwei Gesichter erschienen. Faszinierend, was Bernie mit seinen riesigen Händen für Kunstwerke schuf. Der Hausmeister hatte die beiden Verdächtigen noch nie gesehen, war sich aber sicher, die Kommissarin damit begeistern zu können.

Charlie in Hamburg

Montag, den 11. Mai

Die zehn Minuten auf ihrem kurzen Weg von Winklers Innenstadtbüro zum Hamburger Hafen nutzte Charlie, um Tobias Franke telefonisch zu erreichen. Er war am Morgen für eine Woche nach Südkorea geflogen, wodurch sie ihm umgehend einen Platz auf der Liste der Verdächtigen reservierte.

Knud konzentrierte sich auf den für ihn ungewohnt dichten Straßenverkehr, was ihr Zeit gab, ihre eMails zu checken. Die gerade in Erfahrung gebrachte Information konnte sie beim Essen mit ihm teilen. Ansgar Johannsen hatte den Obduktionsbericht geschickt. Die Wunde an Winklers Kopf war bereits ein paar Tage alt. Der Gerichtsmediziner schloss den Mörder als dafür verantwortlich aus. Sie schien sich allerdings wieder geöffnet zu haben. Zum Tode hatte die Überdosis eines starken

Schlafmittels geführt. Das klang ja geradezu langweilig! Sie war gespannt, was Knud darüber dachte.

Mit Glück erwischten sie an den Landungsbrücken einen freien Parkplatz. Bevor sie in das quirlige Portugiesenviertel eintauchten, in dem sich ein Fischrestaurant an das nächste reihte, warfen sie einen Blick auf die Elbe sowie die darauf schippernden Schiffe.

„Immer wieder ein grandioser Anblick. Hamburg ist wirklich wunderschön. Wenn ich irgendwann beschließen sollte, Eiderstedt zu eintönig zu finden und in die große Stadt ziehen zu wollen, dann ist auf jeden Fall diese Hansestadt meine erste Wahl!", kam Knud ins Schwärmen. „Ich kann mittlerweile verstehen, dass Sie hier gar nicht wegwollten. Für eine Metropole gibt es hier erstaunlich viel Grün – und dann die Alster und die Elbe, da kann man fast auf die Nordsee verzichten."

„Aber nur fast, Sie würden doch nie ihr geliebtes St. Peter-Ording gegen Hamburg eintauschen, das glaube ich Ihnen nicht." Charlie ließ sich gerne auf den Moment der Leichtigkeit ein. Spätestens beim Essen würden sie wieder über den Mordfall reden. Es tat gut, nach diesem langen Tag, eine Pause einzulegen.

Knud wiegte den Kopf hin und her, langsam schlich sich das Grienen in sein Gesicht, das Charlie so sehr mochte.

„Vermutlich haben Sie recht, aber eine schöne Stadt ist es wirklich. Doch genug des Sightseeings, ich habe wirklich Hunger! Haben Sie ein Lieblingsrestaurant oder gucken wir einfach, wo es uns gefällt?"

Charlie war sich nicht sicher, was die Stimmung auslöste, aber sie fühlte sich plötzlich so übermütig, dass sie sich am liebsten bei Knud eingehakt hätte, um mit ihm so durch die Straßen ihrer geliebten Stadt zu ziehen. Vermutlich würde er das jedoch falsch verstehen und sie wollte ihr gutes Verhältnis nicht mit

Irritationen und seltsamen Klärungsgesprächen belasten. Also hielt sie sich zurück.

„Schauen wir einfach, wo es gemütlich aussieht“, antwortete sie gut gelaunt. Auch sie war hungrig und freute sich auf eine gegrillte Dorade. Sie konnte es mittlerweile kaum abwarten, Knud von den Neuigkeiten zu berichten, entschied sich aber, die Auszeit für einen Moment zu verlängern.

Anscheinend hatte sie ihren Kollegen mit ihrer ausgelassenen Stimmung angesteckt. Kaum hatten sie in dem Restaurant ihrer Wahl Platz genommen, bestellte Knud ohne es mit ihr abzustimmen, eine Platte mit gegrilltem Fisch für beide, dazu zwei Gläser Weißwein sowie eine Flasche stilles Wasser. Einen konsternierten Augenblick lang ärgerte sich Charlie über sein Verhalten. Auch wenn sie im Grunde wusste, wie gut er es meinte.

Gut gemeint ist das Gegenteil von gut. Da war es wieder.

„Alles in Ordnung?“ Sensibel wie er war, hatte er den leisen Stimmungsumschwung direkt wahrgenommen. „Entschuldigen Sie, als ich diese Fischplatte auf der Tafel gesehen habe, musste ich sie einfach bestellen. Sind Sie sauer deswegen?“ Er zeigte ein zerknirschtes Gesicht.

„Sie hätten mir wenigstens die Auswahl des Weines überlassen können!“ Charlie bemühte sich redlich, ernst zu bleiben, was bei Knuds Minenspiel alles andere als einfach war.

„Das stimmt! Wie kann ich es wieder gutmachen?“, fragte er weiterhin zerknirscht.

„Da wird Ihnen sicherlich etwas einfallen - der morgendliche Kaffeedienst wird auf jeden Fall bis auf Weiteres verlängert“, ließ sie sich wieder gerne auf das Geplänkel ein.

„Sie sind ja heute milde gestimmt. Na, dann hoffe ich auf eine echte Köstlichkeit. Was hat denn das Telefonat mit dem Büro von Tobias Franke ergeben? Sollten wir ihn morgen aufsuchen?“

Knud wechselte das Thema, wobei er wieder ernst wurde. Die Pause war vorbei.

„Er ist heute Morgen nach Südkorea geflogen“, ließ die Kommissarin die Bombe platzen.

„Ist nicht Ihr Ernst! Damit gehört er eindeutig zum Kreis der Verdächtigen. Wann will er denn zurückkommen?“

„Voraussichtlich in einer Woche. Seine Sekretärin sagte, er könne das im Voraus nie genau sagen“, gab Charlie die erhaltenen Informationen an ihren Kollegen weiter. „Spontan fand ich das ebenfalls verdächtig. Mittlerweile denke ich, das ist es nur, wenn er nicht zurückkommt. Jemanden töten und am nächsten Morgen in ein Flugzeug steigen, um ans andere Ende der Welt zu fliegen? Ist irgendwie zu offensichtlich. Er scheint ja nicht gerade dumm zu sein, wenn er ein international agierendes Unternehmen führt. Außerdem will er bestimmt nicht auf Lebenszeit in Asien bleiben.“

„Immerhin war er dumm genug, eine Million Euro in die schwankende Firma von Winkler zu stecken“, gab Knud zu bedenken.

„Ja, weil er vermutlich mit falschen Zahlen und Fakten geblendet wurde!“ Charlie redete sich wieder in Rage. „Auch wenn es um eine Million geht, deswegen bringt man doch keinen um.“

„Es wurden schon Leute für erheblich kleinere Beträge ins Jenseits befördert“, konterte ihr Kollege mit einem Grienen, weil er vermutlich ihre Antwort bereits kannte.

„Sie klauen meine Argumente!“, entgegnete sie prompt, wodurch sich sein Grienen verstärkte. „Ja, machen Sie sich nur über mich lustig“, jammerte sie gespielt, bevor sie in sein Lachen einfiel.

Dann konzentrierte er sich wieder auf die Überlegungen. „Warten wir einfach ab, ob er nächste Woche zurückkommt.

Wenn nicht, können wir überlegen, wie wir damit umgehen. Ganz oben auf der Liste steht Tobias Franke nicht gerade. Hat Ansgar den Bericht geschickt?“

Charlie nickte. „Winkler ist an der Überdosis eines starken Schlafmittels gestorben. Was halten Sie davon?“, wollte sie Knuds Meinung hören, bevor sie selbst etwas dazu sagte.

„Schlafmittel, das klingt ja unspektakulär. Kann es sich um einen Selbstmord handeln?“, fragte er anscheinend selbst unsicher ob seiner Vermutung.

„Sie glauben an einen Selbstmord?“ Die Kommissarin war erstaunt. „Wie soll das denn gehen? Sein Wagen wurde nicht gefunden. Sonst übrigens auch nichts: Keine anderen Klamotten, keine Trinkflasche, gar nichts! Nicht einmal eine Tüte, in der er die Maske transportiert haben könnte.“

„Die ist vielleicht weggeflogen“, erwiderte Knud.

Charlie war sich nicht sicher, ob er diese Theorie ernst meinte oder sie nur foppen wollte, trotzdem antwortete sie mit großer Energie in der Stimme: „Er zieht sich also seinen Hochzeitsanzug an, dazu - warum auch immer - Laufschuhe, fährt mit einem Taxi an den einsamen Strandabschnitt, um sich in den Strandkorb zu setzen. Irgendwann zwischendurch schluckt er die Tabletten, setzt die Maske auf und wartet auf seinen Tod. Und wozu das alles? Da hätte er einfach in seiner Wohnung sitzen bleiben können, die ist doch wie dafür gemacht, um sich darin das Leben zu nehmen.“

„So schlimm fand ich sie nun auch wieder nicht.“

„Nun bleiben Sie mal ernst“, forderte Charlie ihren Kollegen auf. „Sie glauben nicht ernsthaft, dass es sich so zugetragen hat. Da brauchen wir ja nur die Taxifahrer aus Sankt Peter zu befragen, vielleicht noch die aus Heide, wenn er bis dahin einen Zug genommen hat.“

„Wenn er mit dem Taxi gekommen ist, dann aus Hamburg. Alles andere wäre viel zu umständlich und würde zu viele Spuren hinterlassen“ spekulierte Knud weiter.

„Was denn für Spuren?“

„Wenn er es auf diese Weise gemacht hat, dann um den Eindruck zu erwecken, er sei umgebracht worden, um es jemandem in die Schuhe zu schieben“, ereiferte sich der Kommissar.

„Klingt ziemlich weit hergeholt“, gab Charlie zweifelnd zurück. „Wissen Sie, wie viele Taxis es in Hamburg gibt?“

„Nein, Sie etwa?“ Es amüsierte Knud, sie herauszufordern.

„Ja, es gibt ungefähr 3.000, Tendenz sinkend.“ Als sie seinen ungläubigen Blick sah, fügte sie fast entschuldigend hinzu: „Ich habe vor einiger Zeit eine Reportage darüber gesehen. Wird eine Weile dauern, die Fahrer alle zu befragen.“

Als die Fischplatte serviert wurde, schwiegen sie beide. Auf einen Blick verzieh Charlie ihrem Kollegen die eigenmächtige Bestellung. Das Gericht sah nicht nur traumhaft aus, es duftete auch herrlich.

Als der erste Hunger gestillt war, nahm Charlie den Faden wieder auf: „Das mit der Selbstmordtheorie war ein Scherz, oder?“

„Möglich wäre es“, verteidigte Knud seine Theorie. „Schauen Sie sich die Fakten an. Geschäftlich geht es ihm bergab, Winkler ist nicht in der Lage notwendige Investitionen und Marketingkampagnen zu bezahlen, um sein Unternehmen erfolgreich am Markt zu halten. Sein ausschweifender Lebensstil zieht viel zu hohe Mittel aus der Firma. Wenn Sommerfeldt jünger wäre, hätte er sich bestimmt einen anderen Job gesucht; das heißt also, die Mitarbeiter sind nicht zufrieden und werden irgendwann gehen. Dann bricht alles zusammen, weil Winkler selbst ja offensichtlich nicht viel Arbeitsleistung einbringt. Sein Privatleben ist außerdem das absolute Chaos. Den Mut, sich zu outen, bringt er nicht auf. Um seine Homosexualität erfolgreich zu verheimlichen, flattert er von Blüte zu Blüte. Ich verstehe nach wie vor nicht, warum er Bettina verlassen hat. Die Argumentation mit der Familienplanung ist meiner Meinung nach nicht schlüssig." Mit jedem Satz war Knud ein wenig lauter geworden.

„Er war Bettina vermutlich nicht gewachsen. Sie ist intelligent und steht mit beiden Beinen im Geschäftsleben, eine erfolgreiche Frau, wenn auch privat nicht gerade glücklich. Konstantin Winkler wollte sich die nächste Finanzspritze von der Familie von Haferkamp holen, deshalb hat er sich auf Bettina eingelassen. Ich denke, als er Constanze kennenlernte, war er von ihrer niedlich-schönen Optik begeistert, hat aber vermutet, dass sie von der ganzen Lebensart besser zu ihm passt. Vermutlich hätte er mit Constanze außerdem ein leichteres Spiel in Bezug auf sein Doppelleben gehabt."

„Niedlich-schöne Optik?", fragte Knud verwundert nach. „Was ist denn das für ein Ausdruck?"

„Blond, blauäugig, Stupsnase, eben niedlich. Ich habe bemerkt, wie Sie und Trulsen die Fotos von ihr betrachtet haben. Im Grunde sieht Bettina von Haferkamp viel besser aus als ihre Schwester. Sie ist eher der Typ klassische Schönheit, aber Ihr Männer fahrt eben auf niedlich-süß ab." Wieder einmal hatte sich Charlie in Rage geredet, was ihre braunen Locken in Bewegung brachte.

„Das Thema scheint Sie ja echt aufzuregen ..."

„Ersparen Sie mir Ihre Hobbypsychologie", schnitt sie ihm das Wort ab. „Bleiben wir lieber bei Winkler. Mal angenommen Sie haben recht: Konstantin sieht in seinem Leben keinen Sinn mehr und will ihm ein Ende setzen. Wozu dann diese Inszenierung? Wem wollte er den angeblichen Mord in die Schuhe schieben?"

Knud überlegte, nahm einen Schluck von dem Chardonnay und überlegte weiter, schließlich hob er ergeben die Schultern.

„Keine Ahnung", gab er zu. „Da habe ich mich wohl vergaloppiert."

„Dann brauchen wir die 3.000 Taxifahrer nicht zu befragen?", stichelte Charlie ein wenig weiter.

„Oh, Sie können ja echt gemein sein! So abwegig war der Gedanke nun auch wieder nicht."

„Aber nicht wahrscheinlich. Wir sollten uns lieber auf die Mordvariante konzentrieren. Im Gegensatz zu dem Fall Schwertfeger, wo es kein offensichtliches Motiv gab, haben wir hier eine ganze Reihe von Verdächtigen." Charlie kramte aus ihrer Handtasche einen Kugelschreiber hervor und nahm sich eine von den stabilen Papierservietten. Während sie diese auseinanderfaltete, forderte sie Knud auf, mit der Aufzählung zu beginnen.

„Na gut, fertigen wir eine Liste mit denjenigen an, die ein Motiv haben", fügte sich Knud in Charlies Arbeitsplan. „Soll ich Ihnen die Namen nach Schwere des Verdachts nennen oder einfach alle, die mir einfallen?"

„Hauen Sie erstmal alle raus, dann überlegen wir im Anschluss, wie schwerwiegend die Motive sind und wie wahrscheinlich die Durchführung." Charlie war hochkonzentriert, wie üblich schaffte sie dabei schnell eine klare Struktur.

„Also gut", nickte Knud. „Dann schreiben Sie auf: Benjamin Naujok, Felix Müller, Tobias Franke, Paul Sommerfeldt ..."

„Moment, Moment, nicht so schnell! Ich bin keine Sekretärin, außerdem schreibt das Mistding nicht auf dieser Serviette." Charlie ärgerte sich insgeheim, ihr schönes ledergebundenes Notizbuch vergessen zu haben.

„Dafür sind sie schließlich nicht gedacht! Soll ich den Kellner um einige Bögen Papier bitten?", fragte Knud freundlich, was Charlie noch mehr aufbrachte. Sie tauchte die Spitze der Mine in ihr Mineralwasser und versuchte es erneut. „So, jetzt geht es, also Paul Sommerfeldt ..."

„Bettina und Johannes von Haferkamp ..."

„Johannes von Haferkamp? Welches Motiv sollte der denn haben? Der hat das doch alles eingefädelt", protestierte die Kommissarin vehement.

„Das erkläre ich Ihnen später. Sie selbst haben gesagt, erst die Namen, dann die Motive und die Wahrscheinlichkeit ihrer Durchführung."

„Also gut. War's das oder kommt noch jemand dazu?", fügte sie sich seiner Anweisung.

„Liebe Kollegin Charlotte, nun seien Sie nicht so zickig, wenn ich genau nach dem von Ihnen vorgeschlagenen System vorgehe." Wenn Knud in diesem Ton mit ihr sprach, war sie nie sicher, ob er es ernst meinte oder sie nur veräppelte. Sie warf ihm einen kurzen Blick zu, aber seine Miene gab nichts preis. Da ihr keine schlagfertige Antwort einfiel, ignorierte sie seine Aufforderung, um stattdessen nachzufragen:

„Gibt es nach Ihrer Meinung einen weiteren Verdächtigen? Was ist mit Constanze von Haferkamp?"

„Schreiben Sie sie meinetwegen auf die Liste. Wir kommen ja gleich zu den Motiven."

„Also gut: Benjamin Naujok, der homosexuelle Liebhaber oder heimliche Lebenspartner. Warum sollte er Konstantin Winkler umbringen?" Charlie leitete Phase zwei ein.

„Naujok ist der eifersüchtige, verschmähte Lebenspartner. Er ist seit Jahren mit Winkler liiert und hofft auf dessen Outing, um endlich mit ihm zusammenzuleben. Er will ein Leben ohne Heimlichkeiten führen. Vermutlich träumt er von einer gemeinsamen Wohnung. Die bisherigen Frauengeschichten waren zwar verletzend, aber er hat sie ausgehalten, weil er zum einen nach seiner eigenen Aussage zu schwach für eine Trennung war, zum anderen außerdem die Hoffnung auf ein Happy End nicht aufgegeben hat."

„Bis Konstantin seine Hochzeit mit Constanze von Haferkamp verkündet und von Familienplanung redet. Naujok sieht rot und tötet einen Tag vor der Hochzeit den Mann, den er liebt", ergänzte die Kommissarin. „Wäre es nicht sinnvoller, die Braut zu ermorden?"

„Vielleicht befürchtete er dadurch keine Änderung. Nach einer Weile hätte Winkler Bettina zur Frau nehmen können. Er dachte sich also: Er wird nie zu mir stehen! Wenn ich ihn nicht haben kann, dann auch niemand anders und schon gar keine Frau – noch dazu aus einer semiprominenten Familie, über die immer wieder in der Presse berichtet wird. Er tötet aufgrund seines gebrochenen Herzens."

„Was soll die Maskierung?", fragte Charlie.

„Gute Frage. Lassen Sie mich überlegen. Also es könnte so viel heißen wie: Du bist mir für eine Hochzeit davongelaufen, fühltest dich mit diesem Manöver schlau wie ein Fuchs; das hast du nun davon! Jetzt sitzt du hier tot und allein in einem Strandkorb in St. Peter-Ording!"

Charlie, die gerade einen Schluck von ihrem Wein genommen hatte, prustete diesen quer über den Tisch. Sogar Knud bekam etwas davon ab. Pragmatisch wie immer fing er einfach an zu lachen und fragte trocken: „Brauchen Sie noch eine Serviette?"

„Knud, Sie sind einfach Ihr Geld wert! Ich bin jetzt schon sehr gespannt auf Ihre Begründungen für all die anderen Verdächtigen." Sie nahm die gereichte Serviette entgegen, um damit ihren Plan und den Rest des Tisches zu trocknen. „Ich glaube, ich brauche ein weiteres Glas Wein. Das scheint bei aller Tragik wegen des Mordes ein amüsanter Abend zu werden! Übernehmen Sie den Job des Chauffeurs für die Rückfahrt?"

„Fühlen Sie sich eingeladen!" Ganz offensichtlich hatte Knud ebenfalls seinen Spaß. Als der Kellner kurz darauf an ihrem Tisch vorbeikam, bestellte er ihr den gewünschten Chardonnay und für sich selbst ein alkoholfreies Weizen. Danach wurde er wieder ernst. „Also Scherz beiseite. Für wie wahrscheinlich halten wir es, dass Benjamin Naujok die Tat durchgeführt hat?"

Charlie wiegte den Kopf. „Naujok ist nicht gerade ein Riese; auf jeden Fall kleiner als Winkler. Der Anzug war sauber. Der Tote muss zu dem Strandkorb getragen worden sein. Naujok wirkt eher ein wenig schmächtig. Glauben Sie, er könnte den leblosen Körper von dem Parkplatz bis an den Rand der Dünen tragen?"

„Er könnte ihn auf einer Folie gezogen haben", mutmaßte Knud.

„Dann hätten wir Schleifspuren gefunden", entkräftete Charlie das Argument ihres Kollegen.

„Vielleicht hatte er einen Komplizen. Das werden wir vermutlich auch bei anderen Verdächtigen überlegen müssen."

„Hhm, ja. Bleiben wir für den Moment bei Naujok." Charlie wollte sich jetzt nicht ablenken lassen. „Wen könnte der heimliche Lebensgefährte von Winkler einweihen, ohne einen Verrat zu riskieren?"

„Wie wäre es mit dem frechen Portier Adrian Geßner?", schlug Knud vor.

„Adrian Geßner? Hat der nicht behauptet, Frau und Kinder zu haben?"

„Ich glaube, er sprach von einem Kind. Aber dabei kann es sich genauso um eine Scheinfamilie handeln. Geßner hat Naujok ja bestimmt auf dem Weg zu Winklers Appartement gesehen. Wer weiß, ob zwischen denen nicht auch mal etwas lief."

„Zwischen Geßner und Naujok?", fragte Charlie.

„Das wäre doch möglich."

„Und nun tröstet sich Naujok mit einem Mann, der schon verheiratet ist? Damit ist er in der gleichen Situation, die Sie ursprünglich als Mordmotiv angesehen haben – nur mit einem anderen Kerl. Nein, Knud, das können Sie besser. Also gut, wir nehmen einen möglichen unbekannten Komplizen bei Naujok auf und belassen es vorerst dabei." Charlie kämpfte weiter mit dem Kugelschreiber auf der widerspenstigen Serviette, als der Kellner wieder erschien. Bevor er die Getränke servierte, reichte er ihr lächelnd einen kleinen Stapel DinA4-Bögen.

„Damit geht es bestimmt einfacher", kommentierte er lächelnd.

Charlie bedankte sich und übertrug ihre bisherigen Notizen.

„Felix Müller. Schießen Sie los", forderte sie schließlich ihren Kollegen auf.

„Einen Moment. Was ist, wenn Geßner einfach für Geld den Job des Helfers angenommen hat. Als Portier wird er kein Vermögen verdienen. Die Ausgaben für eine Familie sind hingegen hoch."

Charlie notierte den Einwand, forderte Knud jedoch auf, seine Vermutungen zu Felix Müller zu teilen.

„Das ist einfach. Der verschmähte Ex der Braut: Er schafft Winkler aus dem Weg, damit Constanze wieder zu ihm zurückkommt. Wir haben nicht überprüft, wo er zur Zeit des Mordes war, aber sein Auftauchen in der *Weißen Düne* fast zur gleichen Zeit ist in hohem Maße verdächtig. Die Botschaft könnte hier lauten ..." Knud legte eine künstlerische Pause ein, wobei er Charlie direkt in die Augen blickte. Statt seinen Satz zu vollenden, fiel er wieder in schallendes Gelächter. „Sie sollten sich einmal sehen, Charlotte. Gerade wirken Sie wie in einer Comedy-Veranstaltung, lauernd auf die nächste Pointe."

„Schräger Vergleich, aber irgendwie stimmt das", gab sie zu. „Nun sagen Sie schon!", drängte sie ihn schließlich.

„Felix Müller dachte sich dabei: Du hättest vor dieser Hochzeit lieber weglaufen sollen. So schlau wie du, bin ich schon lange. Nun sitzt du hier allein in diesem Strandkorb ..."

„... in St. Peter-Ording. Klingt wie der Refrain eines seltsamen Songs."

„Vielleicht fällt mir später eine Variante ein. Trauen Sie es Felix Müller zu? Er wirkt eher zurückhaltend, versucht es zumindest Constanze recht zu machen, und ist nicht einmal durch diese ganzen Geschehnisse abgeschreckt. Stille Wasser sind ja manchmal tief ..."

„... und schmutzig. Ja, ich weiß. Aber allein konnte er das bestimmt nicht durchziehen."

„Ich greife einmal Ihrer Struktur vor. Was halten Sie von der Annahme, dass Bettina von Haferkamp und Felix Müller zusammen den Mordplan ausgeheckt haben? Immerhin hat sie den Toten sogar gefunden. Ihr Motiv ist klar, sie selbst wollte Konstantin Winkler heiraten. Sie würden die Schwester töten, aber Blut ist eben dicker als Wasser. Nach allem was war, wollte sie ihn selbst vielleicht gar nicht mehr. Er sollte aber auf keinen Fall Teil ihrer Familie werden. Die beiden Verschmähten machen also gemeinsame Sache." Knud schien diese Theorie gar nicht so abwegig zu finden.

„Sie unterschlagen mir damit eine Strophe aus dem Song der Botschaften", scherzte Charlie, bevor sie sich der neuen Theorie zuwandte.

„Bettinas Botschaft könnte lauten: Du verkleidest dich als Bräutigam, bist aber eigentlich ein Mann, der von einer Frau zur nächsten läuft. Du fühltest dich schlauer als unsere Familie, aber das funktioniert nicht", ergänzte Knud ein wenig hölzern.

„Sie hat mir am Strand eine biblische Erklärung dazu gegeben", weihte Charlie ihn in ihr Wissen ein. „Sie sprach vom Sinnbild des falschen Propheten und der Arglist."

„Ja, das würde zu Konstantin Winkler passen. Interessant, dass sie Ihnen das gleich sagte. Entweder fühlt sie sich frei von jedem Verdacht oder sie ist sehr selbstbewusst, eben schlau wie ein Fuchs. Vielleicht ist die Maske gar keine Bezeichnung für den Toten, sondern für den Mörder selbst."

Charlie schnitt eine Grimasse. „Damit könnten wir das Symbol dann vergessen. Halten Sie eine Komplizenschaft der beiden für wahrscheinlich?"

„Als Felix Müller auftauchte, zeigte sich Bettina von Haferkamp nicht gerade begeistert. Sie war ihm gegenüber eher verächtlich. Aber daraus können wir natürlich nichts ableiten, das kann Teil des Plans sein. Wenn diese Variante stimmt, war sie der Kopf des Unternehmens. Sie wollte Winkler ganz aus der Familie loswerden und hat Felix Müller als Handlanger eingespannt, indem sie ihn mit der Rückgewinnung ihrer Schwester geködert hat. Vielleicht war sein Auftauchen ein eigenmächtiges Abweichen von Bettinas ursprünglichem Vorhaben, was sie verständlicherweise verärgert hat. Sie plant den Ablauf haarklein durch und er bringt alles in Gefahr, weil er es nicht mehr aushält, zu Constanze zurückzukommen."

„Außerdem war der Streit zwischen den Brautleuten bestimmt nicht in den Mordplan einkalkuliert. Daraus folgte dann Constanzes Anruf bei Felix, mit dem ja vorher keiner rechnen konnte", spann Charlie den Faden weiter.

Knud widersprach: „Letztendlich ist er gegen ihren Wunsch hier aufgetaucht. Constanze hatte sich nach dem ersten Anruf bei Felix gegen dessen Trost entschieden."

„Felix Müller erscheint mir eher schwach, auf seinem Mist ist so ein Entwurf bestimmt nicht gewachsen", ließ sie ihren Kollegen an ihren Gedanken teilhaben. „Bettina von Haferkamp ist es zuzutrauen, aber würde sie sich selbst die Hände schmutzig machen und das Risiko der Entdeckung steigern, indem sie ihren schwachen Fast-Schwager mit ins Boot holt? Das halte ich für unwahrscheinlich. Sie würde sicherlich eher einen Auftragskiller engagieren. Und dann kommt eine weitere Frage ins Spiel:

Geht es nur um die Rivalität zwischen den Schwestern oder hat Bettina, wodurch auch immer, Kenntnis von den finanziellen Problemen Winklers erlangt?"

„Wie kann sie das herausbekommen haben?", fragte Knud.

„Puh, da gibt es viele Möglichkeiten: Entweder schlicht durch Zufall, vielleicht hat sie ein Telefonat belauscht oder es lag mal Post in seiner Wohnung offen herum, als sie zu Gast war. Sie könnte Tobias Franke auf einer Veranstaltung der Reichen und Schönen getroffen oder seine finanziellen Verhältnisse überprüft haben. Ich habe keine Ahnung, welche Beziehungen sie nutzen kann, um solches Wissen zu erlangen."

„Das wäre natürlich der Hammer, wenn sich Bettina von Haferkamp und Tobias Franke begegnet sind und ein gemeinsames Mordkomplott geschmiedet haben." Knuds Aufregung stieg.

Charlie holte ihn wieder herunter. „Dann haben sie es aber nicht besonders raffiniert angestellt. Warum fliegt er nicht vor dem Mord nach Südkorea? Auch sie hätte sich lieber ein anständiges Alibi besorgen sollen, statt den Toten selbst in dem Strandkorb zu finden. Den Mord haben sie ja wohl nicht selbst ausgeführt."

„Und wenn doch?" Knud ließ sich nicht so schnell beirren. „Dann gibt es keine Eingeweihten."

„Aber aus einer zufälligen, flüchtigen Begegnung entsteht nicht so eben ein Vertrauensverhältnis, aus dem ein Mord geplant wird. Von Tobias Franke wissen wir ja bisher so gut wie gar nichts."

„Ich hasse es, wenn Sie meine Überlegungen mit so schlauen Gegenargumenten plattmachen", gab Knud murmelnd von sich. „Wir müssen morgen auf jeden Fall mehr über Franke in Erfahrung bringen, allerdings steht er auf meiner Liste der Verdächtigen sehr weit unten. Ohne zu wissen, was für ein Typ er ist, glaube ich eher, dass er den Weg vor Gericht wählt, um Wiedergutmachung zu erlangen. Schließlich will er ja sein Geld zurückhaben, was sicher nicht mittels eines Mordes klappt."

„Da gebe ich Ihnen recht", stimmte Charlie zu.

„Das beruhigt mich aber. Wen haben wir außerdem?"

„Über Paul Sommerfeldt haben wir bisher nicht gesprochen. Der kommt mir allerdings in Anbetracht der bisherigen Verdächtigen recht unspektakulär vor." Charlie nahm einen Schluck von ihrem Wein. „Viel wissen wir nicht über ihn. Er kannte Konstantin Winkler vermutlich am besten. Ich glaube, jetzt ist wieder Zeit für die nächste Strophe aus unserem neuen Song."

„Sie bekommen auf keinen Fall mehr Wein", scherzte Knud.

„Aber bitte noch eine Strophe", ließ Charlie sich nicht ausbremsen.

„Also gut, Paul Sommerfeldt sah seine Felle davonschwimmen. Erst verschwinden seine Prämien, dann bekommt er Angst, seinen Job zu verlieren, weil die Firma den Bach heruntergeht. Ich schätze ihn auf Anfang sechzig; kein gutes Alter, um sich einen neuen Arbeitsplatz zu suchen. Hinter der Inszenierung steckt meines Erachtens in seinem Fall einfach ein Ablenkungsmanöver. Er wählt den Zeitpunkt und die Zurschaustellung des Bräutigams im Strandkorb, um auf die Familie hinzuweisen. Klingt etwas lahm, oder?", fragte Knud zum Abschluss seiner Ausführungen, woraufhin Charlie demonstrativ gähnte.

„Ehrlich gesagt ist mein Kopf langsam so voll, dass es mir schwerfällt, mich zu konzentrieren", gab sie zu.

„Oder es liegt an dem Wein", stichelte Knud ein wenig, obwohl er selbst nicht mehr richtig fit aussah.

„Ja, auch das ist möglich. Lassen Sie uns morgen weiterdenken. Oder nach einer Pause im Auto, aber eigentlich habe ich für heute genug." Charlie war sogar zu müde, um auf Knuds kleine Spitzen einzugehen.

„Gute Idee. Ich lass uns die Rechnung bringen."

„Die ich begleichen werde! Wette ist Wette, der Spiegel war da, aber an der Wand. Das ist nicht so außergewöhnlich wie unter der Decke." Charlie legte demonstrativ ihr Portemonnaie auf den Tisch, dazu setzte sie den Blick auf, der keinen Widerspruch duldete.

Knud nickte ergeben. Während Charlie zahlte, holte er sein Handy aus der Tasche, um seine Nachrichten zu checken.

„Oh, wir haben eine SMS von Torge. Er will uns morgen früh zwei Phantombilder von möglichen Beteiligten in unserem Mordfall zeigen."

Bettina in St. Peter-Ording

Dienstag, den 12. Mai

Einen Moment lang konnte Bettina keinen klaren Gedanken fassen. Sie starrte den immer noch hysterischen Felix an. Sie hörte seine Worte, war jedoch nicht in der Lage ihre Bedeutung einzuordnen. Aus dem Traum von Konstantins Rückkehr verbunden mit seiner Bitte um Verzeihung gerissen, stand sie benommen von Felix' Gehämmer an ihrer Tür einfach da. Langsam tropften die Fakten seiner Worte in ihren Denkapparat.

„Bettina! Was sollen wir tun? Wir müssen Constanze unbedingt finden, bevor er ihr etwas antut. Ich kann es nicht ertragen, sie noch einmal zu verlieren!" Der sonst so ruhige Felix war außer sich.

„Beruhige dich! Ich bin gerade erst wach geworden und kann nicht denken, wenn du hier so herumschreist. Außerdem weckst du die anderen."

„Constanze hat mich wieder in ihr Leben gelassen. Ich konnte sie trösten. Sie war mittlerweile davon überzeugt, einen schrecklichen Fehler begangen zu haben ... sie ist in Gefahr! Ich habe solche Angst um sie! Bettina, du musst mir helfen." Nachdem er den Satz in einer normalen Tonlage begonnen hatte, wurde er wieder mit jedem Wort lauter, worauf Bettina der Geduldsfaden riss.

„Halt endlich die Klappe. Ich werde dir helfen, aber sei jetzt endlich still! Wir versammeln eine Menge Neugieriger, wenn du dich nicht auf der Stelle zusammenreißt!" Damit packte sie ihn am Arm, um ihn in den Bungalow zu ziehen. Am liebsten hätte sie ihm eine gescheuert; in Filmen funktionierte es auf diese Weise immer, in Hysterie gefallene Menschen zum Schweigen zu bringen. Sie zog ihn bis in den Wohnraum und drückte seinen kraftlosen Körper auf einen Stuhl.

„Warte hier auf mich. Ich ziehe mich eben an und dann gehen wir gemeinsam zu Constanzes Ferienhaus." Auch wenn Felix meinte, es sei zwischen den beiden alles wieder in Ordnung gewesen, war Bettina davon nicht überzeugt. Genauso gut war es möglich, dass Constanze bei ihm nur ein wenig Trost gesucht hatte. Ein schmerzstillendes Pflaster, um den Schock zu lindern. Das musste keine Versöhnung bedeuten. Sie glaubte nicht einmal an die große Menge Blut. Es wäre ihrer Schwester absolut zuzutrauen, einfach abzuhauen, weil ihr die plötzliche dauerhafte Nähe von Felix zu viel geworden war. Er konnte eine Klette sein, das hatte er bereits bewiesen.

Nachdem sie angezogen war, kämmte sie sich schnell die Haare. Auf jegliches Make-up verzichtend kehrte sie zu Felix in den Wohnraum zurück. Er saß eingesunken auf dem Stuhl. Vor sich hinstarrend war er immerhin zur Ruhe gekommen.

„Also, ich bin bereit", sprach sie ihn an. „Lass uns rübergehen, damit ich mir ein Bild machen kann."

Nickend stand Felix auf, um ihr zu folgen.

Der Anblick, der sich Bettina in dem Schlafzimmer ihrer Schwester bot, löste wider Erwarten einen kleinen Schock aus. Offensichtlich hatte ein Kampf stattgefunden. Ein Stuhl war umgerissen, die Nachttischlampe lag auf dem Boden, weitere persönliche Dinge waren daneben verstreut, vermutlich hatten sie auf der Ablage neben dem Bett gelegen: ein Buch, eine Lesebrille, Handcreme sowie eine Wasserflasche mit einem dazugehörigen Glas. Auf dem Kopfkissen war deutlich ein Blutfleck zu erkennen, weitere kleine Tropfen bildeten eine Spur vom Bett in Richtung Tür.

Bettinas Gedanken rasten. Was ging hier eigentlich vor? Bisher hatte sie keine eigenen Überlegungen angestellt, wer hinter der Ermordung von Konstantin Winkler stecken könnte. Zu groß war ihre Verwirrung gewesen. Letzten Endes gestand sie sich ein, ihn nicht gekannt zu haben. Da war es wenig sinnvoll, sich den Kopf über Mordmotive zu zermartern. Jetzt betraf es ihre kleine Schwester! Auch wenn sie Constanze die Pest an den Hals gewünscht hatte, als diese ihr Konstantin ausspannte, in diesem Augenblick überwog die Sorge.

„Hast du etwas verändert?", herrschte sie Felix in ihrer eigenen aufkeimenden Angst an.

„Nein! Ich war wie jeden Morgen joggen. Heute bin ich am Strand gelaufen. Nach meiner Rückkehr war sie verschwunden. Als ich das Chaos hier im Schlafzimmer sah, bin ich gleich zu dir gerannt." Felix war erheblich ruhiger geworden, seine Stimme zitterte.

„Wie lange bist du weg gewesen?“

„Ungefähr eine Stunde.“

„Du läufst jeden Morgen eine Stunde?“, fragte Bettina, weil sie ihm so viel Sportlichkeit gar nicht zugetraut hätte.

„Ja, das mache ich seit Jahren. Es hilft mir, schon am Anfang des Tages eine Struktur in meine Gedanken zu bekommen.“

Bettina nickte abwesend, die Details seines Laufprogramms interessierten sie nicht. Vielmehr stellte sich die Frage, was hier vor sich ging. Erst wurde Konstantin ermordet in seinem Hochzeitsanzug zur Schau gestellt, dann verschwand die Braut. Wer konnte ein Motiv haben, ihre kleine Schwester umzubringen? Ihr Verhältnis war nie besonders eng gewesen, es hatte nur eine schwache emotionale Verbundenheit geherrscht. Größer waren stets die Rivalität sowie das Buhlen um die Gunst der Eltern gewesen. Aufgrund des Verschwindens machte sich das nackte Entsetzen breit. Bettina fühlte sich komplett überfordert, insbesondere weil sie wusste, dass Felix ihr keine Hilfe sein würde. Sie brauchte einen Gesprächspartner. Eine Person, die ihr beistand, wenn die Kommissarin sie mit ihrem durchdringenden Blick durchbohrte, als ob sie sie verdächtigen würde, selbst für diese Taten verantwortlich zu sein. Am besten eine Person, die sich danach um ihre Mutter kümmerte, wenn diese erfuhr, was passiert war.

Marion von Haferkamp würde vermutlich weit hysterischer als Felix werden, wenn sie nichts über den Verbleib ihrer Lieblingstochter wusste. Das alles stand Bettina jetzt nicht alleine durch! Am liebsten wäre ihr die Unterstützung ihres Vaters gewesen, doch es würde zu lange dauern, bis er aus Hamburg hier einträfe. Bettina fiel nur eine weitere Person ein, die ihr in dieser Situation beistehen konnte: ihre Tante Luise!

Sie wandte sich an Felix.

„Warte hier. Setz dich hin und fass nichts an. Ich bin gleich wieder da."

„Wo willst du denn hin?" Panik zeigte sich in seinem Gesicht. „Du willst mich ja wohl jetzt hier nicht alleine lassen! Vielleicht kommt der Entführer zurück!"

„Blödsinn! Warum sollte er das tun? Ich hole eben Luise her, damit sie uns unterstützen kann. Es dauert ja nicht lange."

„Ich würde lieber mitkommen", jammerte Felix in seinem persönlichen Elend.

„Nein, ich gehe alleine und du wartest hier", befahl sie ihm in einem bestimmten Ton, dem er sich schließlich fügte.

Als Bettina an dem wesentlich kleineren Ferienhaus ankam, das ihre Tante Luise in diesen Tagen bewohnte, fragte sie sich zum ersten Mal an diesem Morgen, wie spät es eigentlich war. Gewohnheitsmäßig hatte sie ihr Handy eingesteckt: halb zehn. In der Annahme die alte Dame sei bereits wach, geduscht und angezogen, klopfte sie an der Tür, die kurz darauf geöffnet wurde.

„Bettina, guten Morgen! Ist etwas passiert?"

Die Art der Begrüßung beschämte Bettina sofort. Ihre Tante schien einen einfachen Besuch aus Freundlichkeit auszuschließen.

„Guten Morgen Tante Luise. Ja, darf ich kurz hereinkommen?"

Bettina berichtete das Wenige, von dem sie selbst Kenntnis hatte und bat um Begleitung, weil sie sich allein der Situation nicht gewachsen fühlte. Gegen ihre Erwartung wurde sie erst einmal in den Arm genommen und gedrückt, was ihr nicht nur ein gutes Gefühl, sondern auch ein wenig Kraft verlieh.

Auf dem Rückweg durch die ruhige Ferienanlage nahm sie zum ersten Mal an diesem Morgen die Stimmung wahr. Möwen kreisten in einiger Entfernung über den Dünen. Es war relativ windstill, die Temperaturen waren wieder gestiegen. Die Schlechtwetterfront schien weitergezogen zu sein. Die Ruhe hätte friedlich wirken können. Auf Bettina wirkte sie eher furchterregend, es kam ihr vor, wie die Ankündigung drohenden Unheils.

Als sie den Bungalow betraten, vermutete Bettina einen Augenblick, Felix sei gegangen, aber er lag eingerollt wie ein Baby auf der Couch unter einer Wolldecke und starrte vor sich hin. Ohne ihn weiter zu beachten, dirigierte sie Luise zu dem Schlafzimmer, aus dem Constanze verschwunden war. Erst jetzt fiel ihr das offenstehende bodentiefe Fenster auf. Die Frauen traten nur einen Schritt in den Raum, um von Felix ungestört zu reden, ohne mögliche Spuren zu verwischen. Das Blut, bei dessen Anblick ihre Tante ganz blass geworden war, war auch aus dieser Position deutlich zu erkennen. Da sie nichts dazu sagte, eröffnete Bettina das Gespräch.

„Was ist denn bloß los? Erst wird Konstantin ermordet, dann verschwindet Constanze. Du weißt ja, dass unser Verhältnis nie besonders eng war, aber ich fühle mich, als würde mir der Boden unter den Füßen weggezogen werden. Wir müssen sie finden! Was hat das nur zu bedeuten?“ In dem Moment, in dem sie wieder das Blut auf dem Kopfkissen sah, nun aber Verstärkung an ihrer Seite wusste, verließ sie den Tunnel, in dem sie bisher schlicht funktioniert hatte. „Ich muss mich kurz setzen, sonst kippe ich gleich um!“ Zwei Schritte entfernt ließ Bettina sich auf den Stuhl vor dem kleinen Schreibtisch sinken, auf den auch in diesem Zimmer nicht verzichtet worden war.

„Ich weiß nicht, was es zu bedeuten hat. Wollen wir eure Mutter schon informieren?“, schlug Luise vor.

„Mutter wird zusammenbrechen, wenn sie von dem Verschwinden ihrer Lieblingstochter erfährt. Glaubst du, Constanze wird das nächste Mordopfer sein?“, fragte Bettina.

„Ich weiß nicht, was hier passiert. Lass uns erst einmal positiv davon ausgehen, dass ihr nichts Schlimmes passiert. Vielleicht ist jetzt der Zeitpunkt gekommen, dir ein wenig mehr über unsere Familie zu erzählen, bevor wir die Polizei informieren, damit sie die Suche nach deiner Schwester beginnt."

„Damit sollten wir keine Zeit verlieren. Ich habe die Nummer von Kommissar Petersen in meinem Smartphone gespeichert. Ich rufe ihn eben an, dann kannst du mir sagen, was du damit meinst."

Nach einem kurzen Telefonat sah sie ihre Tante erwartungsvoll an.

„Ich sehe immer wieder, wenn wir uns mal treffen, wie sehr du darunter leidest, von Marion nicht genauso viel Liebe und Aufmerksamkeit zu bekommen wie Constanze. Ich habe versprochen, mich nicht einzumischen und das Geheimnis zu wahren, aber ich denke, du bist sowohl alt als auch stark genug, die Wahrheit zu verkraften. Diese Geheimnistuerei macht mehr kaputt, als sie nützt."

Bettina sah anhand der langen Vorrede, wie schwer es Luise fiel, ihr Versprechen zu brechen. Also wartete sie einfach geduldig, welche Offenbarung nun folgen würde. Nicht erst dieses Wochenende war ihr klar geworden, längst nicht alles über ihre Familie zu wissen.

„Constanze ist nicht die Tochter von Johannes", kam Luise nach einer kurzen Pause ohne weitere Umschweife zum Punkt.

Es dauerte einen Moment, bis Bettina die Tragweite der Aussage begriff. „Bist du sicher?"

„Ja, Liebes, damals war ich eine Vertraute deiner Mutter. Es war nicht nur eine Affäre, sie hatte sich wirklich verliebt und wollte deinen Vater verlassen. Das kam für Johannes überhaupt nicht in Frage. Zum einen widersprach es seiner katholischen Erziehung, zum anderen wollte er auf jeden Fall den damit verbundenen Skandal vermeiden - vermutlich auch die öffentliche Demütigung, die damit einhergegangen wäre. Also setzte er sie massiv unter Druck, drohte ihr mit allem Möglichen, das ich gar nicht wiederholen will, und teilte ihr mit, auf keinen Fall in die Scheidung einzuwilligen."

„Und sie blieb", sagte Bettina tonlos.

„Du kennst deine Mutter. Sie ist keine starke Persönlichkeit, aber selbst, wenn sie es gewesen wäre: Ich habe in dieser Phase neue Seiten an meinem Bruder kennengelernt, die weder zu seinem katholischen Glauben noch zu seinem Saubermann-Image passten", erklärte Luise.

„Er hat Constanze nie ganz akzeptiert und Mutter hat sie dafür mit umso mehr Liebe überschüttet", fasste Bettina die Situation zusammen.

„Das war die natürliche Folge aus seiner Reaktion. Wenn du ihn damals erlebt hättest, könntest du es noch besser verstehen, ohne so viel Schmerz dabei zu empfinden." Luises Worte kamen in einer ungewohnten Sanftheit.

„Hast du deshalb die Patenschaft für Constanze übernommen?"

„Ja, wie gesagt, das Verhältnis zu deiner Mutter war in dieser Zeit ganz anders. Wir waren Freundinnen und sie ist ja immerhin meine Nichte. Johannes war so unberechenbar in dieser Zeit. Es hätte mich nicht gewundert, wenn er es sich nach einer Weile anders überlegt und Marion samt Baby quasi verstoßen hätte. Es sollte für sie ein Zeichen sein, zu wissen, nicht allein zu sein. Wenn Johannes ihnen den Geldhahn abgedreht hätte, wäre ich eingesprungen. Das gab Marion die Sicherheit, die sie brauchte. Außerdem wusste ich damals bereits, dass ich keine eigenen Kinder haben werde."

Bettina atmete tief durch. „Das muss ich erst einmal verdauen. Aber kann diese Geschichte mit dem jetzigen Verschwinden von Constanze etwas zu tun haben?“

„Das weiß ich nicht, Liebes. Ich halte es eher für unwahrscheinlich“, antwortete Luise.

Bettina dachte eine Weile über das eben Gehörte nach. Es war nach wie vor verletzend, aber es erklärte zumindest, warum Constanze die Lieblingstochter ihrer Mutter war. Trotzdem passte es irgendwie nicht zusammen. Warum war Marion überhaupt untreu geworden? Gab es dafür einen Grund, von dem Luise nichts erzählt hatte? Sie selbst war damals erst fünf Jahre alt gewesen. Aber konnten Ereignisse, die fast vier Jahrzehnte zurücklagen, etwas mit der heutigen Entführung ihrer Schwester zu tun haben, oder war das nur ein zweiter Schauplatz, der endlich Licht in die verkorksten Familienverhältnisse brachte?

„Da ist noch etwas, oder? Es gibt einen Grund, der Mutter dazu gebracht hat, fremdzugehen.“ Bettina schaute Luise direkt in die Augen, die nach wie vor einen Schritt entfernt zum Türrahmen stand.

„Ja, das stimmt, du bist ein schlaues Mädchen, Bettina.“ Luise legte eine Pause ein. Bevor sie weitersprach, seufzte sie einmal tief. „Ich werde es dir erzählen, aber vielleicht willst du es gar nicht wissen. Es wird das Bild, das du von deinem Vater hast, verändern. Schlimmer, es wird es beschädigen. Bist du dafür bereit?“

Was konnte schlimmer sein als das, was in den letzten Monaten alles passiert war? Bettina spürte, an einem Wendepunkt in ihrem Leben zu stehen. Die ersten Weichen waren gestellt, vielleicht war es nötig, jetzt die ganze Wahrheit zu erfahren, um endlich frei für ihren eigenen Weg zu sein.

„Ja, Luise, ich bin bereit“, antwortete sie mit fester Stimme.

„Also gut. Johannes‘ größter Wunsch war schon immer, eine Familie zu gründen, Kinder zu haben, denen er sein Wissen und die Früchte seiner Arbeit weitergeben konnte. Bevor Marion mit dir schwanger wurde, hatte sie zwei Fehlgeburten. Weil es beide Male für sie selbst sehr kritisch verlief, rieten ihr die Ärzte davon ab, wieder schwanger zu werden. Das stürzte das junge Paar in eine Krise. Marion war verzweifelt, während dein Vater sich mit einer Affäre tröstete.“ Luise hielt einen Moment inne. „Vielleicht wäre mehr daraus geworden, vielleicht hätte Johannes Marion sogar verlassen, aber dann wurde sie erneut schwanger.“

„Warte mal, einen Schritt zurück“, unterbrach Bettina ihre Tante. „Mein erzkatholischer Vater, der immer so tut, als würde er mit seiner Geradlinigkeit über allen stehen, dieser Mann hatte eine Affäre?“

„Ja, auch Johannes ist nicht unfehlbar!“

„Aber er tut immer so. Wusste Onkel Karl davon? Hat er ihn deshalb bei dem skurrilen Leichenschmaus einen Heuchler geschimpft?“ In ihrer Fassungslosigkeit wurde Bettina lauter.

„Nein, Karl weiß nichts davon.“

„Dann ist da also noch mehr. Gütiger Gott, was für eine Familie! Mutter hat es also herausbekommen und sich mit einer eigenen Affäre gerächt. Wie geschmackvoll! Kein Wunder, dass Constanze und ich in so einem Chaos versunken sind - es liegt in unseren Genen!“ Bettina war mittlerweile richtig aufgebracht.

„Das ist ein interessanter Aspekt. Leider ist die Geschichte um deinen Vater damit nicht ganz erzählt. Sofie, die Frau mit der Johannes ...“

„Sofie? Du kanntest sie? Sag nicht, sie war deine Freundin und du hast sie mit deinem Bruder bekannt gemacht!“ Bettina war sich nicht mehr sicher, ob sie den Rest hören wollte.

„Du hast wirklich einen messerscharfen Verstand, Bettina. Ja, Sofie war meine Freundin, genau genommen ist sie es unverändert. Sie war damals ebenfalls schwanger, schon etwas früher als deine Mutter. Johannes hat ihr monatelang versichert, er würde sich trennen. Als Marions Schwangerschaft schließlich stabil war, hat Johannes Sofie kalt abserviert."

„Das ist nicht wahr! Das kann nicht wahr sein, so ist Vater nicht!" Alles in Bettina sträubte sich, diesen Worten zu glauben. Ihr Vater war all die Jahre ihr Vorbild und ihr Halt gewesen. Wenn Luise die Wahrheit sprach, brach eine Welt zusammen.

„Warum gab es keinen Skandal, warum hat sie ihn nicht verklagt, zumindest auf Unterhalt?", versuchte sie, die Aussagen ihrer Tante Lügen zu strafen.

„Weil ich es ihr ausgeredet habe. Sie hätte gegen die angesehene, wohlhabende Familie keine Chance gehabt. Unser Vater war genauso wie Johannes, er hätte seinem Sohn die volle Unterstützung gegeben. Sofie wäre zusätzlich öffentlich gedemütigt worden. Das wollte ich auf jeden Fall verhindern."

„Du hast sie finanziell unterstützt, hast die Verpflichtungen deines Bruders übernommen", stellte Bettina fest.

„Ja, so war es. Letztendlich kam es ja aus der gleichen Quelle. Johannes hat ihr für den Start eine größere Summe gegeben, aber das reichte natürlich nicht, um ein Kind groß zu ziehen." Luise war erstaunlich sachlich, vermutlich hatten die Jahrzehnte ihre Emotionen verschlungen.

Gerade wollte Bettina zu einer Erwiderung ansetzen, da betraten Kommissarin Wiesinger und ihr Kollege Petersen den Raum. Die Frauen waren dermaßen in ihrem Gespräch vertieft, wodurch sie die Klingel überhörten. Felix, der ihnen geöffnet hatte, stand unschlüssig im Türrahmen. Er sah aus, als würde er sich am liebsten wieder auf dem Sofa unter der Kuscheldecke verkriechen.

„Moin die Damen“, übernahm der Kommissar die Begrüßung. „Wie ich sehe, handelt es sich hier um den vermeintlichen Tatort. Es ist ungünstig, sich in diesem Zimmer aufzuhalten. Die Spurensicherung wird gleich eintreffen, wir sollten unsere Unterhaltung lieber nebenan führen.“ Alle folgten Knud in den Wohnraum des Bungalows, wo er wieder das Wort ergriff.

„Haben Sie im Schlafzimmer etwas angefasst und geguckt, ob etwas fehlt?“

Als die Anwesenden verneinten, entspannte er sich ein wenig. „Gut, also Sie haben die Blutspuren und das Verschwinden Ihrer Schwester entdeckt, Frau von Haferkamp?“, wandte er sich daraufhin an Bettina.

„Nein, ich habe es entdeckt“, schaltete sich Felix in das Gespräch ein. „Ich kam von meiner morgendlichen Joggingrunde zurück, da war sie nicht mehr da. Als ich das Blut sah, bekam ich Panik und bin zu Bettina ... Frau von Haferkamp ... ihr Bungalow ist gleich nebenan.“ Die Erinnerung an die Blutspuren ließ ihn wieder die Fassung verlieren.

„Sie haben hier bei Constanze von Haferkamp übernachtet?“, fragte Kommissar Petersen.

„Ja ...“ Felix war offensichtlich verlegen und wurde rot wie ein Schuljunge. Er öffnete den Mund, schloss ihn aber wieder, ohne etwas hinzuzufügen.

„Okay, was ist danach passiert?“, wandte sich Petersen an Bettina.

„Ich bin mit Felix hierhergekommen, um mir selbst ein Bild zu machen, danach habe ich meine Tante geholt.“

„Bevor Sie uns anriefen?“

„Ich war komplett überfordert. Seit Constanze mir Konstantin ausgespannt hatte, habe ich sie mit schlechten Wünschen für die Zukunft bedacht. Erst finde ich den toten Bräutigam, dann verschwindet meine Schwester. Ich brauchte erst einmal jemanden, dem ich vertraue. Nach meinem Gefühl ist das hier alles meine Schuld." Erschöpft beendete Bettina ihre Rede. Sie fing den mitfühlenden Blick der Kommissarin auf, der ihr ein wenig innere Ruhe verschaffte. Wurde sie durch solche Aussagen verdächtig?

„Wann haben Sie Ihre Schwester zuletzt gesehen?", ergriff die Polizistin das Wort.

„Ich weiß nicht genau; vermutlich am Sonntag. Ich war gestern den ganzen Tag unterwegs, wollte niemandem begegnen", erwiderte sie vage.

„Wussten Sie von der Versöhnung mit Herrn Müller?"

„Ich habe ihn auf der Terrasse gesehen, morgens. Ob das eine Versöhnung war, weiß ich nicht. Zumindest hat Constanze sich trösten lassen."

Felix setzte zu einer Entgegnung an, aber die Kommissarin brachte ihn mit einer Geste zum Schweigen.

„Kein Streit an dieser Stelle. Frau von Haferkamp schwebt vielleicht in Lebensgefahr. Wir müssen uns an die Fakten halten. Es ist wichtig, jetzt herauszubekommen, ob das Verschwinden von dem gleichen Täter initiiert wurde, was wahrscheinlich, aber nicht sicher ist. Wir haben neue Informationen über Konstantin Winkler, die wir gerne mit Ihnen besprechen würden. Da Herr Müller nicht zur Familie gehört, sollten wir ihn bitten, das Haus zu verlassen."

Bettina überlegte einen Moment, dann schüttelte sie den Kopf. „Das ist nicht notwendig. Vermutlich werden wir sowieso alles nächste Woche in der Presse lesen können. Vielleicht hat er eine Idee zum Verschwinden meiner Schwester, die uns weiterhilft, sie zu finden."

„Also gut, es ist Ihre Entscheidung. Genau genommen handelt es sich um zwei Informationen, die eine wurde allerdings bereits bei dem großen Streit zwischen Ihrem Vater und Ihrem

Onkel thematisiert. Sind Sie darüber informiert worden?", fragte Charlotte Wiesinger sie vorsichtig.

„Nein, nach dem Fund der ..., ich habe mich verkrochen. Auch wenn er mich nicht mehr wollte, hat mich sein Tod erschüttert – und ausgerechnet ich musste ihn finden!" Bettinas Stimme zitterte. „Um was geht es denn?"

„Konstantin Winkler war nicht der, für den ihn alle gehalten haben. Er führte privat ein Doppelleben. Seine Beziehungen mit Frauen waren lediglich Tarnung für seine homosexuelle Neigung. Er hatte seit Jahren einen festen Partner, aber nicht den Mut aufgebracht, sich zu outen."

„Der Tag der Offenbarungen. Ich weiß nicht, ob ich nüchtern noch mehr vertragen kann. Felix hol bitte den Whisky aus dem Kühlschrank und verteil ein paar Gläser an die Anwesenden. Ich brauche jetzt erst einmal einen Schnaps." Als Felix mit der Flasche zurückkam, schenkte sie sich großzügig ein und stürzte das Getränk in einem Zug herunter. Nachdem sie das Glas erneut gefüllt hatte, stellte sie die Flasche auf den Tisch. „Ich nehme an, Sie haben das sauber recherchiert und es gibt an dieser Theorie keinen Zweifel."

„Ja, so ist es. Wir haben mit dem Lebensgefährten von Herrn Winkler bereits gesprochen", antwortete die Kommissarin.

„Na großartig. Vielleicht hat er ja Konstantin ermordet, weil er ebenfalls abserviert wurde. Doch wozu sollte er meine Schwester verschwinden lassen?" Sie nahm einen weiteren großen Schluck Whisky, der jedoch unangenehm in ihrer Kehle brannte. Angewidert stellte sie das Glas neben die Flasche. Nach einem Moment, in dem sie mit geschlossenen Augen einfach nur dasaß, hatte sie sich wieder unter Kontrolle.

„Sie sprachen von zwei Informationen. Was haben Sie außerdem herausgefunden?" Der direkte Blickkontakt mit der Kommissarin ließ sie den Rücken straffen. In diesem Moment war sie sicher, nichts mehr hören zu wollen, aber es war bereits zu spät.

„Herr Winkler lebte eindeutig auf zu großem Fuß, was ihn in große finanzielle Schwierigkeiten brachte. Die Hochzeit mit Ihrer Schwester sollte sein Unternehmen vor dem Konkurs retten."

Kaum, dass sie die Worte hörte, fiel sie in hysterisches Gelächter. Das war einfach zu viel! Monatelang konnte sie an nichts anderes denken, als an die Frage, warum Konstantin sich gegen sie und stattdessen für Constanze entschieden hatte. Monatelang hatte sie sich mit Selbstzweifeln herumgeschlagen, sich das Gehirn zermartert. Und plötzlich war die Antwort da: Es war gar nicht um die Liebe zu einer der Schwestern gegangen. Er wollte nur an das Familienvermögen und seine homosexuelle Beziehung weiterleben. Dabei war Constanze eindeutig die unkompliziertere Wahl. Mit ihr hätte er ein leichteres Spiel gehabt, deshalb war er umgeschwenkt!

Als sie sich von ihrem Anfall erholt hatte, wandte sie sich an ihre Tante. „Hast du davon gewusst?"

Sie kannte die Antwort, bevor Luise sie aussprach.

Torge in St. Peter-Ording

Dienstag, den 12. Mai

Torge war an diesem Dienstagmorgen früh auf den Beinen. Schon vor sechs saß er mit seinem süßen Kaffee in der heimischen Friesenküche und schaute voller Bewunderung die beiden Phantombilder an, die vor ihm auf dem Tisch lagen. Er brannte darauf, sie zu zeigen, doch Annegret schlief heute ausnahmsweise länger und Knud war vor halb sieben auf dem Polizeirevier nicht anzutreffen. Also rührte Torge genüsslich in seinem Kaffee, bevor er den nächsten großen Schluck nahm. Als sein Handy klingelte, rechnete er fest mit dem Anruf seines Kumpels, aber leider war es Klarissa vom Empfang der *Weißen Düne,* was um diese Uhrzeit nichts Gutes bedeuten konnte.

„Moin Klarissa, was gibt's denn so früh?"

„Gut, dass ich dich erreiche! Moin Torge, du musst herkommen, wir haben ein verstopftes Klo in einem Premium und die Ziege terrorisiert mich mit Anrufen", erklärte sie atemlos.

„Verstehe ich nicht! Die Premiums haben doch alle zwei Toiletten, sind beide verstopft?" Torge wollte sich seine Pläne für den heutigen Morgen nicht durchkreuzen lassen, sein Dienstbeginn war erst um neun. Vorher wollte er unbedingt zu Knud.

„Nein, ich glaube nicht", meldete sich Klarissa wieder. „Trotzdem ruft sie alle zwei Minuten an. Vielleicht hält ihr Macker eine ausgiebige Sitzung auf der zweiten Örtlichkeit."

„Schiet!", brummelte Torge in den Apparat.

„Das kannst du laut sagen! Kommst du her?", bettelte Klarissa weiter.

„Jo, kann dir ja nicht den Tag versauen lassen. Sag ihr, ich bin unterwegs." So lange konnte das nicht dauern, er würde einfach danach einen Abstecher zu Knud einlegen, vielleicht war dann auch schon die Kommissarin vor Ort.

„Du bist ein Schatz! Hast was gut bei mir. Es ist *Bungalow 13*." Die Erleichterung war Klarissa anzumerken.

Als Torge eine knappe halbe Stunde später mit seinem selbstgebauten Lastendreirad *Henriette* bei dem Ferienhaus ankam, war er auf Krawall gebürstet. Wenn er etwas nicht ausstehen konnte, war es ungebührliches Verhalten von Feriengästen, die mit überzogenen Erwartungen an die Einrichtung oder den Service eincheckten und ihnen den Arbeitstag verdarben. Leider kam das in letzter Zeit immer häufiger vor. Eine verstopfte Toilette war ärgerlich, aber nicht selten verursachten die Urlauber selbst das Dilemma. Da es in diesem Fall eine Ausweichmöglichkeit gab, grenzte es an Schikane.

Sofort nach seinem Klingeln wurde die Tür aufgerissen. Eine junge Frau mit einem schreienden Baby auf dem Arm begrüßte ihn mit einem unfreundlichen „Na endlich, das hat ja ewig gedauert."

Eine verzogene Göre, das hatte ihm gerade gefehlt!

„Moin sagt der Bauer hier, wenn er die gute Stube betritt", entgegnete Torge, ohne damit zu rechnen, dass sie es kapieren würde.

„Versuchen Sie nicht, witzig zu sein! Das ist ein Notfall und Sie haben bereits meine Zeit verschwendet", ranzte sie ihn an.

„Betrifft es beide Toiletten?", fragte Torge ein wenig scheinheilig. So langsam empfand er es spaßig, sie zu provozieren.

„Das wäre ja noch schöner! Kommen Sie mit, es ist das hintere Bad."

Torge schüttelte seinen Kopf, am liebsten hätte er das mit der ungezogenen jungen Frau getan, von deren Konto dieser Bungalow bestimmt nicht bezahlt wurde.

„Kannst du endlich das Baby beruhigen? Das ist ja wohl nicht zu viel verlangt!" Ein Mann in mittlerem Alter betrat den Wohnraum. „Du wolltest unbedingt ein Kind, nun kümmere dich auch darum. Du hast schließlich sonst nichts zu tun."

„Dann sag deiner Tochter, sie soll endlich das Bad freigeben! Wieso muss sie es um diese Uhrzeit eine Stunde blockieren? Sie weiß doch, dass ich das andere Klo nicht benutzen kann. Außerdem ist es auch dein Baby, mach du doch was, damit er aufhört zu schreien."

Wie es aussah, war er mitten in einen Patchworkfamilien-Krieg geraten. Am liebsten wäre er sofort wieder verschwunden und erst zurückgekehrt, wenn sich die Wogen geglättet hatten. Aber das müsste Klarissa dann ausbaden.

„Warum stehen Sie immer noch herum?", bekam er die nächste Salve von der überforderten jungen Mutter ab. „Von alleine repariert sich die Toilette nicht."

Die Lust, sie zu schütteln, wurde übermächtig. Bevor er die Beherrschung verlor, ging er ins hintere Bad, um die Aufgabe zu erledigen. Er hätte seinen geliebten alten Kombi verwettet, dass eine Windel den Abfluss verstopfte. Das war nicht mal so eben erledigt. Seinen Klönschnack mit Knud sah er in weite Ferne rücken, aber immerhin hatte er ihm eine SMS mit der Information über die Phantombilder geschickt. Knud würde sich bei ihm melden, wenn seine Zeit es erlaubte.

Wie befürchtet brauchte Torge fast eineinhalb Stunden, bis alles wieder lief. Da er wenig Lust verspürte, diese Aktion zu wiederholen, wies er die Verursacherin abschließend in forschem Ton auf den Abfalleimer im Bad hin. Es war fast acht, als Torge den Bungalow der negativen Energie endlich wieder verließ. Während er sein Werkzeug auf *Henriettes* Ladefläche verstaute, sah er, wie Felix Müller den Bungalow von Constanze von Haferkamp in Trainingsklamotten in Richtung Strand verließ. Na, die hatte sich ja schnell getröstet! Eigentlich fühlte sich Torge mit seinen fünfundfünfzig Jahren nicht besonders alt, aber heute Morgen hatte er den Eindruck, nicht mehr in diese Welt zu passen.

Er brauchte jetzt dringend einen Pott Kaffee mit einem Hamburger Franzbrötchen, die es seit einiger Zeit in der Cafeteria nahe der Lobby gab. Schnell fuhr er zurück, um *Henriette* in seiner Werkstatt zu parken. Aufräumen konnte er später. Nachdem er sich ausgiebig die Hände gewaschen hatte, eilte er durch den Empfangsbereich der *Weißen Düne.*

Als er an dem großen Springbrunnen vorbeikam, verlangsamten sich seine Schritte ganz automatisch. Im letzten Jahr hatte er sich anfangs über die Angewohnheit der Urlauber lustig gemacht, die versuchten, Fortuna mit ein paar Centstücken zu bestechen, bevor er sich dann selbst darauf einließ. Er wurde rot bei dem Gedanken, sein gesamtes Kleingeld hinterhergeworfen zu haben, als ihn ein vermeintlicher Geistesblitz traf: Vielleicht konnte er nicht nur das negative Karma des heutigen Morgens loswerden, sondern sein Glück steigern, was die Aufklärung des Mordfalls anging.

Torge holte das Kleingeld aus seiner Hosentasche, eine in Annegrets Augen schlechte Angewohnheit, die sie ihm bislang nicht abgewöhnen konnte. Beim letzten Mal schien es, gewirkt zu haben. Sollte er wieder ein paar Münzen in den Brunnen werfen? Schaden würde es sicherlich nicht. Leicht verschämt schaute er sich um, ob jemand ihn beobachtete, aber alle schienen mit ihren eigenen Belangen beschäftigt zu sein. Torge sammelte die Euros aus seiner Hand, um sie wieder in der Tasche verschwinden zu lassen. Alle kleineren Münzen schnippte er nach und nach in den Brunnen, schaute ihnen hinterher, wie sie langsam zum Boden schwebten, um sich mit den anderen zu verbinden.

„Hey Torge, versuchst du, Fortuna zu bestechen? Überraschend, dass du an solchen Hokuspokus glaubst!"

Er drehte sich um und schaute er in das strahlende Gesicht von Klarissa.

„Erzähl es nicht weiter", fiel er in ihr Lachen mit ein, „sonst ist es mit meiner Autorität hier nicht mehr weit her", bat er sie.

„Geht klar, du bist heute mal wieder mein Held gewesen, danke für deinen schnellen Einsatz. Und was wünschst du dir?", fragte sie neugierig.

„Das wird nicht verraten, sonst geht es nicht in Erfüllung, weißt du doch. Ich brauche jetzt erst einmal einen Kaffee."

„Den hast du dir verdient, wir sehen uns", verabschiedete sich Klarissa und kehrte zum Rezeptionstresen zurück.

Torge genoss seine Frühstückspause in vollen Zügen. Da weder weitere dringende Arbeitsaufträge vorlagen, noch Knud sich bisher bei ihm gemeldet hatte, beschloss er, zu dem

Bungalow von Constanze von Haferkamp zurückzukehren, um dort etwas herauszufinden. Mit der Nachfrage nach ihrem Wohlbefinden sowie dem Dank für die unerwartete Prämie hatte er gleich zwei Aufhänger, um sich dort blicken zu lassen. Dass Felix Müller jetzt einfach so eingezogen war, fand er verdächtig. Torge war fest entschlossen, der Sache auf den Grund zu gehen. Vielleicht waren die beiden Phantomgesichter seine Komplizen und er fühlte sich mit einem eigenen Alibi sicher genug, gleich wieder bei der Ex aufzukreuzen, kaum dass er seinen Kontrahenten aus dem Weg geräumt hatte.

Für alle Fälle hatte Torge als Vorwand einen Eimer, eine Rosenschere sowie ein paar Handschuhe mitgenommen. Gegen seinen ursprünglichen Plan drehte er erst einmal eine Runde durch den Garten, ein Blick durch die Fenster gab möglicherweise etwas Aufschlussreiches preis. Wenn er dabei erwischt wurde, redete er sich eben mit dem Schnitt der Rosen heraus, oder er überreichte Constanze eine Blume. Ihm fiel schon etwas ein.

Schnell entdeckte er das offenstehende Schlafzimmerfenster. Während er sich näherte, hörte er Stimmen, es schien sich um zwei Frauen zu handeln. Konnte er es wagen, in den Raum zu gucken, ohne selbst gesehen zu werden? Torge prüfte die Umgebung. Der benachbarte Bungalow, von dem aus man dieses Fenster sehen konnte, stand zurzeit leer, vom Weg aus verdeckten einige Büsche die Sicht. In dem Gefühl, nicht entdeckt zu werden, rückte er weiter an das Fenster heran. Gerade sagte eine der Frauen, Constanze sei verschwunden. Es schien sich um Bettina von Haferkamp zu handeln. Die andere Stimme erkannte Torge nicht. Sie erweckten den Eindruck, sich an der Tür zu befinden, so dass der Hausmeister einen kurzen Blick in den Raum wagte, der ihm das Bett und den Nachttisch zeigte: Blut und Chaos!

Einen Moment lang rauschte es in seinen Ohren. Was war denn hier passiert? Als er wieder lauschen konnte, hörte er Bettina am Telefon. Sie erzählte jemandem, was passiert war und bestätigte, dort zu warten. Vielleicht hatte sie Knud um Hilfe gebeten.

Danach nahm die andere Frau das Gespräch wieder auf. Torge blieb die Luft weg, als er hörte, was sie Bettina von Haferkamp berichtete. Mittlerweile war er sich sicher, in der Stimme Luise zu erkennen, die ältere Dame, die ihn an Marlene erinnerte. Was in dieser Familie los war! Dagegen ging es bei ihm selbst echt langweilig zu. Daraus könnte man ja glatt einen Film drehen. Torge konzentrierte sich wieder auf das Gespräch. Gleichzeitig fragte er sich, wo Felix abgeblieben war. War er vom Joggen überhaupt zurückgekehrt oder handelte es sich bei dem Trainingsanzug lediglich um eine Tarnung, um sich unauffällig aus dem Staub zu machen? Hatte er mit dem Verschwinden von Constanze etwas zu tun?

Torge brannte darauf, endlich mit Knud und der Kommissarin zu sprechen, um ihnen die Phantombilder zu zeigen und von den Familiengeheimnissen der von Haferkamps zu berichten. Gab es einen Zusammenhang mit der Ermordung von Konstantin Winkler? Auf den ersten Blick schien es nichts damit zu tun zu haben, aber vielleicht mit der Entführung von Constanze. Wieder schien Bettina die Entdeckerin zu sein. Steckte sie hinter dem gesamten Drama? Erst bringt sie den Mann um, der sie verschmäht. Sie glaubt, darin ihre Rache befriedigt zu sehen. Doch es reicht ihr nicht. Außerdem leidet ihre Schwester scheinbar überhaupt nicht unter dem Verlust des Bräutigams, sondern tröstet sich sofort mit ihrem Ex. Wenn ihn seine Erinnerung nicht trog, befand sich Bettinas Bungalow auf der anderen Seite direkt neben diesem. Sie hatte bestimmt mitbekommen, wie Felix hier Quartier bezog. War Bettina von Haferkamp die

Entführerin ihrer eigenen Schwester? Und drohte ein weiterer Mord zu geschehen?

Als er Knuds Stimme hörte, beschloss Torge, aus dem Garten zu verschwinden. Vermutlich würde gleich die Spurensicherung auftauchen, da war er in dem Versteck nicht mehr sicher.

Zurück in seinem Kabuff schickte er seinem Kumpel eine SMS mit der Frage, ob sie sich in Kürze treffen könnte, weil er neben den Phantombildern weitere wichtige Details zu dem Fall wusste. Torge war sich sicher, dass die Frauen den Polizisten ihr Familiendrama nicht preisgeben würden, insofern war er ihnen erneut eine Nasenlänge voraus. Gleichzeitig brannte er darauf, zu erfahren, was die Obduktion des Toten ergeben hatte. Er freute sich riesig, als Knud nach kurzer Zeit eine Antwort schickte: „Melde mich bei dir, wenn wir zur Station fahren. Moin! Knud."

Torge überlegte, Christiansen anzurufen, um ihn zu fragen, ob es weitere Reaktionen auf die Ausstrahlung des Berichtes gab, verwarf diese Idee jedoch schnell wieder. Er sollte jetzt erst einmal mit den Kommissaren reden. Es wäre eine gute Strategie, der Presse die Zeichnungen zukommen zu lassen. Insbesondere, wenn sie ebenfalls im Hamburg-Programm ausgestrahlt wurden, gab es große Chancen auf einen Zeugen, der die Personen erkannte.

Bis es so weit war, beschäftigte sich Torge mit Routineaufgaben. Nachdem er seine Werkstatt aufgeräumt hatte, führte er einige Wartungsarbeiten und Kleinreparaturen durch, die er schnell unterbrechen konnte, wenn Knud sich meldete.

Endlich war es soweit! Sein Freund war mit der Kollegin Wiesinger auf dem Weg zum Polizeirevier, um die Fahndung nach Constanze einzuleiten und die Lage zu besprechen. Die ausdrückliche Frage, ob Torge Zeit hätte dazuzustoßen, erfüllte den Hausmeister mit Stolz und Freude. Schnell packte er sein

Werkzeug zusammen, um sich auf den Weg zu machen. Fast hätte er vor lauter Aufregung die Zeichnungen auf seinem Schreibtisch liegengelassen.

Als er die Polizeistation betrat, standen die Kommissare an der Wand mit den Fotos aller Beteiligten in diesem Mordfall. Anscheinend waren sie dabei, sie zu aktualisieren. Wie selbstverständlich stellte er sich daneben.

„Moin Kommissarin, moin Knud, wie ich sehe, gibt es neue Erkenntnisse in unserem Fall", begrüßte er selbstbewusst die beiden Ermittler.

„Nun rollen Sie mal nicht weg, Trulsen! Eine Einladung zu dieser Besprechung macht Sie nicht automatisch zu einem Teil des Teams. Knud sagte, Sie haben Infos für uns", versuchte Charlotte Wiesinger, seine Euphorie ein wenig zu bremsen, was ihr jedoch nicht gelang.

„Das werden Sie gleich anders sehen." Torge zog die Phantombilder aus der Mappe, in die er sie vorsorglich gesteckt hatte, damit sie keinen Schaden nahmen, und hängte sie an eine freie Stelle an die Wand.

„Wer soll das sein?", fragte sie nüchtern.

„Nehmen Sie Platz, es ist eine längere Geschichte." Voller Begeisterung berichtete Torge von seinem Gespräch mit Hansen in der Kantine sowie dem Besuch bei dem Schwager Hannes Weber, an dessen Küchentisch aus der Feder von Bernie Fischer, dem ehemaligen Polizeizeichner, die Phantombilder entstanden waren. „Ich kann mir gut vorstellen, dass dies die Komplizen von Felix Müller beziehungsweise von Bettina von Haferkamp sind", schloss er seine Ausführungen und guckte die beiden Kommissare erwartungsvoll an.

„Wie kommen Sie auf Felix Müller und Bettina von Haferkamp?", fragte die Kommissarin prompt nach.

Gern teilte Torge seine Überlegungen dazu: „Erst dachte ich, die beiden hätten vielleicht gemeinsame Sache gemacht, aber seit Felix bei der Schwester Constanze quasi eingezogen und sie nun verschwunden ist ..."

„Du weißt davon?", fragte Knud fassungslos, obwohl er seinen Freund gut kannte. „Wie bist du denn an diese Informationen gekommen?"

Torge winkte ab. „Ist nicht wichtig." Als ihm bewusst wurde, dass er die Kenntnisse aus seinem Lauschangriff nur mit den Polizisten teilen konnte, wenn er diesen zugab, wurde er verlegen. „Ich war zufällig in der Nähe und habe es mitbekommen."

„Ah, da hat wohl mal wieder im richtigen Moment ein Fenster geklemmt oder ein Rauchmelder Alarm gegeben. Sag nicht, du standest rein zufällig im Garten, um dem Gespräch von Bettina von Haferkamp und ihrer Tante zuzuhören." Knud warf Torge einen mehr amüsierten als tadelnden Blick zu. „Hat es sich wenigstens gelohnt?"

„Und ob es das hat! Stellt euch vor ..." Schnell waren die Fakten zu den Familienverhältnissen wiedergegeben, Knud und die Wiesinger staunten nicht schlecht, als sie hörten, mit welchen Verwicklungen die Schwestern zu kämpfen hatten.

„Aber hat das etwas mit unserem Fall zu tun?", überlegte die Kommissarin. „Ich denke, wir sollten uns vorerst auf die Unbekannten Ihrer Zeichnungen konzentrieren. Das ist echt gute Arbeit, Trulsen – und auf ganz legalem Weg! Vielleicht ernennen wir Sie doch noch zu unserem Hilfssheriff."

Torge platzte fast vor Stolz, auch wenn er die abschließende Bemerkung nicht richtig einordnen konnte. Veräppelte die Wiesinger ihn? Er schob den Gedanken beiseite. „Ich habe sogar das Kennzeichen von dem weißen Transporter."

„Tja, vermutlich gestohlen oder gefälscht, aber eine Halterabfrage ist den Versuch wert." Sie gab die Daten in den Computer ein. „Kein direkter Treffer, warten wir es ab."

„Was hat eigentlich die Obduktion ergeben?", wechselte Torge das Thema, um im Gegenzuge einige Informationen zu erhalten.

„Das ist ein wenig merkwürdig", schaltete sich Knud in das Gespräch ein. „Winkler starb Sonntagvormittag an der Überdosis eines starken Schlafmittels. Johannsen konnte weder einen Selbstmord noch ein Versehen in der Überdosierung ausschließen."

„Selbstmord? Warum setzt er sich in dieser Aufmachung und mit der Fuchsmaske in einen Strandkorb, um dort zu sterben? Und wie ist er dorthin gekommen? Ist sein Auto inzwischen gefunden worden?" Die Fragen sprudelten nur so aus Torge heraus.

„Immer mit der Ruhe. Nein, der Wagen ist weiterhin verschwunden und wir gehen auch nicht von einem Selbstmord aus", klärte Knud seinen Freund auf.

„Glaubt Ihr, das Verschwinden von Constanze geht auf das Konto des Mörders? Schwebt sie in Gefahr oder ist sie vielleicht ebenfalls tot?"

„Das können wir nicht ausschließen. Im Grunde ist es sehr wahrscheinlich, dass es sich um den gleichen Täter handelt. Wer von unseren Verdächtigen kommt dafür in Frage?" Knud war wieder aufgestanden, um seinen Blick auf die Wand zu verbessern.

Torge folgte ihm. Erst jetzt bemerkte er die neuen Namen, die Knud auf die Wand geschrieben hatte. Bei allen fehlten allerdings die dazugehörigen Fotos. „Wer sind denn diese Leute? Tobias Franke, Paul Sommerfeldt und Adrian Geßner?"

Nachdem Knud ihn kurz darüber ins Bild gesetzt hatte, konzentrierte der Kommissar sich auf die Verdachtsmomente. „Je mehr sich der Fall entwickelt und jetzt noch mit der Entführung von Constanze von Haferkamp, glaube ich doch eher an ein Motiv aus dem Familienumfeld. Tobias Franke ist raus. Wenn wir einen Täter bei beiden Brautleuten haben, ist der Investor aus dem Schneider. Unwahrscheinlich, dass er seine Komplizen von Südkorea aus steuert."

„Oder sehr raffiniert", gab seine Kollegin zu bedenken.

„Aber welches Motiv hat Franke Constanze von Haferkamp zu entführen? Was will er damit bezwecken? Da sehe ich keinen Zusammenhang", widersprach Knud. „Für den Geschäftsführer Sommerfeldt gilt das Gleiche. Das wäre höchstens ein Verwirrspiel, um von sich selbst als Verdächtiger abzulenken - als Motiv denkbar. Ich schlage vor, wir konzentrieren uns vorerst auf die Familie und auf die verschmähten Geliebten in diesem Szenario."

„Wer außer Bettina von Haferkamp kommt denn aus der Familie als Täter in Frage? Angenommen jemand hat sowohl von der Homosexualität als auch von der desaströsen finanziellen Situation Winklers Wind bekommen – oder nur von einem Aspekt. Gehen wir einfach einmal alle Beteiligten durch", schlug die Kommissarin vor.

„Wirklich? Eigentlich haben wir das erst gestern Abend getan." Knud war nicht begeistert.

„Wir haben seitdem allerhand neue Erkenntnisse. Keine Müdigkeit vortäuschen. Holen Sie uns einfach ein paar Becher Kaffee, das gibt Ihnen neue Kraft", kommandierte die Wiesinger Knud herum.

„Gute Idee! Ich koche Kaffee. Fangt ruhig schon an."

„Trulsen, holen Sie bitte mal das Flipchart. Es steht nebenan. Wir fertigen eine neue Liste an, das wird sonst auf dieser Wand zu unübersichtlich", erteilte sie den nächsten Auftrag.

Schnell hatte Torge das gewünschte Utensil aus der Abstellkammer geholt und in Position gebracht. Auch die Kommissarin verlor keine Zeit. Als Knud mit dem Kaffee zurückkam, prangte bereits die angekündigte Namensliste auf dem Papier.

„Okay, setzen Sie sich", übernahm sie das Kommando. „Davon ausgehend, dass es sich bei den beiden neuen Verdächtigen wirklich um Komplizen handelt, lassen wir die Alibis der Familienmitglieder außer Acht. Die Alternative können wir später erörtern. Fangen wir mit Johannes von Haferkamp an. Wie ist Ihre Meinung dazu?"

Torge war sich nicht sicher, ob die Wiesinger ihre Frage nur an Knud richtete, aber das war ihm egal. „Ich glaube nicht, dass Johannes von Haferkamp unser Täter ist. An dem Abend, als er sich mit seinem Bruder gestritten hat, wirkte er sehr überrascht, als Karl seinen Beinahe-Schwiegersohn durch den Schmutz zog. Außerdem hat er Winkler seiner Tochter ja selbst vorgestellt, wenn auch der anderen."

„Sehe ich genauso", schloss Knud sich knapp an, während die Kommissarin nickte und auf den nächsten Namen zeigte: „Bleiben wir gleich bei dem Bruder Karl."

Diesmal war Knud schneller. „Wenn es nur um den Mord an Konstantin Winkler geht, dann wäre das denkbar. Zumindest wenn er zusätzlich Infos zu der miserablen geschäftlichen Situation hatte, was wir nicht genau wissen. Aber warum soll er seine Nichte entführen beziehungsweise entführen lassen. Geht die Rivalität zwischen den Brüdern so weit? Das halte ich für unwahrscheinlich."

„Aber nicht ausgeschlossen", widersprach die Kommissarin.

Torge war sich nicht sicher, ob sie das als Frage gemeint hatte, deshalb ließ er die Bemerkung unkommentiert.

„Schauen wir uns erst die anderen an", forderte Knud sie daraufhin auf.

„Bettina von Haferkamp ist in meinen Augen schon ziemlich verdächtig", äußerte Charlotte Wiesinger dieses Mal selbst ihren Eindruck. „Motive hat sie unbestritten, außerdem findet sie die Leiche ihres Ex. Während Felix den Bungalow für eine Stunde zum Joggen verlässt, kann sie die Gelegenheit nutzen, ihre Schwester aus dem benachbarten Ferienhaus verschwinden zu lassen. Motiv und Gelegenheit."

„Und Felix Müller? Er hat in meinen Augen genauso Motiv und Gelegenheit. Vielleicht lief es nach der vermeintlichen Versöhnung nicht so gut zwischen den beiden, wie es nach außen wirkt. Er verliert im Streit die Beherrschung, tötet sie im Affekt und lässt die Leiche verschwinden. Wer weiß, ob sie jetzt nicht ebenfalls tot in einem Strandkorb sitzt."

„Trulsen, das ist makaber", wies die Kommissarin ihn zurecht.

„Nennen Sie es makaber, es ist auf jeden Fall möglich", verteidigte Torge seine These.

„Wenn Sie so weitermachen, schicke ich Sie gleich an den Strand, dann können Sie nachschauen, ob Sie recht haben", konterte sie, bevor sie einen großen Schluck aus ihrem Kaffeepott nahm.

„Ich stimme Torge zu – nicht unbedingt, was den Strandkorb angeht, aber Felix Müller halte ich auch für verdächtig. Vielleicht tut er nur so schwach und leidend. Ich fand sein Auftauchen am Tag der Hochzeit der Ex von Anfang an merkwürdig", tat Knud seine Meinung kund.

„Okay, nehmen wir ihn mit auf. Was ist mit den älteren Damen? Marion und Martha ... und wie hieß noch die Patentante der Braut?" Sie warf einen Blick an die Wand, fand den Namen, den sie suchte, jedoch nicht.

„Luise", kam es von den Männern wie aus einem Mund.

„Ja, genau. Was ist mit den drei Grazien? Sie nicht, Trulsen, Sie sind der Alte-Damen-Flüsterer, dieses Mal möchte ich die Einschätzung von Knud hören."

„Ehrlich gesagt, glaube ich nicht an deren Verwicklung in den Fall. Marion ist vernarrt in ihre Tochter, sie würde sie auf jeden Fall beschützen, war aber bestimmt nicht über ihren Schwiegersohn informiert. Außerdem halte ich sie nicht für fähig, einen Mord zu begehen. Ihre Mutter Martha ist zweiundneunzig, die ist auf jeden Fall raus. Und Luise? Sie ist genauso katholisch wie ihr Bruder, hat mit dem Familienunternehmen nichts mehr zu tun, ich finde, sie wirkt etwas ... verpeilt. Sie liebt ihre Patentochter abgöttisch, mit deren Entführung hat sie auf keinen Fall etwas zu tun."

„Wir konzentrieren uns also auf Bettina von Haferkamp und Felix Müller?", fragte sie beide Männer.

„Ich habe eine weitere Idee. Wollen wir die Phantombilder an die Presse geben? Christiansen würde sie sicherlich veröffentlichen – und der Hamburger Kollege hat auch bereits über den Fall berichtet. Er setzt die Story bestimmt gerne mit den Neuigkeiten fort." Torge versprach sich viel davon, die Zeichnungen an das Fernsehen zu geben. „Wir sollten es offiziell als Bitte von der Polizei um Mithilfe der Bürger deklarieren. Zeugen sollten sich direkt auf dem Polizeirevier melden."

„Ich bin Torges Meinung ... Warten Sie mal eben, da kommt gerade der Bericht der Spusi herein. Also, ... sowohl die Brieftasche mit Ausweis, Karten und Bargeld als auch das Handy sind verschwunden. Constanzes Auto steht jedoch auf dem Parkplatz vor der *Weißen Düne*. Weitere Ergebnisse folgen später. Vielleicht wurde sie von den beiden Verdächtigen in dem weißen Lieferwagen entführt und wenn wir Glück haben, hat jemand etwas beobachtet. Schaden kann es auf keinen Fall. Was meinen Sie dazu, Charlotte?", bezog Knud seine Kollegin mit ein.

„Rufen Sie Christiansen an, Trulsen. Sie kennen ihn von dem Interview im letzten September persönlich, außerdem sind die Bilder ja Ihr Verdienst. Geben Sie ihm dazu die Infos von dem Transporter samt Kennzeichen, dazu noch einmal die Daten von Konstantins Sportwagen. Aber kein Wort über das Verschwinden von Constanze von Haferkamp. Bettina und Tante Luise haben ausdrücklich darum gebeten, diese Informationen nicht an die Presse weiterzugeben. Sie wollen erst mit der eigenen Familie reden und sind sich nicht sicher, ob sie damit überhaupt an die Öffentlichkeit gehen wollen."

„Geht klar, Kommissarin Wiesinger. Sie können sich auf mich verlassen!" Torge konnte sein Glück kaum fassen, so langsam wurde er tatsächlich Teil des Teams. Hoffentlich kam etwas dabei heraus!

Constanze an einem anderen Ort

Dienstag, den 12. Mai

Dunkelheit umgab Constanze, als sie mit stechenden Kopfschmerzen wach wurde. Sie tastete nach dem Lichtschalter ihrer Nachttischlampe, griff jedoch ins Leere. Irritiert machte sie eine ruckartige Bewegung, die den migräneartigen Anfall anschwellen und sie erschöpft zurücksinken ließ. Warum war es nur so dunkel? Sie schob sich vorsichtig wieder ein Stück in die Richtung der Bettkante, dort musste doch die Ablage mit der Lampe und ihrem Handy sein! Sie stieß mit der Rückseite ihrer Hand gegen einen Gegenstand, kurz darauf hörte sie das Geräusch von zersplitterndem Glas auf einem Fliesenboden.

Leichte Panik stieg in ihr auf. Wo war sie bloß? In ihrem eigenen Schlafzimmer lag ein flauschig weicher Teppichboden. Und bei Konstantin ... langsam sickerten die Erinnerungen an die vergangenen Tage wieder in ihr Bewusstsein. Konstantin war tot – ermordet! Ihre Traumhochzeit war zu einem Albtraum mutiert.

Noch einmal versuchte Constanze, eine Lichtquelle zu erreichen – wenn sie wenigstens ihr Handy finden würde! Durch jede Bewegung wurde der Schmerz in ihrem Kopf schlimmer! Erschöpft gab sie auf, starrte in dem Versuch, sich zu erinnern, was außerdem passiert war, weiter in die Dunkelheit.

Felix war aufgetaucht, um sie zu trösten. Anfangs hatte seine liebevolle Art sie beruhigt. Er kümmerte sich um sie, als sei nichts geschehen. Je länger er da war, fühlte sie in seiner Gegenwart eine merkwürdige Beklemmung. Genau dieses Verhalten hatte sie letztendlich in die Arme von Konstantin getrieben. Felix erdrückte sie. Er war wie eine Klette, die ihr eigenes Leben aufgab, an den anderen andockte, um nur für sie da zu sein und ihr nach Möglichkeit alles recht zu machen. Wenn er arbeitete, ging er wenigstens irgendwann aus dem Haus, doch in St. Peter-Ording klebte er an ihr wie ein Placken Möwenschiet. Sie erinnerte sich an die Erleichterung, als er ihr an dem Abend erzählte, er würde gerne am nächsten Morgen wieder joggen. Im Grunde war es mehr eine Frage gewesen, ob sie nichts dagegen hätte. Der Plan abzuhauen entstand, als er einige Stunden später leicht schnarchend neben ihr lag und sie vergeblich auf den Schlaf wartete.

Nicht nur Felix ging ihr mittlerweile gehörig auf die Nerven, sondern die gesamte Situation mit allen Beteiligten. Sie hatte sich seit der Nicht-Hochzeitsfeier in diesem Bungalow verkrochen, doch wie lange sollte das so weitergehen? Sie musste zurück nach Hamburg, zurück in ein Leben, das es gar nicht mehr gab. Mit Schrecken dachte sie an die Presse, die sie und ihre Beziehung zu Konstantin durch den Schmutz ziehen würde. Wer wusste schon, wie tief sie gruben und welche schlüpfrigen

Details sie außerdem zu Tage beförderten? Sie hatte absolut keine Ambition, sich dem zu stellen. Ihre Mutter litt schon jetzt mehr als sie selbst. Das Gejammer würde sich intensivieren, auch darauf hatte Constanze keine Lust. Im Grunde wollte sie niemanden mehr von ihnen sehen – mit Ausnahme von Tante Luise vielleicht, die würde in Kürze allerdings wieder in ihrem kleinen Haus hinter dem Elbdeich verschwinden.

Wo konnte sie nur hin? Luise bot ihr bestimmt an, bei ihr zu wohnen, wenn Constanze sie darum bat. In dem kleinen dunklen Heim ohne jeglichen Komfort würde sie bestimmt trübsinnig werden.

Sie brauchte jetzt eine neue Umgebung, neue Impulse, neue Menschen! Das Beste wäre eine Reise, eigentlich egal wohin, einfach weit weg, das ganze Drama hinter sich lassen und für eine Zeitlang frei sein. Wie stellte sie es nur an, dass weder Felix noch die Presse ihr folgten?

Nach einer weiteren schlaflosen Stunde hatte sie ihren Plan geschmiedet. Sie musste eine Entführung vortäuschen! Nur so lange, bis sie weit genug weg war, damit niemand sie fand. Wenn alle ein paar Stunden mit Spurensuche in dem Bungalow beschäftigt waren, gab es ihr die notwendige Zeit, um zum Flughafen zu fahren und zu verschwinden. Am Ziel würde sie dann ihrer Tante Luise eine SMS schicken, in der sie mitteilte, dass es ihr gutging, sie aber einfach Zeit für sich brauchte.

Durch den Schleier der stechenden Kopfschmerzen versuchte Constanze, sich an die Details ihrer Flucht zu erinnern. Es hatte sie riesige Überwindung gekostet, sich in den kleinen Finger zu schneiden, um das Blut auf das Kissen und den Boden tropfen zu lassen. Den Schmerz hatte sie kaum gespürt. Danach war sie mit Felix' Auto zum Frankfurter Flughafen gefahren. Von dort aus nahm sie eine Maschine nach New York, wo sie nach dem Abitur drei Monate gelebt hatte. Das passte gut. Völlig erschöpft war sie in einem kleinen Hotel ins Bett gefallen und dort sofort eingeschlafen. Sie konnte sich nicht erinnern, die geplante SMS an ihre Tante verschickt zu haben.

Während sie den Schmerz bekämpfte, richtete sie sich endlich auf, fand ihr Handy unter dem zweiten leeren Kopfkissen. Eingeschaltet spendete es genug Licht, um sich im Raum zu orientieren. Sie kramte in ihrer Handtasche nach einer Tablette, spülte sie mit dem Wasser direkt aus der Flasche herunter und sendete im Anschluss die Nachricht an ihre Tante.

„Liebe Luise, ich musste aus der Situation einfach verschwinden. Bitte entschuldige meinen dramatischen Abgang, mach dir keine Sorgen, es geht mir gut. Sag bitte meiner Familie, Felix und der Polizei Bescheid. Ich bin in Sicherheit und komme zurück, wenn die Zeit reif ist. Ganz liebe Grüße von Constanze."

Im Anschluss schaltete sie das Handy sofort wieder aus, ohne die Mailbox abzuhören oder die eingegangenen Nachrichten zu lesen.

Charlie in St. Peter-Ording

13. bis 16. Mai

Nachdem Trulsen das Polizeirevier verlassen hatte, waren Charlie und Knud nochmals alle Fakten und Verdachtsmomente durchgegangen, kamen aber zu keinen weiteren Schlüssen.

„Dieses Mal sind Sie so ungeduldig und unzufrieden, Knud. Wir haben doch schon eine Menge herausgefunden. Was ist los mit Ihnen?", fragte die Kommissarin ihren Kollegen.

„Das Verschwinden von Constanze gefällt mir überhaupt nicht. Ich würde einfach gerne verhindern, eine weitere Leiche zu finden, aber ich habe keine Ahnung, wie." Knud starrte an die Wand mit dem Organigramm der Verflechtungen aller Beteiligten. „Irgendwie macht die Entführung von Constanze überhaupt keinen Sinn."

„Kommen Sie, Knud. Lassen Sie uns an den Strand fahren, um uns eine steife Brise um die Nase wehen zu lassen. Der Wind hat wieder aufgefrischt. Wir kennen die Fakten langsam auswendig, sie weiter durchschnacken können wir auch draußen. Was sagt der Tidekalender?"

„Wir können ausgiebig durchs Watt wandern." Knud brauchte Charlies Grimasse gar nicht erst zu sehen, um bereits wieder breit zu grienen. Seine Laune konnte so schnell umschlagen wie das Wetter hier oben; man brauchte ihn nur auf die herrliche Umgebung ansprechen, in der er lebte. Wenn Charlies Stimmung schlecht war, konnte sie viel hartnäckiger sein.

„Na, kommen Sie, jetzt leben Sie quasi ein halbes Jahr hier, es wird Zeit, auch dieses Wunder der Natur zu lieben. Immerhin ist es Weltnaturerbe. Dem können nicht einmal Sie sich verweigern."

„Bitte halten Sie mir jetzt nicht wieder einen Vortrag über Wattwürmer und die schlauen Muscheln, die sich im Boden eingraben, um vor Fressfeinden sicher zu sein und außerdem nicht von der Strömung umhergetrudelt zu werden." Charlie rollte gespielt mit den Augen, im Grunde fand sie Knuds Ausführungen interessant. Bevor sie sich ein wenig damit beschäftigte, hätte sie nicht vermutet, dass das Wattenmeer einen so vielfältigen Lebensraum bot.

„Sie hören ja doch zu, wenn ich Ihnen etwas über unsere Naturschönheit erzähle, da lohnt es sich ja glatt, die Lehrstunde fortzusetzen. Die Miesmuscheln graben sich nämlich nicht im Boden ein, sie halten sich mit Klebefäden fest, sogar an der Schale einer anderen Muschel. Dadurch entstehen die Muschelbänke, in denen sich auch gerne Untermieter wie Seepocken, Algen und Moostierchen einnisten", dozierte Knud mit einem ernsten Gesicht.

„Was dann aber einen schlechten Schutz vor Schnecken, Vögeln, Krebsen und Fischen bietet. Ist ja wie ein reich gedecktes Buffet und nebenbei wirklich hochinteressant, Herr Wattführer Petersen. Wenn Sie mal keine Lust mehr auf den Polizeidienst haben, können Sie bestimmt für so einen Job anheuern. Aber ein bisschen Bewegung an der frischen Luft wird uns beiden trotzdem guttun – auch wenn die Nordsee gerade einmal wieder mondsüchtig verschwunden ist. Vielleicht finde ich ja noch ein paar Muscheln, die sich nicht schnell genug eingegraben haben."

„Ja, Sie geben dem Wort Muschelbank eine ganz neue Bedeutung." Bestens gelaunt schaute sich Knud demonstrativ in ihrem Büroraum um.

Charlie ignorierte ihn, weil sie wusste, wie gut ihm dieses maritime Flair beim Arbeiten im Innendienst gefiel. Schließlich kam sie zum Thema zurück: „Von der Veröffentlichung der Phantombilder verspreche ich mir schon etwas. Meinen Sie, Trulsen bekommt es so hin, dass sie schon heute Abend gezeigt werden?"

„Wenn es einer hinbekommt, dann Torge. Machen Sie sich keine Sorgen, Charlotte."

Die ausgedehnte Wattwanderung hatte beiden gutgetan. Charlie sammelte ihre obligatorischen Muscheln, Knud war auffallend schweigsam gewesen. Gern hätte sie gewusst, was genau in seinem Kopf vor sich ging, aber sie fasste sich in Geduld. Knud würde sie schon einweihen, wenn er es für richtig hielt. Abschließend waren sie auf einen Pharisäer in der Arche in dem Pfahlbau am Ordinger Strand eingekehrt. Als Charlie schließlich in ihrem kleinen Haus ankam, war es bereits kurz vor achtzehn Uhr. Gespannt schaltete sie den Fernseher ein. Sowohl in der

Sendung *N3 von der Küste* als auch im *Hamburg Journal* wurden die von Trulsen organisierten Zeichnungen der Verdächtigen und die Angaben zu den Autos gezeigt. Zufrieden lehnte sie sich auf dem bequemen Sofa zurück. Nun hieß es abwarten. Sie war gespannt, ob es Zuschauerreaktionen geben würde. Beschwingt durch den Genuss der alkoholischen Kaffeespezialität gönnte sie sich zum Abschluss des Tages zwei Gläser Rotwein.

Am nächsten Morgen wurde sie durch das Hämmern des Türklopfers an ihrer Haustür geweckt. Nur langsam kam das selten gehörte Geräusch in ihrem Bewusstsein an. Was hatte das zu bedeuten? Schlaftrunken rappelte sie sich aus dem Bett, zog eine Strickjacke über den Pyjama, um schließlich die Tür zu öffnen.

„Knud, ist etwas passiert oder können Sie es wieder nicht ohne mich aushalten? Wie spät ist es denn?"

„Moin Charlotte. Der Tag läuft schon. Da Sie nicht an ihr Handy gehen, muss ich Ihnen eben auf die Bude rücken. Es gibt Neuigkeiten, springen Sie unter die Dusche, ich bereite den Kaffee zu."

Wie selbstverständlich verschwand Knud in ihrer Küche. Wieder spürte sie das Wohlgefühl, das seine Anwesenheit in ihr auslöste. Am besten nahm sie eine kalte Dusche. Private Verwicklungen konnte sie nicht gebrauchen, zu tief saß der Schmerz über Andreas' Betrug verbunden mit der eigenen geplatzten Hochzeit. Charlie schüttelte die unerfreulichen Gedanken ab. Als sie nach der Morgentoilette die Küche betrat, duftete es bereits nach frischem Kaffee, außerdem hatte Knud sogar Krabbenbrötchen mitgebracht.

„Fisch zum Frühstück?", fragte sie skeptisch.

„Sie sind jetzt lange genug hier, um daran Geschmack zu finden. Stärken Sie sich, es gibt Arbeit", antworte Knud mit seiner gewohnt fröhlichen Stimmung.

Charlie griff als Erstes nach dem großen Kaffeebecher, den Knud großzügig gefüllt hatte.

„Nun spannen Sie mich nicht so auf die Folter, was ist passiert? Gibt es eine Spur von Constanze?"

„Nein, leider nicht, aber es gibt tatsächlich Reaktionen auf die Phantombilder und auf die Autos. Einige Anrufer wollen den Mann erkannt haben, außerdem gibt es einen Zeugen, der den Wagen von Konstantin Winkler am Freitagabend gesehen haben will. Das habe ich an die Hamburger Kollegen delegiert, die suchen jetzt die Umgebung ab. Ich dachte, Sie wollen sich vielleicht selbst um die Recherche zu dem männlichen Verdächtigen kümmern", schloss Knud seine Ausführungen.

„Gute Arbeit – auch von Trulsen." Charlie nahm das Brötchen, schnupperte einmal daran, bevor sie schließlich mit einem „Ach, was soll's." hineinbiss. „Was ist mit dem Transporter?", fragte sie kauend.

„Bisher nichts, aber das kann ja noch kommen. Wie schmecken Ihnen die köstlichen Krabben?" Es war ihm deutlich anzusehen, wie er es genoss, sie ein wenig zu foppen.

„Geht zu essen", kam die lakonische Antwort. „Jeden Morgen brauche ich das allerdings nicht."

„Ein so großes Verwöhnprogramm habe ich auch gar nicht geplant", griente Knud weiter vor sich hin.

„Hauptsache Sie haben Ihren Spaß."

Voller Elan stürzten sich die Kommissare nach dem Frühstück in die Arbeit, wurden allerdings in den folgenden Tagen immer wieder enttäuscht, da alle Spuren einfach ins Leere liefen. Die Hamburger Kollegen waren nicht in der Lage, den Sportwagen von Konstantin Winkler aufzuspüren. Er war genauso vom Erdboden verschluckt wie Constanze von Haferkamp. Felix Müllers Auto stand nicht mehr auf dem Parkplatz der *Weißen Düne*, konnte jedoch ebenfalls nicht gefunden werden. Wieder forderten sie die Unterstützung der Polizei der Hansestadt an, indem sie sie baten, sowohl an den Bahnhöfen als auch am Flughafen nach dem Fahrzeug suchen zu lassen – ohne Ergebnis. Constanze von Haferkamp hatte weder in Hamburg, noch in Bremen oder Hannover ein Flugticket gelöst. Insofern gingen Charlie und Knud weiter von einer Entführung aus, was die Nervosität steigen ließ.

Auf die Ausstrahlung der Phantombilder gab es zahlreiche Reaktionen, insbesondere das Gesicht des Mannes meinten einige Zuschauer zu erkennen, aber keine der Überprüfungen brachte sie weiter.

Charlie konnte sich nicht erinnern, Knud schon einmal so niedergeschlagen gesehen zu haben. Nichts konnte ihn aufheitern, er saß stundenlang brütend an seinem Schreibtisch, kritzelte auf einem A3-Bogen herum und trank Unmengen von Kaffee, ohne viel dazu zu essen.

„So langsam mache ich mir Sorgen um Sie. Kommen Sie, ich lade Sie zu einem deftigen Essen ein, damit Sie bei Kräften bleiben. Vielleicht wollen Sie mich auch endlich in Ihre Überlegungen einweihen. Sie wirken schon wie Trulsen, wenn er wieder einmal etwas ausheckt."

Ein schwaches Lächeln zog über Knuds Gesicht, das Charlie in den letzten Tagen vermisst hatte.

„Sie kennen mich schon ziemlich gut, Kommissarin Charlotte Wiesinger. Das freut mich sehr. Ich habe tatsächlich eine Idee, die auch von Torge sein könnte. Seit drei Tagen wälze ich sie in meinem Kopf hin und her, ohne zu einem Schluss zu kommen, ob es sinnvoll ist, sie in die Tat umzusetzen. Da die Familie angekündigt hat, spätestens am Sonntag abzureisen, sollten wir vielleicht Nägel mit Köpfen machen." Knud legte eine Pause ein und schaute Charlie direkt in die Augen. „Auf die Gefahr hin, dass Sie mich für bekloppt halten, ich werde Sie in meinen Plan einweihen. Ich brauche Ihre Meinung dazu. Ein Essen ist keine schlechte Idee, aber dieses Mal lade ich Sie ein. Kommen Sie, wir fahren zum Kirchspielkrug nach Westerhever."

Charlie war gespannt, was Knud sich ausgedacht hatte. Auch an ihren Nerven zerrte der Stillstand - und die Sorge um Constanze von Haferkamp wuchs. Da er auf der Fahrt zu dem Restaurant beharrlich schwieg, vertiefte sie sich in die Betrachtung der platten Landschaft. Auf den saftigen Wiesen standen die Schafe mit ihren Lämmern. Jedes Mal bekam Charlie dabei ein schlechtes Gewissen, ab und zu das Fleisch dieser Tierbabys zu essen.

Wie weit man hier gucken konnte! Insgesamt strahlte diese Gegend Ruhe aus. Charlie spürte die Entspannung in ihrem Körper und genoss bewusst diesen Augenblick. Spätestens wenn Knud begann, sie in seinen Plan einzuweihen, wäre es damit wieder vorbei. Eigentlich passten Mord und Totschlag überhaupt nicht in diesen friedlichen Landstrich.

In dem Lokal angekommen, war es mit Charlies Geduld vorbei. Sie bestürmte Knud, nun endlich zu erzählen, was er sich ausgedacht hatte. Dieser stöberte verlegen in der Speisekarte herum und zögerte die Offenbarung seiner Gedanken weiter hinaus.

„Nun hören Sie schon auf, mich auf die Folter zu spannen", bedrängte Charlie ihn. „Suchen Sie sich ein verdammtes Gericht aus, sonst übernehme ich das für Sie."

Knud legte die Karte beiseite. „Sie haben ja recht. Es wird dadurch nicht besser – versprechen Sie mir, weder zu lachen noch gleich abzuwehren. Lassen Sie mich ganz zu Ende erzählen und denken Sie einen Moment darüber nach, bevor Sie einen Ihrer scharfen Kommentare abfeuern."

Als Charlie es ihm versprach, weihte Knud sie endlich in seine Gedanken ein.

Tatsächlich war Charlie nicht spontan begeistert von Knuds etwas skurriler Idee, versprach aber darüber nachzudenken. Als sie sich am nächsten Morgen im Polizeirevier trafen, hatte Knud den Kaffee bereits fertig. Zu Charlies Freude warteten außerdem Franzbrötchen auf sie.

„Moin Knud, wie ich sehe, versuchen Sie, mich mit Zucker zu überzeugen. Gibt es sonst keine neuen Spuren, die wir verfolgen können? Keine konstruktiven Anrufe von möglichen Zeugen?"

„Wir treten komplett auf der Stelle, lassen Sie es uns versuchen", antwortete Knud.

„Es wird für Bettina von Haferkamp ein großer Schock sein, verhaftet zu werden, wenn sie eigentlich unschuldig ist. Wollen wir sie nicht lieber in Ihren Plan einweihen?", schlug Charlie vor, weil ihr nach wie vor nicht wohl bei der Sache war.

„Können Sie sie als Täterin ausschließen? Insgesamt deutet einiges auf sie hin", insistierte Knud.

„Nun verstehe ich gar nichts mehr. Ich dachte, Sie wollen Sie lediglich verhaften, um den wahren Täter aus der Reserve zu locken. Wobei ich vom Gelingen dieser List nicht überzeugt bin. Wenn der Mörder von Konstantin Winkler auch Constanze von Haferkamp entführt hat, ist ihm das Schicksal der Schwester ebenfalls egal. Das spielt ihm sogar in die Hände. Warum sollte er sich bei uns melden, um ein Geständnis abzulegen?" Charlies Temperament kam wieder durch; mit funkelnden Augen schaute sie Knud an.

„Es ist einen Versuch wert, alle Beteiligten aufzumischen. Wenn es wirklich Bettina von Haferkamp war, knickt sie vielleicht mit einem Geständnis ein. Wenn nicht, fühlt sich der wahre Täter sicher, was ihn zu einem Fehler verleiten könnte.

Das Geständnis des Mörders, um Bettina aus der Situation zu retten, ist das Traumszenario, an das ich auch nicht wirklich glaube, aber wer weiß. Bei diesen chaotischen Familienverhältnissen würde es mich nicht wundern, wenn weitere Geheimnisse im Verborgenen liegen." Knud ließ sich dieses Mal von Charlies Zweifeln nicht beeindrucken. „Wir sollten Bettina auf keinen Fall einweihen, ich bin außerdem auf ihre Reaktion auf die Verhaftung gespannt."

„Es ist Ihre Idee. Wenn der Staatsanwalt Ihnen den Haftbefehl ausstellt, bin ich dabei, aber ich halte es immer noch für eine Verzweiflungstat, weil wir nicht richtig vorankommen", antwortete Charlie.

„Gut, dann fahre ich jetzt nach Husum, um ihm den Fall vorzustellen. Bei der Komplexität der Fakten ist es wohl besser, einen Besuch abzustatten als einfach nur ein Telefonat zu führen. Ich kann ihm Fotos und unser Organigramm vorlegen. Wollen Sie mich wirklich nicht begleiten? Wir könnten auf dem Rückweg einen Zwischenstopp bei Ansgar einlegen, um ihn wieder milde zu stimmen, damit er uns auch in Zukunft gewogen mit Informationen versorgt", versuchte Knud, sie wieder mit ins Boot zu holen.

„Das muss er sowieso, ob nun gut gelaunt oder grummelig", gab Charlie zurück.

„Grummelig sind Sie heute. Was ist eigentlich los mit Ihnen? Wo ist Ihr Killerinstinkt? Sie zerfließen in Mitleid mit Bettina und füllen diesen Raum mit negativer Energie. Sie hatten bereits Kaffee und Zucker, daran kann es also nicht liegen. Warum sind Sie so mies drauf?"

„Ich weiß es nicht. Der Fall geht mir an die Nieren. Und dass wir nicht vorankommen, verbessert meine Laune nicht gerade", antwortete Charlie etwas lahm.

„Das habe ich bemerkt, aber gut, es von Ihnen selbst zu hören. Kommen Sie mit oder wollen Sie hier weiter Trübsal blasen? Ist immerhin eine Chance, zu hören, was der Staatsanwalt zu meinem Plan sagt. Vielleicht bringt seine Denkweise Sie wieder in die Spur", versuchte Knud, sie zum Mitkommen zu überreden, was schließlich zum Erfolg führte.

Insgeheim hatte Charlie gehofft, der Staatsanwalt würde ihnen ihre Unterlagen um die Ohren schlagen und sie aus seinem Büro werfen, aber so kam es nicht. Der erfahrene Jurist nahm sich viel Zeit, um sich in alle Fakten des Falles einweihen zu lassen. An Knuds Engagement erkannte Charlie, wie wichtig es ihm war, diese Strategie auszuprobieren. Er strahlte geradezu, als er am Ende den Haftbefehl in Händen hielt, sie dagegen fühlte sich ausgelaugt und hungrig.

„Das wäre geschafft", rief er begeistert aus, als sie das Gebäude verließen. „Kommen Sie, ich lade Sie zur Feier des Tages auf ein Krabbenbrötchen ein. Nachdem ich dem Staatsanwalt alles dargelegt habe, bin ich mir sicher, auf dem richtigen Weg zu sein."

„Schon wieder Krabbenbrötchen? Nein, danke. Aber ich sterbe vor Hunger. Lassen Sie uns einen Döner essen. Vielleicht können Sie mich dabei mit Ihrem Enthusiasmus anstecken. Mir fehlt nach wie vor die Überzeugung für diese Verhaftung", antwortete Charlie leicht genervt, weil die ergebnislosen Tage nach ihrer Meinung in die falsche Richtung liefen.

„Döner! Eine echt nordfriesische Spezialität, den sollten sie lieber mit Ansgar essen, statt mit mir", versuchte Knud, sie mit einem Scherz aufzuheitern, was jedoch gründlich misslang.

„Wenn Sie so weiterreden, tue ich das. Johannsen ist übrigens zur Hälfte spanischer Abstammung und der Döner kommt aus der Türkei", gab Charlie weiter missgelaunt zurück.

„Vielen Dank für die Belehrung. Das ist ja ganz was Neues! Charlotte Wiesinger, nun kriegen Sie sich mal wieder ein. Das sollte ein Scherz sein. So schlecht gelaunt habe ich Sie ja bislang nur an dem Tag gesehen, als Sie letztes Jahr in St. Peter ankamen und mich mit Torge bei der Reparatur des Abflusses in dem Ferienhausbungalow in der *Weißen Düne* angetroffen haben."

„Das wissen Sie noch?", fragte Charlie erstaunt.

„Wie könnte ich das vergessen! Es hat sich quasi in mein Gedächtnis gebrannt." Knud spielte ihre Empörung nach und Charlie musste unwillkürlich lachen. „Das ist die Charlotte, die ich mag", versuchte er, ihre Laune weiter zu steigern. „Sie bekommen jetzt einen extra großen Döner, wir vergessen den Besuch bei Ansgar und fahren danach zurück, um unsere Pflicht zu tun. Ich nehme alles auf meine Kappe, wenn es schiefgeht. Es wird aber funktionieren, vertrauen Sie meinem Instinkt."

Als sie zwei Stunden später wieder in St. Peter-Ording eintrafen, war es bereits nach fünfzehn Uhr. Knud versicherte sich an der Rezeption über die Anwesenheit von Bettina von Haferkamp in der Ferienanlage. Nachdem sie die Bestätigung erhalten hatten, gingen sie direkt zu ihrem Bungalow. Charlies Gefühl zu der Sache hatte sich nicht verbessert, aus Knuds Schweigen konnte sie seine Stimmung nicht einordnen.

„Letzte Chance für einen Rückzieher", bemerkte sie, als das Ferienhaus in Sichtweite kam.

„Charlotte, ich ziehe das jetzt durch. Wenn nötig auch allein", antwortete ihr Kollege mit ernstem Gesicht.

„Fällt Ihnen auf, dass wir die Rollen getauscht haben?", unternahm sie einen Versuch, Zeit zu gewinnen, worauf Knud abrupt stehenblieb.

„Sie meinen, sonst sind Sie die zielgerichtete Ermittlerin und ich die Heulsuse?", fragte er in einem Tonfall, den sie nicht interpretieren konnte.

„Ja, genau! Das meinte ich", gab Charlie zurück.

„Na, dann können wir ja jetzt unsere Pflicht tun. Sagen Sie Bescheid, wenn Sie wieder auf der Höhe sind, dann hole ich meine Taschentücher heraus." Knud tat beleidigt, aber Charlie wusste mittlerweile, dass er sie nur triezen wollte. Trotzdem reichte sie ihm demonstrativ eine Packung Tempo.

„Willkommen zurück bei der Arbeit", kommentierte er trocken, bevor er demonstrativ ein Tuch herauszog. „Also gut, genug gescherzt, gehen wir es an."

„Okay, Sie behalten trotzdem die Leitung dieser Aktion", antwortete Charlie.

Erfreut begrüßte Bettina von Haferkamp die beiden Kommissare und bat sie einzutreten, nachdem sie bei ihrem Ferienhaus geklingelt hatten.

„Gibt es etwas Neues in dem Fall? Ich war schon drauf und dran, mich bei Ihnen zu melden, weil ich tagelang nichts gehört habe", fragte sie erwartungsfroh.

Wieder stieg die Skepsis bei Charlie. Bettina war bestimmt eine knallharte Geschäftsfrau. War es dafür nötig, gut schauspielern zu können? Sie warf einen Blick auf Knud, der keine Miene verzog. Wenn er Mitleid mit der Verdächtigen hatte, konnte er es perfekt verbergen.

„Bettina von Haferkamp, ich verhafte Sie wegen Mordverdachts an Konstantin Winkler", sagte er in diesem Moment mit fester Stimme, bevor er ihr ihre Rechte mitteilte. „Wir nehmen Sie mit auf unser Revier, von dort aus können Sie Ihren Anwalt anrufen."

Bettina wurde blass. „Das kann nicht Ihr Ernst sein! Sie verdächtigen mich, den Bräutigam meiner Schwester umgebracht zu haben? Und für Constanzes Entführung bin ich auch verantwortlich?"

„Das wird das Gericht klären", antwortete Knud knapp.

„Sie sind auf der komplett falschen Fährte. Ich habe weder Konstantin ermordet noch Constanze entführt! Warum sollte ich auch? Das löst ja wohl kaum meine Probleme."

„Sie haben Motive und wie es aussieht, auch die Gelegenheit. Folgen Sie uns freiwillig oder muss ich Ihnen Handschellen anlegen?"

Charlie war insgeheim beeindruckt, wie konsequent Knud mit der Hotelerbin umging. Ob er Zweifel an dem Vorgehen hatte, war ihm nicht anzumerken. Ergeben schüttelte Bettina den Kopf und fügte sich in ihr Schicksal.

„Sie machen einen Fehler. Während sie sich mit mir beschäftigen, begeht der Täter vielleicht seinen zweiten Mord! Meine Schwester schwebt in Gefahr. Ich komme mit, aber bitte versprechen Sie mir, weiterhin zu versuchen, Constanze zu finden. Sie darf in diesem ganzen Drama nicht ihr Leben verlieren."

„Natürlich geben wir die Fahndung nach Ihrer Schwester nicht auf. Gehen wir!" Knud fasste sie am Handgelenk, um sie zu dem Wagen zu führen.

Nachdem sie Bettina von Haferkamp in die kleine Zelle gebracht hatten, saßen sie zusammen an ihren Schreibtischen. Charlie war irritiert. Sie war von mehr Aktion nach der Festnahme ausgegangen, Knud saß einfach nur da und checkte seine eMails.

„Das war alles? Und wie soll es jetzt weitergehen?", fragte sie ihren Kollegen.

„Wir warten auf den Anwalt", gab Knud zurück.

„Warum habe ich das Gefühl, dass Sie mich nicht vollständig in Ihren Plan eingeweiht haben? Das kann nicht alles sein. Wie erfährt jetzt der mutmaßliche Mörder von der Verhaftung von

Bettina von Haferkamp?“ Obwohl Charlie sich selbst das Hirn zermarterte, kam sie nicht auf die Lösung.

Ein breites Grinsen zeigte sich auf Knuds Gesicht, bevor er trocken antwortete: „Das ist doch ganz einfach: Wir erzählen es Torge Trulsen.“

Torge in St. Peter-Ording

Freitag den 16. Mai

Auch Torges Hochstimmung hatte in den letzten Tagen einen Dämpfer erhalten. Nachdem er die Phantombilder an die Presse weitergegeben hatte, war er voller Euphorie gewesen, leider ergaben die eingegangenen Hinweise keine heiße Spur. Ein weiterer Anruf am heutigen Morgen bei dem Reporter Christiansen war wieder ohne Ergebnis gewesen. Sein erneuter Besuch bei Hannes Weber hatte ihm ein leckeres Stück selbstgebackenen Käsekuchen eingebracht, aber keine weiteren Details der Zeugenbeobachtung, die ihn schlauer machten.

Torge war sogar zu Felix Müller gegangen, der immer noch in dem Bungalow von Constanze eingerollt auf dem Sofa lag und sich als komplett nutzlos erwies. Sollte er wirklich für den Mord an Konstantin Winkler verantwortlich sein, hatte ihm die

Entführung seiner Angebeteten alle Kraft geraubt. Oder war das seine Strategie? War er so raffiniert, dass er sich nach der vermeintlich zweiten Tat bei seinem Opfer einnistete und den harmlosen Erschöpften miemte? An dieser Stelle kam Torge nicht weiter.

Am liebsten hätte er Benjamin Naujok aufgesucht. Der Liebhaber des Toten konnte bestimmt weitere Fakten beisteuern. Allerdings war er seit Tagen nicht mehr aufgetaucht und Torge brachte nicht den Mut auf, die Kommissare nach seinem Aufenthaltsort zu befragen. Er wollte auf keinen Fall seinen Bonus verspielen. Wie es aussah, musste er auf seine Chance warten, wieder an dem Fall beteiligt zu werden.

Leicht beunruhigt, weil er seit Tagen nichts von Knud und der Wiesinger gehört hatte, ging er seiner Arbeit in der *Weißen Düne* nach, die ihm auch schon mehr Freude bereitet hatte. Wenigstens war es ruhig. Die anwesenden Gäste waren zufrieden und genossen entspannt ihren Urlaub in der herrlichen Umgebung.

Es war schon nach fünfzehn Uhr, als Torge mit *Henriette* in die Werkstatt zurückkehrte, sein Zeug verstaute und sich für diese Woche einen letzten Pott Kaffee aus der Cafeteria holte, um schnell seine Arbeiten zu protokollieren. Ein freies Wochenende wartete auf ihn. Er hatte Annegret fest versprochen, einen Ausflug zu machen. Die Wettervorhersage war prima und er wollte ihr den Wunsch erfüllen, mit der Fähre zur Hallig Hooge überzusetzen, um dort einen entspannten Tag mit Fahrradtour sowie einem schmackhaften Essen, das sie nicht selbst kochen musste, zu verbringen.

Während der Rechner schließlich herunterfuhr, klingelte sein Telefon. Knud! Ob es endlich etwas Neues in dem Fall gab? Torge hoffte sehr, dass sein Kumpel ihm nicht nur ein schönes Wochenende wünschen wollte.

„Moin Knud! Lange nichts von dir gehört. Gibt es Neuigkeiten oder willst du dich lediglich nach meinem Wohlbefinden erkundigen", begrüßte Torge seinen Freund.

„Moin Torge. Natürlich interessiert es mich rasend, wie es dir geht, alter Kumpel", ging Knud scherzend auf Torges Frage ein. „Also, wie geht es dir?"

„Mir würde es besser gehen, wenn wir endlich in dem Fall vorankämen. Spann mich nicht auf die Folter. Habt Ihr Constanze gefunden? Lebendig, meine ich?" Torge war in seiner Ungeduld etwas lauter geworden.

„Nein, von Constanze von Haferkamp fehlt jede Spur. Sie ist wie vom Erdboden verschluckt. Es gibt aber trotzdem Neuigkeiten: Wir haben ihre Schwester verhaftet." Knud machte eine Pause, um die Nachricht wirken zu lassen.

„Sie steckt hinter dem Ganzen? Gibt es neue Erkenntnisse?", fragte Torge erstaunt. Auch auf seiner Liste der Verdächtigen hatte Bettina einen Platz, allerdings war er von ihrer Schuld nicht überzeugt.

„Nein, nur einen Plan, der von dir sein könnte", gab Knud munter zurück. „Was hältst du davon, bei den Familienmitgliedern samt Felix Müller vorbeizuschauen, um mit ihnen in deiner unverfänglichen Art ein wenig zu schnacken und beiläufig diese Information fallen zu lassen?"

„Mein nächster Auftrag als Hilfssheriff der Ordinger Polizei?" Torge war spontan begeistert.

„Wenn du es so nennen willst, ja", antwortete Knud gelassen.

„Du willst den Mörder aus der Reserve locken, oder?"

„Es ist eine Möglichkeit, Torge. Wir können Bettina als Täterin nicht ausschließen, aber die Kollegin Wiesinger glaubt nicht an diese Vermutung. Wahrscheinlich gibt es noch etwas, von dem wir nichts wissen. Willst du die Aufgabe übernehmen?"

„Das fragst du ernsthaft? Auf jeden Fall! Muss ich mehr wissen?“ Torge wollte nichts vermasseln und fragte lieber nach.

„Mehr gibt es nicht zu wissen. Bettina von Haferkamp wurde wegen Mordverdacht an Konstantin Winkler verhaftet. Derzeit befindet sie sich in der Zelle bei uns auf dem Revier. Das kannst du gerne durchsickern lassen. Pack am besten ein paar Utensilien auf *Henriettes* Ladefläche und fahr damit durch die Ferienanlage. Fang bei der Tante Luise an. Sie scheint mir von den Frauen am vernünftigsten zu sein. Wenn du bei der Mutter Marion beginnst, kommst du vielleicht den ganzen Abend nirgends anders hin“, instruierte Knud seinen Freund.

„Gute Idee. Ich bin schon auf dem Weg. Seid Ihr in der Wache?“

„Ja, wir sind und bleiben hier. Schau gerne vorbei, bevor du nach Hause fährst, um uns zu berichten.“

„Geht klar Knud, mache ich. Moin.“

Schnell packte Torge eine Auswahl an Werkzeugen sowie Gartengeräten und machte sich auf den Weg zu Luises kleinem Ferienhaus. Hoffentlich war sie da! Viel Zeit blieb ihm auf der kurzen Strecke nicht, um sich eine Strategie zu überlegen, wie er ihr die Neuigkeit beibrachte. Sollte er mit einem Vorwand klingeln, oder ihr direkt erzählen, er hätte gerade von der Festnahme erfahren und dachte, es würde sie sicherlich interessieren? Offiziell wusste er ja nichts von dem belauschten Gespräch. Die beiden Frauen hatten an dem Abend, an dem eigentlich die Hochzeitsfeier stattfinden sollte, zusammengesessen. Ihre Bindung schien nicht besonders eng, aber doch vorhanden zu sein. Er war hier das fürsorgliche Mädchen für alles. Da schien es sicherlich nicht merkwürdig, wenn er sie über die Neuigkeiten informierte.

Beherzt stieg Torge von seinem Dreirad und klingelte an der Tür des Bungalows, die ihm fast unmittelbar geöffnet wurde.

„Herr Trulsen, guten Tag. Gibt es etwas Neues von Constanze?“, begrüßte Luise ihn. Torge war erschrocken, wie schlecht sie aussah. Offensichtlich hatte sie auf jegliches Make-up verzichtet; sie sah um Jahre gealtert aus. Leicht irritiert fragte er sich, ob es eine gute Idee war, an dem Plan festzuhalten, aber jetzt hatte er es Knud versprochen. Es gehörte auch zur Polizeiarbeit, seine eigenen Gefühle zu ignorieren, um das große Ziel zu verfolgen.

„Moin Frau Luise. Nein, Neues von Ihrer Nichte gibt es nicht. Ich habe allerdings durch meinen Kontakt zur örtlichen Polizei über etwas Kenntnis erlangt, was ich Ihnen nicht vorenthalten möchte. Vielleicht ist es besser, wenn Sie sich setzen. Wollen Sie hier auf der Bank Platz nehmen oder lieber hineingehen?“, versuchte Torge, Luise schonend auf die vermutlich schockierende Nachricht vorzubereiten. Außerdem war er in Sorge, sie würde ihm in Ohnmacht fallen.

„Das klingt ja bedrohlich.“ Ergeben setzte sich die ältere Dame auf die Friesenbank, die den Vorgarten ihres Ferienhauses verschönerte.

„Wenn ich mir die Bemerkung erlauben darf, Sie sehen heute nicht sehr gut aus. Fühlen Sie sich stark genug für eine belastende Neuigkeit? Soll ich Ihnen ein Glas Wasser holen?“, fragte Torge ehrlich besorgt.

„Das macht es nicht besser, aber vielen Dank. Was es auch sein mag, ich halte es aus, Herr Trulsen. Schießen Sie einfach los.“

„Na gut.“ Torge setzte sich neben Luise auf die Bank. Er war versucht, ihre Hand in seine zu nehmen, ließ es dann aber bleiben. „Ihre andere Nichte Bettina wurde vorhin verhaftet. Sie steht unter Mordverdacht an Konstantin Winkler.“

Er hatte die Worte noch nicht ganz ausgesprochen, da wechselte ihre Gesichtsfarbe von blass auf grau. Einen Moment befürchtete er, sie würde wirklich in Ohnmacht fallen, aber dann fing sie sich wieder.

„Bitte bringen Sie mir jetzt doch ein Glas Wasser. Danach möchte ich zu meiner Nichte. Wo wird sie festgehalten? Hier in St. Peter-Ording?"

Nickend stand Torge auf, um das Wasser zu holen. Im Anschluss fuhr er sie in seinem alten Kombi zum Revier. Während der Fahrt sprach Luise kein einziges Wort. Schweigsam in sich gekehrt saß sie zusammengesunken auf dem Beifahrersitz. Torge hätte seine Prämie für ihre Gedanken gegeben. Sie hatte die Festnahme bisher weder kommentiert noch eine besondere Gefühlsregung gezeigt. Gespannt wie ein Flitzebogen hoffte er, bei dem folgenden Gespräch mit den Kommissaren dabei sein zu dürfen.

Als Luise kurz in dem Ferienhaus verschwunden war, um eine Jacke sowie ihre Tasche zu holen, hatte er Knud angerufen und ihn informiert, in Kürze mit der Tante der Verhafteten aufzutauchen. Nun war es soweit. In gerader Haltung betrat sie die Polizeistation, Torge war einen Schritt hinter ihr.

„Guten Tag Kommissar Petersen, bitte lassen Sie meine Nichte frei. Sie hat weder etwas mit dem Ableben von Konstantin Winkler noch mit dem Verschwinden ihrer Schwester zu tun. Ich kann Ihnen alles erklären. Darf ich mich setzen?" Erschöpft nahm sie Platz, ohne eine Antwort abzuwarten.

Torge beobachtete die Anwesenden genau. Knud sah seltsam triumphierend aus, während die Wiesinger einen ziemlich verdutzten Eindruck machte. Seine Spannung stieg weiter.

„Wir können Ihre Nichte nicht einfach freilassen, aber Ihre Erklärung hören wir uns gerne an." Knud stellte ein Glas Wasser vor die ältere Dame und setzte sich dann zu ihr. Da Torge von den Kommissaren nicht beachtet wurde, ließ er sich ebenfalls auf einem Stuhl nieder, mit etwas Abstand, aber ohne auch nur ein Wort zu verpassen.

„Constanze ist nicht entführt worden", begann Luise ihre Ausführungen. „Ihr ist die ganze Situation über den Kopf gewachsen. Sie hat mir lediglich eine kurze SMS geschickt, aber ich vermute, sie hat Felix nur als Trostpflaster benutzt. Da er ihr dann gleich rund um die Uhr auf die Pelle rückte, hat sie sich wieder erdrückt gefühlt. Das ist lediglich meine Mutmaßung, weil sie sich früher in dieser Form darüber ausgelassen hat, was er für eine Klette sein kann. Auf jeden Fall ist sie freiwillig gegangen, wohin weiß ich nicht. Sie schrieb lediglich, in Sicherheit zu sein."

„Woher wissen wir, dass das der Wahrheit entspricht?", fragte Knud.

Daraufhin holte Luise ihr antiquiertes Handy aus der Handtasche, suchte die SMS heraus und reichte es Knud.

„*Liebe Luise, ich musste aus der Situation einfach verschwinden. Bitte entschuldige meinen dramatischen Abgang, mach dir keine Sorgen, es geht mir gut. Sag bitte meiner Familie, Felix und der Polizei Bescheid. Ich bin in Sicherheit und komme zurück, wenn die Zeit reif ist. Ganz liebe Grüße von Constanze*", las dieser laut vor. „Diese Nachricht haben Sie bereits Dienstagnacht erhalten! Warum kommen Sie erst jetzt damit zu uns? Seit vier Tagen setzen wir alle Hebel in Bewegung, suchen Ihre Nichte, ständig in der Sorge, ihre Ermordung nicht verhindern zu können! Jetzt spazieren Sie hier herein und sagen uns ganz gelassen, die ganze Entführung sei nur vorgetäuscht!" Knud war vor Ärger laut geworden.

„Beruhigen Sie sich bitte, Herr Kommissar. Ich kann Ihren Zorn verstehen, aber ich brauchte diese Tage, um meine Gedanken zu sortieren und über meine nächsten Schritte nachzudenken. Es tut mir leid, Ihnen zusätzliche Arbeit verursacht zu haben. Ich werde jetzt alles auflösen." Sie nahm einen Schluck Wasser, bevor sie weitersprach.

„Ich habe mich im Laufe der Jahrzehnte weiter von meiner Familie distanziert, weil mir ihr oberflächliches Jetset-Leben immer mehr auf die Nerven ging, aber die Verbindung zu meinen Nichten ist nie ganz abgerissen. Als Bettina mir von der geplanten Hochzeit mit Konstantin erzählte, habe ich mich sehr mit ihr gefreut. Misstrauisch bin ich erst geworden, als er sie verließ, um mit Constanze anzubandeln und auch ihr in atemberaubender Geschwindigkeit einen Antrag machte. Ich glaube, in erster Linie hat es mich stutzig gemacht, wie schnell er jedes Mal den Traualtar im Auge hatte. Also habe ich genau wie mein Bruder Karl Nachforschungen anstellen lassen. Auch mein Privatdetektiv berichtete über die vermutlich homosexuelle Beziehung. Ich grub also tiefer. Entgegen der Annahme meiner Familie bin ich nicht verarmt, sondern verfüge über ein stattliches Vermögen, das ich an der Börse realisiert habe. Meine hochwertigen Kontakte in der Bankenwelt ermöglichten mir, Einblick in die finanzielle Situation der Hotelkette Winkler zu nehmen, außerdem ließ ich einen Experten das Unternehmen unter die Lupe nehmen. Na ja, das führt zu weit ... ich war mir jedenfalls sicher, dass es sich bei Konstantin Winkler um einen Heiratsschwindler auf gehobenem Niveau handelte und überlegte, wie ich die Hochzeit verhindern konnte, um einen Skandal zu vermeiden."

„Wäre es nicht einfacher gewesen, mit den Informationen zu ihrem Bruder oder zu ihrer Nichte zu gehen?", schaltete sich Kommissarin Wiesinger in das Gespräch ein.

„Einen Moment, Kindchen. Lassen Sie mich zu Ende erzählen. Ich habe versucht, mit Constanze zu reden, aber an sie war kein Herankommen. Sie vermutete, ich wollte ihr die Hochzeit nur ausreden, weil Konstantin vorher mit Bettina zusammen gewesen war. Sie ist eine kleine Prinzessin, die nie selbst Geld verdienen musste. Sie wurde all die Jahre von ihrer Mutter verwöhnt. Man kann sagen, das Vermögen der Familie hat sie verdorben. Sie kann sich gar nicht vorstellen, anders als im Luxus zu leben. Sie schlug all meine vorsichtigen Andeutungen in den Wind. Einmal ist sie ärgerlich mit schlagenden Türen abgerauscht, um mich nicht weiter anzuhören. Flucht war schon immer ihre Lösung bei Problemen."

„Sie haben Konstantin Winkler ermordet, um die Hochzeit zu verhindern?", unterbrach die Wiesinger wieder fassungslos den Redefluss der älteren Frau.

„Nein, es war kein Mord. Ich rief ihn am späten Nachmittag vor der Hochzeit an. Wochenlang hatte ich mir den Kopf zermartert, wie ich es vereiteln könnte, Constanze mit diesem Mann in ihr Unglück rennen zu lassen. Nun wollte ich es mit Geld versuchen. Da Winkler ja auf Geld aus war, dachte ich, er würde freiwillig auf die Hochzeit verzichten, wenn die Summe nur groß genug wäre."

„Aber er schlug ihr Angebot aus", kommentierte die Kommissarin trocken, während Knud sie schweigend betrachtete. „Wie viel haben Sie ihm angeboten?"

„Das ist jetzt nicht mehr wichtig, aber es waren mehrere Millionen", antwortete Luise in ruhigem Tonfall. „Er lachte mich aus, ja, verhöhnte mich geradezu. Bei der Familie sei viel mehr zu holen, ich sollte mir mein Geld sonstwo hinstecken. An diesem Abend zeigte er seinen gesamten widerlichen Charakter. Er war bereits alkoholisiert, als er bei mir eintraf, also habe ich ihn ganz ruhig gefragt, ob wir nicht bei einem guten alten Whisky weiterverhandeln wollen. Weder ihm noch mir ging es darum, aber er war so aufgeregt und lechzte nach einem Drink, das war überdeutlich zu sehen." Wieder legte sie eine Pause ein, um einen weiteren Schluck Wasser zu trinken. Torge hatte das

Gefühl, es würde im Raum vor Spannung knistern, alle drei hingen an Luises Lippen.

„Mein Arzt hat mir ein sehr starkes Schlafmittel verordnet, das ich nehme, wenn ich die Schmerzen nicht mehr aushalten kann. Es schmeckt ein wenig bitter, aber Konstantin war so gierig nach dem Alkohol, er bemerkte es nicht. Ich wollte ihn nicht umbringen. Es sollte nur eine Strafe sein für die Art, in der er nicht nur mich, sondern unsere gesamte Familie behandelte. Es gibt in meinem Haus einen feuchten Keller, der diesen Namen eigentlich gar nicht verdient. Es ist einfach ein bislang nutzloser unterirdischer Raum. Dort ließ ich ihn verschwinden, während ich zur Hochzeit fuhr. Der Sinn der Sache war, ihn zum Nachdenken zu bringen und nebenbei die Hochzeit zu verhindern. Nach dem ursprünglichen Plan wäre ich ja bereits am Sonntag zurückgekehrt. So lange konnte er es ohne feste Nahrung aushalten. Wir stellten ihm Wasser hin und verließen das Haus."

„Wir?" Knud und die Wiesinger fragten wie aus einem Mund.

„Ich stellte ihm Wasser hin", antwortete Luise mit einem leichten Lächeln, auf das sich Torge keinen Reim machen konnte.

„Warum starb Konstantin Winkler?", fragte die Kommissarin, ohne weiter nachzufragen, wer außerdem an der Aktion beteiligt war.

„Tja, das war mein Fehler. Ich habe das Schlafmittel auch in das Wasser gegeben, damit er so ruhig wie möglich in dem Verschlag liegt, bis ich wieder zurückgekehrt bin, um ihn freizulassen. Ich bin nicht davon ausgegangen, dass er alles auf einmal trinkt, wenn er wach wird, aber so ist es wohl gewesen. Er muss sich eine Überdosis einverleibt haben." Erstaunlicherweise blieb Luise bei dem Geständnis völlig gelassen. Torge fragte sich, was wohl dahintersteckte, hielt sich aber mit Fragen zurück und überließ den Kommissaren die Gesprächsführung.

„Und wie kam Konstantin Winkler dann in den Strandkorb?“, fragte Knud.

Wieder huschte ein kleines Lächeln über Luises Gesicht. „Tja, Sie wissen ja bereits über meine Unterstützung Bescheid. Den Namen werde ich jedoch nicht preisgeben und ich möchte Sie im Rahmen dieses Geständnisses bitten, die Suche nach weiteren Beteiligten fallen zu lassen. Es war allein meine Idee und mein Fehler, der zum Tod von Konstantin Winkler geführt hat. Als sowohl Bettina als auch Constanze mich am Samstagabend baten, in der Nähe zu bleiben, informierte ich die Person, die mich unterstützte. Sie sollte Konstantin am Sonntag in sein Auto packen und es irgendwo außerhalb von Hamburg in einem Wald abstellen. Nach seinem Aufwachen hätte er einfach nach Hause fahren können. Leider war er da bereits tot.“

„Da kamen Sie auf die Idee der skurrilen Inszenierung.“ Die Fassungslosigkeit war Charlotte Wiesinger anzusehen.

„Manchmal sind meine Gedankengänge in letzter Zeit schwer zu kontrollieren. Meine erste Idee war, ihn einfach dort liegen zu lassen, aber ich wollte meine letzten Lebensmonate nicht mit der buchstäblichen Leiche im Keller verbringen. Es war etwas gewagt, ihn hierher zu transportieren, aber so wurde er wenigstens schnell gefunden, womit dann Klarheit für alle Beteiligten bestand. Die enorme Verschlechterung des Wetters spielte mir bei dem Plan in die Hände. Ich war davon ausgegangen, den Strand quasi leer vorzufinden.“

„Was sollte die Maskierung?“, fragte die Wiesinger.

„Konstantin Winkler hatte auf dem Kellerboden gelegen, seine Kleidung war total verschmutzt, also wurde ihm sein Hochzeitsanzug angezogen, der in seinem Kofferraum lag. Die Schuhe waren allerdings nicht dabei. Die Maske sollte einfach sein totes Gesicht verdecken, sie befand sich in meinem Besitz.

Ich fand sie außerdem wegen seines arglistigen Verhaltens sehr passend. Natürlich sollte nicht ausgerechnet Bettina den Toten finden. Dieses Leid hätte ich ihr gerne erspart, aber wer konnte damit rechnen?"

„Sie sprachen von Ihren letzten Lebensmonaten und großen Schmerzen, was meinten Sie damit?", stellte Knud die nächste Frage.

„Ich bin jetzt sehr erschöpft. Sie können meine Ärzte dazu befragen. Ich werde sie von der Schweigepflicht entbinden. Bitte lassen Sie Bettina gehen, sie hat mehr durchgemacht, als man schadlos ertragen kann. Nehmen Sie mich in Gewahrsam, es spielt keine Rolle mehr. Gott wird mich für mein verantwortungsloses Verhalten mehr bestrafen, als Sie in der Lage sind."

Epilog

Charlie konnte es immer noch nicht fassen, wie gut der Plan von Knud aufgegangen war. Nach der Aussage von Luise hatten die Hamburger Kollegen ihr Haus durchsucht. Wie angegeben, fanden sie die dreckigen Klamotten von Winkler in dem Keller, außerdem eine große Schale, in der sich Reste des Schlafmittels befanden. Sein Jaguar stand in ihrer Garage.

Bettina von Haferkamp wurde freigelassen. Nach außen hin wirkte sie gefasst, aber es würde bestimmt lange dauern, bis sie die Geschehnisse verarbeitet hatte.

In dem Bungalow von Luise fanden die Kommissare ein schriftliches Geständnis mit allen Fakten, die sie bereits gehört hatten. Außerdem schrieb sie, an einem Gehirntumor zu leiden, der ihre Wahrnehmung sowie ihre Kontrollmechanismen stark veränderte. Sie plante bereits seit einiger Zeit, freiwillig aus dem Leben zu scheiden. Als sie von Bettinas geplanter Hochzeit erfuhr, wollte sie diese gerne miterleben, bevor sie endgültig ging. Dann entwickelten sich die Dinge ganz anders, was ihr das Gefühl verlieh, einen letzten Auftrag in diesem Leben zu haben. Es täte ihr bei aller Abscheulichkeit, die Konstantin Winkler gezeigt habe, trotzdem leid, so einen Fehler begangen zu haben, da es ihr natürlich nicht zustehe, Gottes Aufgabe zu übernehmen. Er möge ihr vergeben.

Es wunderte Charlie nicht, als sie Luise am Morgen des folgenden Tages tot in der Zelle fanden. Johannsen bestätigte später, der Tod sei durch eine Kapsel Zyankali ausgelöst worden. Die ältere Dame hatten sie alle gründlich unterschätzt.

Bei dem Abschlussgespräch auf dem Polizeirevier in Sankt Peter-Ording waren wie beim letzten Mal auch Torge Trulsen und Fiete Nissen anwesend, dem es an diesem Tag erfreulich besser ging. Da die Frau des Hausmeisters sie auch dieses Mal mit einem selbst gebackenen Kuchen verwöhnte, verkündete Knud, sie würden die Lösung des Falles wieder mit einem starken Pharisäer feiern, den er höchstpersönlich zubereitete.

„Seit Sie hier arbeiten ist die Mordrate in unserer beschaulichen Gemeinde erheblich gestiegen, Kollegin Wiesinger", scherzte Nissen.

„Nein, nein, das können Sie mir nicht anhängen. Der Mord im letzten September war bereits geschehen und ich wurde nur gerufen, um Ihnen bei der Aufklärung zu helfen", ging Charlie gut gelaunt auf das Gefrotzel ein. „Ich stelle fest, Sie dagegen blühen durch den erneuten Mordfall geradezu auf."

„Lassen Sie das nicht meinen Orthopäden und Physiotherapeuten hören. Die sind beide ganz stolz, mich langsam wieder in die Spur zu bekommen. Und ich freue mich sehr darüber. Lieber bin ich Teil des großartigen Teams hier als zu Hause mit Schmerzen zu hocken und auf das Ende des Tages zu warten", gab Nissen zurück.

„Deine Frau ist bestimmt auch heilfroh", mischte Trulsen sich ein.

„Das kannst du laut sagen. Also, stoßen wir auf die schnelle Lösung des Falles an. Schön, Sie hier an Bord zu haben, Kollegin Wiesinger."

„Danke, Herr Nissen. In diesem Fall verdanken wir die Aufklärung Knuds Instinkt. Sein außergewöhnliches Handeln hat bei mir eigentlich nur Zweifel hervorgerufen."

„Eine Frage habe ich aber noch: Was ist denn nun eigentlich mit den Helfern?", fragte Nissen.

„Wir vermuten, es handelt sich um die verschmähte Liebe von Johannes von Haferkamp und deren gemeinsamen Kind. Vom Alter würde es hinkommen. Luise sagte ja, sie hätte die beiden finanziell unterstützt. Es wurden allerdings keine Namen in ihren Unterlagen gefunden. Es ist ja alles sehr lange her, die betreffenden Dokumente wurden vermutlich vernichtet. Es gibt keine verwertbaren Spuren wie DNA oder Ähnliches. Die Fahndung läuft, aber ob etwas dabei herauskommt, ist fraglich", antwortete Knud, der sich sichtlich über Charlies positive Bemerkung zu seiner Vorgehensweise freute.

Charlie nahm einen Schluck von ihrem alkoholisierten Kaffee. Warm lief er hinunter in ihren Magen und verstärkte ihr Wohlgefühl.

Sie war endgültig in St. Peter-Ording angekommen.

Die Handlung und alle handelnden Personen sind frei erfunden. Jegliche Ähnlichkeit mit lebenden oder realen Personen wäre rein zufällig und nicht beabsichtigt.

Kleines Lexikon norddeutscher Begriffe

Moin/Moin Moin	Begrüßung für den ganzen Tag
zu Potte kommen	weitermachen, fertig werden
Gosch	Fischrestaurant aus Sylt
sabbelig	redselig
piesacken	zusetzen, triezen
Gezuckel	langsames Fahren
„mach hinne“	mach weiter, werde fertig!
Klönschnack	gemütliche Plauderei
schnacken	sich unterhalten
dumm Tüch	dummes Zeug
lütt	klein
Buddel Köm	Flasche Korn
scheun	schön
grienen	Grinsen, lächeln
Priel	Rinne im Wattenmeer, in der sich auch bei Ebbe Wasser befindet
min seute Deern	mein süßes Mädchen
vertellen	erzählen
Schiet	Scheiße
Kopp in Nacken	Kopf in den Nacken
verklickern	erklären
Friesengeist	nordischer Schnaps
Pharisäer	Kaffeespezialität mit Rum und Schlagsahne
Pott Kaffee	Becher Kaffee

aufgebretzelt	chic angezogen/zurecht gemacht
schnieke	Chic
Rundstück	einfaches helles rundes Brötchen
Alsterwasser	Bier und weiße Limonade
Gedöns	als überflüssig erachtete Gegenstände
Scheibenkleister	s. Schiet
Butter bei die Fische	Klartext reden, nichts zurückhalten
Auf dem Kieker	Besondere Aufmerksamkeit, wörtlich Fernglas
Franzbrötchen	Plunderteig mit Zimt und Butter, ursprünglich aus Hamburg
Jo	Ja
fünsch	wütend, ärgerlich
vertüdeln	vergeuden
Wo geiht di dat?	Wie geht es Dir?
Klönschnacktür	Zweigeteilte Außentür, bei der man einen Klönschnack halten kann, indem man nur den oberen Teil öffnet
Mors	Hinterteil
Friesenschnitten	Blätterteig, Pflaumenmus, Sahne
Kluntjes	Kandiszucker
Graue Stadt am Meer	Husum, der Begriff wurde von dem Dichter Theodor Storm geprägt
Rungholt	1362 versunkene Siedlung im nordfriesischen Wattenmeer
Edomsharde	Verwaltungsbezirk im Mittelalter
Grote Mandränke	Verheerende Sturmflut 16. Januar 1362

Danksagung

Wenn ein Buch in der ersten Fassung fertig ist, erfüllt mich das mit Freude und Erleichterung. Ein großes Stück Arbeit ist geschafft. Ich räume meinen Schreibtisch auf und bringe die Notizen sowie die zahlreichen Erinnerungszettel für Recherchedetails ins Archiv oder werfe sie in den Papierkorb.

Dann wird der Text mehrfach überarbeitet! Ich freue mich sehr, dass ich dafür so großartige Unterstützung habe. Ich danke meinem Lektoren-Team Elke und Wolfgang Lensch. Mir ist niemand bekannt, der mehr Kriminalromane gelesen hat als diese beiden Experten, die außerdem auf lange Jahre der redaktionellen Arbeit zurückblicken. Danke für Eure Anregungen und Eure kritischen Augen.

Ich danke meinem Korrektor Sándor Sima, der mit seiner gründlichen Arbeit dazu beigetragen hat, das Buch möglichst fehlerfrei zu produzieren.

Großer Dank gebührt meiner Illustratorin Sabine Schulz, die nun nicht nur Torge, sondern auch Charlie genau das Gesicht verliehen hat, das in meiner Vorstellung war. Großartig!

Schließlich gilt mein Dank meinen Testlesern und Torge-Fans, die mich im Schreibprozess unterstützt haben.

Danke!
Ihre Stefanie Schreiber

Hat Ihnen die Geschichte gefallen?

Dann freue ich mich sehr über eine positive Rezension bei Amazon oder auf einem anderen Portal, denn Bewertungen werden für uns Autoren immer wichtiger.
Das muss kein langer Text sein, schreiben Sie einfach, was Sie anderen Lesern gerne zu dem Buch mitteilen wollen.
(Aber natürlich nicht verraten, wer der Mörder ist.)
Ich danke Ihnen im Voraus!

Herzlich
Ihre Stefanie Schreiber

KAMPENWAND
VERLAG

Und Sie können auch gleich weiterlesen:

Leseprobe:

Das 13. Kind aus St. Peter-Ording

Der 3. Fall für Torge Trulsen und Charlotte Wiesinger

Prolog

Konnte es etwas Furchtbareres geben, als an diesem eiskalten Wintertag dem kleinen Sarg zu folgen, der langsam aus der Waldkapelle getragen wurde? Die zarten Schneeflocken, die lautlos vom Himmel tanzten, gaukelten ihnen einen Frieden vor, den es für sie nie wieder geben würde. Die Ruhe nach dem Trauergottesdienst war genauso schwer zu ertragen wie die pompösen Orgelklänge, die sie am liebsten mit einem klagenden Schrei beendet hätte. Doch sogar dafür reichte ihre Kraft vermutlich nicht aus.

Die letzten Tage waren wie in Trance an ihnen vorbeigezogen - mit zahlreichen Entscheidungen, an die sie sich im Einzelnen nicht mehr erinnerte. Ohne Unterstützung hätten sie es nicht geschafft. Die Hilfsbereitschaft der Familie, der Freunde und Nachbarn war überwältigend gewesen.

Doch abends, wenn alle wieder gegangen waren, übermannte sie eine nie gekannte Einsamkeit. Niemals zuvor hatte sie sich so verlassen gefühlt, so unvollständig, so verloren!

Und dann erschienen die Geister der Nacht. In Form von Schuldgefühlen umzingelten sie sie - leise, schleichend; das letzte bisschen Kraft raubend, das ihnen verblieben war. Klagend stellten sie die Fragen, auf die sie keine Antworten fanden – weder jeder für sich noch gemeinsam. Sie nahmen ihnen den Schlaf und damit die Möglichkeit, nur ein wenig Energie für die Tage zu tanken. Die Verzweiflung umhüllte sie wie eine Nebelfront.

Wie hätten sie es nur verhindern können? Was hätten sie ihm sagen sollen, damit er auf sie hörte? Schon immer war er ein kleiner Dickkopf gewesen – außerdem ein Abenteurer. Unerschrocken war er in der Natur unterwegs, wenn andere Kinder im gleichen Alter noch am Rockzipfel ihrer Mama hingen und nicht einmal darüber nachdachten, allein auf Entdeckungstour zu gehen. Was sollte auch passieren? Rund um ihren Hof gab es nichts Bedrohliches, was ihm zum Verhängnis werden konnte; keine Straßen, keine Autos - gar nichts.

Nur Natur: Bäume, auf die er kletterte; Büsche, in denen er Höhlen baute und Bäche, die seine selbstgebastelten Boote aus Papier davontrugen.

Wie sehr hatten sie sich alle nach einer Schwester für ihn gesehnt, aber dieses Glück war ihnen verwehrt geblieben. Erst nach langer Zeit akzeptierten sie Gottes Wille, wodurch sie schließlich ihre kleine Familie noch besser zu schätzen wussten.

Bis zu diesem verhängnisvollen Tag in der letzten Woche, der ihr Schicksal auf eine Weise besiegelte, wie sie es niemals für möglich gehalten hatten.

Beseelt von dem Wintereinbruch, wollte er am liebsten gar nicht mehr ins Haus kommen. Eines Morgens stand er mit dem

Zelt im Türrahmen ihres Schlafzimmers und forderte ernsthaft, es im Garten aufbauen zu dürfen, um die folgende Nacht im Freien zu verbringen - der Schlafsack sei ja warm genug. Natürlich erlaubten sie es ihm nicht. Er gab vor, die Erklärung zu akzeptieren, war aber trotzdem mit ihrer Entscheidung unzufrieden.

War er deshalb aus Trotz auf das Eis gegangen, obwohl sie ihn so oft davor gewarnt hatten? Die Gedanken drehten sich im Kreis, so viele Fragen würden für immer unbeantwortet bleiben.

Als sie an jenem Tag die Haustür öffnete und die Polizisten mit diesem besonderen Gesichtsausdruck vor der Tür stehen sah, wusste sie, dass ihr Leben nie mehr so sein würde wie bisher.

Torge in St. Peter-Ording

Donnerstag, den 16. Juli

Wie immer um diese Jahreszeit war Torge Trulsen im Stress. Die Ferienanlage *Weiße Düne* war bis auf den letzten Bungalow ausgebucht, was sein Postfach mit Sonderwünschen und kleinen Reparaturaufträgen nahezu platzen ließ. Dazu war es, wie schon in den letzten beiden Sommern, unglaublich heiß, was nicht nur den Hausmeister, sondern auch die meisten Urlauber an ihre Grenzen brachte. Seine bessere Hälfte Annegret hatte ihm geraten, in einer Bermuda-Shorts den Dienst anzutreten, aber das kam für Torge überhaupt nicht in Frage. Sollten sich die Feriengäste in so alberne Klamotten schmeißen, ein echter Nordfriese stand diese Hitze mit Würde in einer langen Hose durch. Solange er mit dem, aus den alten Fahrrädern seiner Großeltern selbst gebauten Lastendreirad, das er mit seinen

Enkeln auf den Namen *Henriette* getauft hatte, in dem Urlauberdorf unterwegs sein konnte, war es auszuhalten.

Richtig schlimm wurde es erst, wenn er in dem kleinen Kabuff saß, das er als Büro nutzte, um Material zu bestellen oder die Arbeiten in den Bungalows zu protokollieren. Der fensterlose Raum war lediglich sechs Quadratmeter groß, und selbst bei nordischem Schietwetter wurde es schnell stickig. In dieser Hitze war er trotz Ventilator zum Backofen mutiert. Der Schweiß kroch ihm durch die blonden vollen Locken, seine Lesebrille drohte ihm von der Nase zu rutschen, während er am Nachmittag gegen sechzehn Uhr die letzten Eintragungen am Computer vornahm. Heute plante er, endlich einmal wieder pünktlich in den Feierabend zu gehen.

Torge hatte seiner Annegret einen entspannten Grillabend zu zweit versprochen, bevor ihre Enkel am nächsten Tag die Reetkate samt Garten für die kommenden vier Wochen in eine quirlige Familienbehausung verwandeln würden. Unglaublich, wie groß die beiden mittlerweile waren! Mit seinen sechs Jahren würde Lukas Ende August eingeschult werden. Die kleine Lena war fast vier, einfach ein süßer blonder Engel. Torge freute sich sehr auf die Zeit mit ihnen und hoffte, nicht zu viel arbeiten zu müssen. Annegret hatte sich Urlaub genommen, ihm war das natürlich mitten in der Hochsaison nicht möglich.

Gerade wollte er seinen Computer herunterfahren, da steuerte eine Frau mit einem Buggy auf sein Büro zu. Die Hoffnung, sie würde die schräg gegenüber liegenden Toiletten aufsuchen, wurde schnell zerschlagen als sie, ohne zu klopfen, mit hochrotem Kopf sein Kabuff betrat. Nach ihrem gehetzten Blick zu urteilen, war ihre Gesichtsfarbe nicht nur der sommerlichen Hitze geschuldet.

„Guten Tag Herr Trulsen! Bin ich froh, Sie hier anzutreffen. Ich brauche Ihre Hilfe. Mein kleiner Timo ist verschwunden“, sprudelten die Worte aus ihr heraus, bevor sie sich mit einem bereits zerfledderten Taschentuch fahrig über die Stirn wischte. Das Mädchen in der Kinderkarre fing an zu zappeln.

„Mama, ich habe Durst ... und ich muss aufs Klo ...", nörgelte sie unzufrieden.

„Gleich, mein Liebes. Wir müssen erst Timo finden, dann gehen wir zu unserem Ferienhaus", versuchte die Mutter, ihr Kind zu beruhigen, bevor sie sich wieder an Torge wandte. „Können Sie mir helfen?"

Ergeben deutete er auf den unbequemen Besucherstuhl, stellte ihr ein Glas Wasser auf die Schreibtischkante und drückte der Kleinen einen Kirschlolli in die Hand, der ihn an seine eigene Kindheit erinnerte. Er hatte für solche Fälle stets einen Vorrat dieser Süßigkeit auf Lager. Dankbar nahm die Frau Platz.

„Dann erzählen Sie mal, was passiert ist", forderte er sie schließlich auf.

„Es ist alles meine Schuld", begann sie kopfschüttelnd. „Wenn nur diese verdammte Hitze nicht wäre. Wir waren heute in St. Peter-Bad, mein Mann musste nach Hannover zu einem geschäftlichen Termin. Timo wollte so gerne Nudeln zum Mittagessen. Ich dachte, es wäre mal eine Abwechslung, ... aber eigentlich war es Quatsch und auch viel zu heiß. Na ja, wir sind danach an den Strand. Da Ebbe herrschte, blieben wir im Schatten der Seebrücke, damit wir nicht in der prallen Sonne sitzen mussten, ... also nicht ganz am Ende, sondern in der Nähe der Treppe. Sie wissen schon, wo ich meine."

Torge fragte sich unwillkürlich, wann sie zum Punkt kommen würde. Unauffällig schielte er zu seiner Uhr.

„Nach einer Weile wurde es Timo langweilig. Er wollte ein Eis essen, aber Lisa war gerade eingeschlafen. Ich hatte außerdem wenig Lust bei der Hitze den langen Weg über die Seebrücke noch einmal hin- und zurückzulaufen. Weil Timo aber nicht aufhörte zu quengeln, ließ ich ihn schließlich alleine gehen."

„Wie alt ist er denn?", fragte Torge, als sie eine Pause einlegte.

„Er ist jetzt sechs und kommt am Ende des Sommers in die Schule. Weil er wirklich schlau ist, habe ich ihm zugetraut, diesen Weg ohne Begleitung zu meistern. Er kennt ihn eigentlich und es geht ja immer nur geradeaus, aber er ist nicht zurückgekommen. Ich mache mir solche Vorwürfe!"

Torge überlegte, ob er Lukas alleine den Weg über den mehr als einen Kilometer langen Holzsteg, der über die Salzwiesen vom touristischen Zentrum bis zu den Pfahlbauten führte, gehen lassen würde. Ohne zu einem Schluss zu kommen, schaute er die aufgelöste Frau an.

„Wann ist er losgegangen?", fragte der Hausmeister, wobei er dieses Mal einen demonstrativen Blick auf seine Uhr warf.

„Das weiß ich nicht mehr genau. Nach einer Weile habe ich mich gefragt, wo er bleibt. Schließlich habe ich alles zusammengepackt und bin den Weg bis zur Eisdiele ebenfalls gelaufen, aber er blieb verschwunden."

„Haben Sie bei der Eisdiele nachgefragt?" Torge schaltete in den Ermittlermodus, Annegret war vorerst vergessen.

„Ja, aber sie konnten sich nicht erinnern. Es herrschte eine große Hektik dort - mit einer langen Schlange. Ich habe mehrere Passanten gefragt, aber niemand hatte ihn gesehen. Also bin ich zurückgefahren. Bitte helfen Sie mir!"

„Ja, ich helfe Ihnen! Haben Sie ein Foto von Timo?", fragte er.

„Einen Moment." Die Frau kramte in ihrer Strandtasche. Nachdem sie ihr Portemonnaie gefunden hatte, zog sie ein Foto heraus, um es Torge zu reichen. „Hier, das wurde vor zwei Monaten aufgenommen."

Als er das Bild betrachtete, versetzte es ihm einen Stich. Genau das gleiche Alter wie Lukas, er würde durchdrehen, wenn seinen Enkelkindern etwas zustöße!

„Was wollen wir jetzt unternehmen?“, unterbrach Timos Mutter seine Gedanken.

„Am besten informieren wir die Polizei“, dachte der Hausmeister laut.

„Nein, keine Polizei!“, jammerte sie sofort.

„Keine Polizei? Warum nicht? Damit haben wir die besten Chancen, Ihren Sohn wiederzufinden.“ Verständnislos raufte sich Torge die blonden Locken, die an den Schläfen bereits etwas angegraut waren.

„Mein Mann darf nichts davon erfahren! Er hat mir schon öfters vorgeworfen, nicht gut genug auf die Kinder aufzupassen.“

„Frau ..., ich weiß gar nicht, wie Sie heißen!“

„Oh, Entschuldigung. Vor lauter Aufregung habe ich mich nicht vorgestellt. Mein Name ist Simone Hasenfeld. Wir wohnen in Hannover und sind große Sankt-Peter-Ording-Fans. Wir machen jedes Jahr zwei Wochen Urlaub hier. In der *Weißen Düne* sind wir zum ersten Mal.“

„Also, Frau Hasenfeld, mit der Polizei an unserer Seite haben wir die beste Unterstützung, die wir uns denken können. Kommissar Knud Petersen ist ein guter Freund von mir. Wir kennen die Gegend und finden Timo bestimmt wieder. Wann kommt Ihr Mann denn zurück?“

„Das steht bisher nicht fest. Entweder morgen Abend oder Samstag am Vormittag, je nachdem wie lange sein Geschäftstermin dauert“, antwortete Frau Hasenfeld.

„Bis dahin wollen wir Timo längst gefunden haben. Aber da ist noch etwas: Können Sie ausschließen, dass er in Richtung Watt gelaufen ist?“

Bei dieser Frage wechselte die Gesichtsfarbe von Simone Hasenfeld schlagartig von Rot auf Grau.

„Er ist in Richtung Eisdiele im Bad gegangen. Ich habe dann gelesen. Wir saßen ja im Schatten der Brücke, aber das kann ich mir nicht vorstellen."

In Anbetracht ihrer Aussage stieg Torges Sorge. Es klang nicht so, als könnte sie mit Bestimmtheit ausschließen, Timo sei nach dem Eiskauf in eine andere Richtung weitergestromert. Ein Sechsjähriger war auch alleine schon sehr unternehmungslustig. Nicht einmal allen Erwachsenen war die Gefahr bewusst, die von dem auflaufenden Wasser der Flut ausging. Sie mussten sofort handeln, dafür brauchte er auf jeden Fall die Unterstützung von Knud.

„Frau Hasenfeld", redete er sanft auf die ihm gegenübersitzende Frau ein. „Es ist jetzt ganz wichtig, umgehend Maßnahmen einzuleiten, damit Timo bald wieder bei Ihnen sein kann. Bitte geben Sie mir Ihre Zustimmung, die örtliche Polizei hinzuzuziehen. Ihr Mann muss nichts davon erfahren, wenn wir Ihren Sohn schnell finden. Sie wollen sicherlich vermeiden, dass ihm etwas Schlimmes passiert, oder?"

„Ja, natürlich." Ihre Antwort war nur noch ein Flüstern. „Ich mache mir solche Vorwürfe! Wäre ich doch bloß hier in der Anlage geblieben!"

„Gehen Sie jetzt zurück zu Ihrem Ferienhaus, ich spreche mit der Polizei. Danach melde ich mich bei Ihnen, wenn wir etwas Neues wissen. Für Sie ist es am besten, sich ein bisschen auszuruhen und sich um Ihre Tochter zu kümmern. Schreiben Sie mir hier Ihre Handynummer auf, dann rufe ich Sie später an." Torge schob ihr einen Notizblock mit Kugelschreiber hin, worauf sie folgsam ihre Daten notierte.

„Mein Mann bringt mich um, wenn Timo etwas passiert. Das würde er mir nie verzeihen!"

„Denken Sie nicht an Ihren Mann. Ich werde mein Bestes tun, um Timo zu finden. Nur er ist jetzt wichtig. Sie müssen bei Kräften bleiben. Vergessen Sie nicht, etwas zu trinken, diese Hitze laugt uns aus." Torge nahm nickend den Block an sich und schob Simone Hasenfeld sanft aus seinem Büro, um sich dann an die Arbeit zu machen. Erst einmal wollte er Annegret anrufen, um sie zu informieren, dass es wieder später wurde als versprochen. Aber dafür würde sie wie immer Verständnis aufbringen. Ein verschwundenes Kind war einfach ein Albtraum! Nicht auszudenken, wenn ihnen das passierte!

Danach rief er direkt auf Knuds Handy an. Knud Petersen war Kommissar hier in St. Peter-Ording. Der 40-Jährige liebte wie Torge dieses platte Land mit seinem rauen Klima. Beide konnten sich nicht vorstellen, woanders als auf Eiderstedt zu leben. Im letzten September, konfrontiert mit einem komplizierten Mordfall, verstärkte sich das Team des Polizeireviers um die Kommissarin Charlotte Wiesinger aus Hamburg. Die temperamentvolle Mittdreißigerin war nur äußerst widerwillig an die Küste gekommen, hatte aber irgendwie keine andere Wahl gehabt. Torge wusste bis heute nicht genau, was dahintersteckte. Er war von Anfang an begeistert von ihrer Stärke und ihrem Engagement gewesen. Mittlerweile wohnte sie in St. Peter-Ording und schien angekommen zu sein. Für die Ermittlungen in dem Fall Schwertfeger war ihre Versetzung ein Segen gewesen, zumal Fiete Nissen, das polizeiliche Urgestein, im letzten Jahr gar nicht fit war. Er war mittlerweile dreiundsechzig Jahre alt. Da sein Orthopäde und sein Physiotherapeut Fietes Rückenprobleme in einer Gemeinschaftsleistung in den Griff bekommen hatten, war er wieder regelmäßig in der Polizeistation anzutreffen. Der Kommissar war wild entschlossen, das kleine Team in seinen verbleibenden Dienstjahren, so effektiv wie möglich zu unterstützen.

Torge zog sein Mobiltelefon aus der Tasche. Normalerweise war er begeistert, wenn er Teil von polizeilichen Ermittlungen werden durfte. Er mochte seinen Job als Hausmeister der Ferienanlage *Weiße Düne*, aber Polizeiarbeit faszinierte ihn. Im Fall eines verschwundenen Kindes hoffte er allerdings, dass es sich einfach um einen Jungen handelte, der ein kleines Abenteuer erleben wollte oder die Zeit vertrödelt hatte.

Knud nahm gleich beim zweiten Klingeln ab.

„Moin Torge. Was verschafft mir die Ehre? Ich dachte, du wärst schon zu Hause, um deinen romantischen Grillabend mit Annegret zu begehen."

„Moin Knud. Ja, ich war gerade auf dem Sprung, da kam eine aufgelöste Mutter in mein Büro, die ihren sechsjährigen Sohn im touristischen Gewühl verloren hat. Ich brauche eure Hilfe." Schnell setzte Torge seinen Kumpel über die Fakten ins Bild.

„Ein vermisstes Kind verursacht mir immer eine Gänsehaut", antwortete Knud mit einem leichten Zittern in der Stimme.

Bereits von der Autorin erschienen

Mord im Watt vor St. Peter-Ording
Der erste Fall für Torge Trulsen und Charlotte Wiesinger

Todesfalle Hochzeit in St. Peter-Ording
Der zweite Fall für Torge Trulsen und Charlotte Wiesinger

Das 13. Kind aus St. Peter-Ording
Der dritte Fall für Torge Trulsen und Charlotte Wiesinger

Doppelmord hinterm Deich bei St. Peter-Ording
Der vierte Fall für Torge Trulsen und Charlotte Wiesinger

Tatort Weiße Düne in St. Peter-Ording
Der fünfte Fall für Torge Trulsen und Charlotte Wiesinger

Nachts im Pfahlbau in St. Peter-Ording
Der sechste Fall für Torge Trulsen und Charlotte Wiesinger

Im Schatten der Rache bei St. Peter-Ording
Der siebte Fall für Torge Trulsen und Charlotte Wiesinger